Benito Pérez Galdós

Episodios nacionales IV

La vuelta al mundo
en la «Numancia»

Barcelona **2024**
Linkgua-ediciones.com

Créditos

Título original: Episodios nacionales IV. La vuelta al mundo en la «Numancia.»

© 2024, Red ediciones S.L.

e-mail: info@Linkgua-ediciones.com

Diseño de cubierta: Michel Mallard.

ISBN tapa dura: 978-84-1126-376-4.
ISBN rústica: 978-84-9007-309-4.
ISBN ebook: 978-84-9007-225-7.

Sumario

Brevísima presentación

La obra

La vuelta al mundo en la «Numancia» es la octava novela de la cuarta serie de los *Episodios Nacionales* de Benito Pérez Galdós.

La poética frase final del libro nos resume lo hermoso de este episodio galdosiano: «Lo que yo he visto y aprendido es que cuando a uno se le pierde el alma, tiene que dar la vuelta al mundo para encontrarla.»

En La vuelta al mundo en la «Numancia» el autor retoma al personaje de Diego Ansúrez, veterano marino cuya adorada hija Mara se fuga con el galán y poeta peruano Belisario. En su búsqueda, Ansúrez se reengancha a la Armada como tripulante de la «Numancia», fragata blindada con rumbo al Perú para reforzar la escuadra española en el Pacífico. Aquí Galdós, en boca del personaje, enfoca el relato histórico: la imprudencia de los diplomáticos hispanos, la inestabilidad política peruana, la alianza entre Chile y Perú y, como acto final, el sangriento combate contra las baterías del Callao. Resta, como largo epílogo, la mortífera travesía del océano hasta la feliz escala en Tahití y el triunfal regreso a la Península.

Pérez Galdós censura severamente la irresponsable política imperialista de la España de su tiempo y apela tanto a un ideal de fraternidad universal como a las señas de identidad que transforman el conflicto entre España y Perú en guerra fratricida. El autor también incluye estampas de la Lima poscolonial que no desmerecen de los costumbristas de su tiempo.

La historia finaliza con la llegada a puerto del personaje, en Cádiz, donde por fin encontrará a su hija, a su yerno y a su nieto.

I

Divagando por el *Mare Internum* en el falucho de Ansúrez, con pacotillas comerciales de Vinaroz a Denia, de Torrevieja a Ibiza, o de Mahón a Cartagena, pasaron Donata y *Confusio* luengos días apacibles, sin inclemencias azarosas del viento y las aguas. En la dulce soledad marítima, aprovechando el ocio de las bonanzas, contó Diego Ansúrez a sus amigos diferentes sucesos festivos y graves de su inquieta vida, desde que abandonó a la familia y al padre para lanzarse a correr ásperas aventuras de mar y tierra; y lo que mayormente sorprendió y cautivó a los amantes fue la forma o modo peregrino con que hubo de encontrar y conocer a la hembra que tenía por esposa, o cosa tal... El singularísimo hallazgo de mujer fue dispuesto por Dios con un golpetazo furibundo que a continuación se refiere.

En febrero del 49 fue a Játiva Diego Ansúrez a negociar cambalache de aguardiente anisado por pieles y arroz (que así el menudo comercio cambiaba las especies, empleando el dinero tan solo para las diferencias). Dos días no más estuvo allí; y cuando, ultimados los tratos y arreglos, a su vivienda se retiraba en noche tenebrosa por calles solitarias y torcidas, sufrió un grave accidente pasando al ras de los muros de un convento que llaman *Consolación*. Iba el hombre con el cuidado de la oscuridad echando las manos por delante, los ojos al suelo fangoso y a los traicioneros dobleces de las tapias, cuando de improviso le cayó encima un grande y pesado bulto... El golpe fue tremendo, más por la pesadumbre que por la dureza del objeto caído. ¿Qué era, vive Dios?

Si al recibir el topetazo pensó Ansúrez en el desprendimiento de un balcón o de un trozo de alero, no tardó en reconocer que el bulto podía ser un disforme lío de esteras que tuviera por ánima huesos, lingotes de hierro, quizás un par de macetas con plantas arbóreas. El grito sacrílego que dio al sentir el trastazo en su cabeza y hombro derecho, fue contestado por un lamento que del propio bulto salía, el cual no era rollo de esteras, ni colchón relleno de objetos duros, sino un ser humano, grande como lo que llamamos persona... Al quejido siguieron voces que indudablemente delataban espanto de mujer... Dolorido del cuello y de los lomos, inclinose Ansúrez vomitando blasfemias, y vio ropas negras y blancas... El bulto calló, como si de la conmoción de su caída perdiera el conocimiento, y el hombre, para verlo mejor, se puso de rodillas diciendo: «*¡Ajos, cebollas, berenjenas y cohombros!*... Yo pensé que era un pedazo de torre o un cacho de cornisa, y ahora veo que es usted una monja... Por poco me mata en su caída... Diré mejor en su fuga... ¿Se descolgaba usted con esa soga que tiene en las manos?... *¡Ajos y cebolletas!* ¿Por qué no cogió un chicote de más poder?... ¿Se le rompió antes de llegar al suelo?... Ya pudo avisar, señora, y yo me habría puesto en facha para recogerla... Por las verijas de San Pedro, que me ha derrengado un hombro, y me ha roto una oreja... y en el quiebro que hice creyendo que se me venía encima una torre, pienso que me he roto por la cintura, del dolor que siento, ¡ay!... A ver, comadre, si puede levantarse... ¡upa! No puede... ¡Upa otra vez, valiente!...»

La señora monja parecía cuerpo muerto: sus manos ensangrentadas agarraban la cuerda tosca con presión formidable de los dedos, como si aún estuviera pendiente de ella; su rostro encendido, su boca entreabierta y muda, expresaban terror; sus ojos abiertos parecían privados de la visión... No tardó Ansúrez en acometer el más airoso lance de aquella singular aventura, y movido de su caridad o de su gallardía caballeresca, probó a levantar en peso a la caída y derrengada monja. Al primer esfuerzo, su energía titánica flaqueó por efecto del quebranto que en su propio cuerpo sentía; pero estimulados los músculos potentes por la más briosa voluntad que puede imaginarse, el atleta tomó en brazos a la señora y la llevó por el dédalo de calles, diciéndole: «Comprendo que su reverencia se ha escapado como ha podido... ¿Qué ha sido? ¿Malos tratos?... ¿ganitas de volver al siglo?... Serénese, y como no tenga su reverencia hueso roto, haga cuenta de que el salto ha sido feliz, y que no ha pasado nada.»

No era saco de paja la mujer caída; antes bien, notó Ansúrez la carnosa opulencia de las partes próximas al apretón de los brazos de él. Por dos veces tuvo que aliviarse del peso para tomar resuello, y al fin dio con su preciosa carga en la posada donde tenía su alojamiento. Grande fue el asombro del huésped y de los dos amigos que esperaban al patrón del falucho para emprender el viaje a Denia. El primer cuidado de todos fue tender el desmayado cuerpo en un fementido catre y proceder a su reconocimiento, por si las partes lastimadas en la caída reclamaban auxilio del médico. No fue cosa fácil el examen, porque la esposa del Señor opuso toda la resistencia que su remilgado pudor monjil le imponía. Declaró que bien podían reconocerle cabeza y brazos; pero que a la jurisdicción de las piernas no permitiría que llegase mirada de hombres, aunque en aquella zona tuviese todos los huesos partidos y deshechos... Respetaron los discretos varones estos refinados escrúpulos, y serenándose más a cada instante la buena mujer, les dijo que sentía magulladuras dolorosas y quebranto en diferentes partes de su cuerpo venerable; pero que no creía tener fractura en ninguna pieza de su esqueleto, agregando que sufriría con paciencia, y hasta con gozo, todas las averías de la máquina corpórea, con tal de ver para siempre conquistada su libertad. Mientras así hablaba la monja, pudo hacerse cargo el buen Ansúrez de que su rostro no carecía de belleza y gracias, y apreciar la excelente proporción de partes y formas ocultas por el hábito dominico.

La mujer y criada del posadero encargáronse de curar y bizmar las erosiones y rozaduras de la religiosa, y de aplicarle compresas de vinagre allí donde era menester. Luego, por indicación del marino, quitáronle hábito y toca, vistiéndola con las prendas usuales del traje popular valenciano. Esta rápida metamorfosis dio mayor tranquilidad a la fugitiva del claustro. Ansúrez, que gradualmente se hacía dueño de la situación, recomendó a la familia posaderil que guardara impenetrable secreto sobre aquel extraño caso, y a la señora propuso que se dejase llevar fuera de la ciudad, pues no estaría segura mientras no pusiese entre su persona y el convento grandes espacios de tierra y de mar. Aceptó la señora sin vacilación, que su espanto le daba prisa, y alas le ponía su atrevimiento. «Vamos, buen hombre; lléveme a donde quiera —dijo echándose del lecho y recorriendo la estancia con la cojera que le imponían sus doloridas coyunturas—. Lléveme lejos, lejos, a donde no puedan alcanzarme.»

Con el apremio que requerían las circunstancias dispuso Diego la partida. Pronta estaba la tartana. En ella metieron a la monja, acomodándola con almohadas y ropa de abrigo, y añadiendo mediano cargamento de provisiones de boca. Con Ansúrez y su venturoso hallazgo entraron en el coche dos amigos del primero: un marinero tortosino y un traficante balear. Partieron a escape... A las ocho de la mañana entraban en Denia, y sin detenerse en las calles corrían hacia el puerto. Antes de las nueve estaban a bordo del falucho, el cual, acelerando su despacho y listo de papeles y víveres, dio sus velas al viento, que era nordeste fresco y traía el lento son de las campanadas con que el reloj consistorial cantaba las once... Recostada en la borda, la prófuga lloraba de alegría, viendo alejarse el caserío dianense, las alturas del Mongó... Después las rocas y el faro del cabo San Antonio... Creía soñar...

II

La continuación de estas noticias biográficas dejó en la memoria de *Confusio* y Donata los puntos más salientes, a saber: la edad de la monja fugada no pasaba, según su cuenta, de los veintiséis años. En el siglo llamábase Angustias, y había nacido en un pueblo próximo a Granada, de familia buena y humilde. Mal sonaba en los oídos de Ansúrez el tristísimo nombre de la que, arrojada de los aires y cayendo sobre él como un bólido, fue coscorrón y donativo de la Providencia; y así, cuando llegaron a completa concordia y se avinieron a recorrer juntos la cuesta de la vida, resolvió él con franca autoridad rebautizarla y ponerle nombre de *Esperanza*, que al ser pronunciado ensancha el corazón en vez de oprimirlo... Al mes no entero de la evasión efectuaron sus bodas, sin más trámite que su firme voluntad de correr igual suerte en lo futuro; y el día de Navidad de aquel mismo año 49 dio a luz doña Esperanza, en Palma de Mallorca, una niña, que puesta debajo de la advocación y patrocinio de la Virgen del Mar, se llamó Marina, y por elipsis del habla familiar quedó para siempre con el breve nombre de *Mara*. Este hecho del nacimiento de la criatura demuestra que los desconciertos morales y canónicos podrán traer efectos revolucionarios en el terreno legal; pero no traen el acabamiento de la especie humana, la cual, contra viento y marea, continúa cantando bajito el himno de su fecundidad.

Supieron asimismo Donata y *Confusio* que el buen Ansúrez, hacia el 50, viéndose perdido en sus negocios de cabotaje, entró por segunda vez en el servicio de la Armada. Tres veces fue a las Antillas, corrió toda la mar Caribe, y por fin, en la Expedición científica al Pacífico, pasó de ida y de vuelta el temeroso Estrecho de Magallanes. En estos viajes, con descansos periódicos en Cartagena, transcurrieron diez años. El 60, cumplido el plazo de enganche, restituyose Diego a su hogar y familia, trayendo sus ahorros y algún dinero ganado en América con el toma y daca de pacotillas. Era su propósito emprender de nuevo el tráfico costero, y a este fin compró dos naves, abanderadas la una en Cartagena, la otra en Palamós. En el primer viaje de esta, entró de arribada en Amposta para el reparo de averías; y mientras permaneció en Tortosa, ocurrieron sucesos para él memorables: el suplicio de Ortega, la captura de los príncipes y el conocimiento con Donata y *Confusio*. Ya se ha dicho que estos navegaron con su generoso amigo, visitando puertos del archipiélago balear y de la Península; queda por decir que en un pueblecito del Mar Menor, cerca de Cabo Palos, conocieron a doña Esperanza, esposa putativa de Ansúrez, y a su preciosa hija Mara. En la primera vieron una señora muy reservada y seria, de belleza fría y sin encanto, la expresión del rostro más de escultura que de persona viva, la mirada brillante y quieta, como de imagen barnizada. En cambio, la chiquilla era una morenita salada y picaresca, pimpollo de gracias infantiles, que anunciaba la mujer pertrechada de seducciones.

En este punto se desvanece la Historia, y los sucesos se diluyen por la dispersión de los seres que los informan. Donata y su caballero se establecen en Cartagena, luego en Murcia. Leves divergencias de carácter y de gustos se manifiestan en ellos; a las discordias menudas suceden reconciliaciones tibias; la inarmonía crece; menguan los halagos; rómpese de súbito un vivo fuego de guerrillas; al desamor sucede la antipatía... y por fin, Donata corre a satisfacer sus ambiciones del alma en la servidumbre y compañía de un opulento canónigo, aristocrático y elegante. Deslumbraban a la discípula del Arcipreste de Ulldecona los ricos atavíos eclesiásticos, las áureas dalmáticas y casullas, las albas vaporosas, las sotanas de sarga, olientes a raíz de lirio, o a exquisito rapé del de *la Orza del Papa*. Fastuosamente vivía el capitular en un palaciote viejo, ornado de muebles arcaicos y de objetos primorosos. Toda la casa hallábase impregnada de una sutil fragancia de cedro, sándalo y otras maderas exóticas. La profusión de fino damasco en cortinas, colchas y almohadones, así como la riqueza de plata labrada, hacían creer a la simplona Donata que tenía por amo a un cardenal. Dolorido al principio, pronto consolado, contento al fin de su divorcio, *Confusio* partió a Madrid ansioso de contar sus buenas y malas andanzas al marqués de Beramendi y a Manolo Tarfe.

Si el 60 fue en gran parte venturoso para Diego Ansúrez, el 61 empezó desgraciado: florecieron y fructificaron sus negocios, y doña Esperanza, descubierta y reconocida por su familia, entró con esta en relaciones muy cordiales. Se le perdonaba su escapatoria del convento; se admitía como ley circunstancial la fuerza de los hechos consumados, y se declaraba triunfante el nuevo estado de derecho, olvidando su origen revolucionario y sacrílego. Tanto los hermanos de ella, Matías y Segunda Castril, como los demás Castriles, parientes próximos y lejanos, que residían en Loja, en Granada y en Iznalloz, proclamaron a una el indulto de Angustias y al cariño de toda la familia querían traerla, legitimando la situación creada por el tiempo y las pasiones humanas. Don Prisco Armijana y Castril, cura del Salar, tomó a su cargo las gestiones para obtener dispensa, y santificar la diabólica unión de la monja y el navegante. Pero las alegrías de Ansúrez por estas disposiciones y propósitos de la familia de su mujer, se nublaron viendo a esta rápidamente desmejorada en su salud, sin que los médicos supieran atajar la dolencia traidora.

En la creencia de que los aires del país natal serían eficaces para la enferma, Diego la llevó a Lanjarón, de allí a Granada, y por fin a Loja, donde Esperanza se repuso un poco. Vivían con Segunda Castril, esposa de un don Cristino López, propietario de un buen olivar y tierras de sembradura en término del Tocón. Contenta estaba doña Esperanza en la compañía de su hermana, y no cesaba de recordar con ella los tiempos infantiles, los rigores del padre, que, por la sola razón de tener abundancia de hijas y escasez de peculio, metió a una en las Franciscanas y a otra en las Dominicas de Granada. Con artificiosa vocación entró Angustias en la comunidad; por ser algo díscola y más que rebelde a la observancia reglar, fue trasladada al convento de Játiva, donde, como es sabido, meditó y llevó a feliz término su evasión por el tejado, sin más socorro que el de una soga. Esta hizo la gracia de rompérsele con una oportunidad que indudablemente fue obra del cielo. Cortaron los ángeles la cuerda, y a los diez meses nació Mara.

Entretenida fue para doña Esperanza y su hija la existencia en Loja, pues no faltaban los quehaceres domésticos ni las relaciones fáciles y amenas, y además gozaban de las delicias del campo en épocas de recolección, matanza o trasquila. Si distraídas y alegres vivían las hembras, don Diego

(que así llamaban al navegante sus amigos de Loja, rodeándole de afectuoso respeto) se sentía confuso y atontado, pues ajeno hasta entonces a
las querellas de la política, veíase transportado a un vertiginoso torbellino
de pasiones y antagonismos locales. El vecindario de Loja habíase dividido
en dos bandos, que se aborrecían, se acosaban y se fusilaban sin piedad:
liberal era el uno, *moderado* llamaban al otro. No salía el buen Ansúrez de la
perplejidad en que el sentido y la aplicación de esta palabra le puso, pues
siempre creyó que la moderación era una virtud, y en Loja resultaba la mayor
de las abominaciones y el mote infamante de la tiranía. Sin darse cuenta de
ello ni poner de su parte ninguna iniciativa, desde los primeros días se sintió
afiliado al bando liberal, por ser de esta cuerda todos los Castriles y Armijanas, y los amigos de estos.

No causaron al hombre de mar poca maravilla las noticias que le dio su
concuñado don Cristino de la organización y disciplina masónica que se
impusieron los liberales, para formar un haz de combatientes con que tener
a raya el poder ominoso de la *Moderación.* Esta no era más que un retoño
de la insolencia señorial en el suelo y ambiente contemporáneos; el feudalismo del siglo XIV, redivivo con el afeite de artificios legales, constitucio-
nales y dogmáticos, que muchos hombres del día emplean para pintarrajear
sus viejas caras medioevales, y ocultar la crueldad y fieros apetitos de sus
bárbaros caracteres. Representaba el feudalismo la Casa y Condado de La
Cañada, en quien se reunían el ilustre abolengo, la riqueza, el poderío militar
de Narváez y su inmensa pujanza política. Hermanos eran el famoso *Espadón*
y el caballero que imperar quería sobre las vidas, haciendas, almas y cuerpos
de los habitantes de Loja. Sin duda, aquel noble señor y su familia obedecían a un impulso atávico, inconsciente, y creían cumplir una misión social
reduciendo a los inferiores a servil obediencia; procedían según la conducta
y hábitos de sus tatarabuelos, en tiempos en que no había Constituciones
encuadernadas en pasta para decorar las bibliotecas de los *centros políticos*;
no eran peores ni mejores que otros mandones que con nobleza o sin ella,
con buenas o malas formas, caciqueaban en todas las provincias, partidos
y ciudades de este vetusto reino emperifollado a la moderna. Los perifollos
eran códigos, leyes, reglamentos, programas y discursos que no alteraban la
condición arbitraria, inquisitorial y frailuna del hispano temperamento.

15

Contra la soberanía bastarda que la nobleza y parte del estado llano establecieron en Loja, la otra parte del estado llano y la plebe armaron un tremendo organismo defensivo. Por primera vez en su vida oyó entonces Ansúrez la palabra *Democracia*, que interpretó en el sentido estrecho de protesta de los oprimidos contra los poderosos. Democrática se llamó la Sociedad secreta que instituyeron los liberales para poder vivir dentro del mecanismo caciquil; y en su fundamento apareció con fines puramente benéficos, socorro de enfermos, heridos y valetudinarios. Debajo de la inscripción de los vecinos para remediar las miserias visibles, se escondía otro aislamiento, cuyo fin era comprar armas y no precisamente para jugar con ellas. Dividíase la Sociedad en Secciones de veinticinco hombres que entre sí nombraban su jefe, secretario y tesorero. Los jefes de Sección recibían las órdenes del presidente de la Junta Suprema, compuesta de dieciséis miembros. Esta Junta era soberana, y sus resoluciones se acataban y obedecían por toda la comunidad sin discusión ni examen. Engranadas unas con otras las Secciones, desde la ciudad se extendieron a las aldeas y a los remotos campos y cortijos, formando espesa red y un rosario secreto de combatientes engarzados en a autoridad omnímoda de la Junta Suprema.

A todos los afiliados se imponía la obligación de poseer un arma de fuego. A los menesterosos que no pudiesen adquirir escopeta o trabuco, se les proporcionaba el arma por donación a escote entre los veinticinco. Cada Sección estaba, de añadidura, obligada a suscribirse a un diario democrático, que era regularmente *La Discusión* o *El Pueblo*. Cuando alguna Sección trabajaba en faenas campesinas a larga distancia de la ciudad, enviaban a uno de los de la cuadrilla a recoger el periódico (o folleto de actualidad, cuando lo había); y en la ausencia del mensajero, los trabajadores que quedaban en el tajo hacían la parte de labor de aquel. Un tal Francisco Navero, apodado *Tintín*, repartía los papeles democráticos a los enviados de cada Sección. En estas había un individuo encargado de leer diariamente el periódico a sus compañeros en las horas de descanso.

La Junta Suprema limitaba a los asociados el uso del vino, y prohibía en absoluto el aguardiente. Gran sorpresa causó a don Diego saber que por esta *moderación* de los liberales se arruinaron muchos taberneros, y llegaron a ser escasísimos los puestos de bebidas. El número de afiliados creció prodigiosamente desde que comenzaron, en la ciudad y luego en cortijos y villorrios, los solapados trabajos de propaganda. La iniciación se hacía en lugar secreto que Ansúrez no pudo ver: allí se les leía la cartilla de sus obligaciones, y se les tomaba juramento delante de un Cristo que para el caso sacaban de un armario. Afiliados estaban no pocos servidores del conde de la Cañada. En el propio caserón o castillo roquero del cacique feudal se sentía la continua labor de zapa del monstruoso cien-pies que minaba la tierra.

La Sociedad, en cuanto se creyó fuerte, no quiso limitarse a la defensa ideológica de los derechos políticos. Los principales fines de la oligarquía dominante eran ganar las elecciones, repartir a su gusto los impuestos cargando la mano en los enemigos, aplicar la justicia conforme al interés de los encumbrados, subastar la Renta (que así llamaban entonces a los Consumos) en la forma más conveniente a los ricos, y establecer el reglamento del embudo para que fuese castigado el matute pobre, y aliviado de toda pena el de los pudientes. Con tales maniobras, no solo era reducido el pueblo a la triste condición de monigote político, sin ninguna influencia en las cosas del procomún, sino que se le perseguía y atacaba en el terreno de la vida material, en el santo comer y alimentarse, dicho sea con toda crudeza.

Frente a esto, la poderosa Sociedad buscaba inspiración en la Justicia ideal y en el sacro derecho al pan, y decretó la norma de jornales del campo, estableciendo la proporción entre estos y el precio del trigo. Véase la muestra. ¿Trigo a cuarenta reales la fanega? Jornal: cinco reales. Al precio de cincuenta correspondía jornal de seis reales, y de ahí para arriba un real de aumento por cada subida de diez que obtuviera la cotización del trigo. Accedieron algunos propietarios; otros no. Los jornaleros segadores se negaron a trabajar fuera de las condiciones establecidas, y en las esquinas de Loja aparecieron carteles impresos que decían poco más o menos: «*Todos a una* fijamos el precio del jornal. Si no están conformes, quien lo sembró que lo siegue.»

Clamaron no pocos propietarios, y al cacicato acudieron pidiendo que fuese amparado el derecho a la ganancia. La cárcel se llenó de trabajadores presos, y tal llegó a ser su número, que no cabiendo en las prisiones, se

17

habilitaron para tales el Pósito y el convento de la Victoria. Pero no se arredró por esto la Sociedad, que en su tenebrosa red de voluntades tenía cogidos a todos los gremios. El buen éxito de la escala de jornales para el trabajo rural movió a la Junta a continuar el plan defensivo, justiciero a su modo. Peritos agrícolas afiliados a la Comunidad revisaron los arrendamientos, y en los que aparecieron muy subidos, se despedía el colono. El propietario quedaba en la más comprometida situación, pues no encontraba nuevo colono que llevara su tierra, ni jornaleros que quisieran labrarla. Igual campaña que esta del campo hicieron los peritos urbanos o maestros de obras en el casco de la ciudad. Casa que tuviera demasiado alto el alquiler, según el dictamen pericial, quedaba desalojada, y ya no había inquilinos que quisiesen habitarla, como no fueran los ratones. Llegó, por último, a tal extremo la unión, confabulación o tacto de codos, que ningún asociado compraba cosa alguna en tienda de quien no perteneciese a la secreta Orden de reivindicación y libertad.

Sorprendido y confuso el buen Ansúrez, oyó hablar de Socialismo y Comunismo, voces para él de un sentido enigmático que a brujería o arte diabólica le sonaban. Poseía el vocabulario de mar en toda su variedad y riqueza; pero su léxico de tierra adentro era muy pobre, y singularmente en política no encontraba la fácil expresión de sus pensamientos. Sabía que teníamos Constitución, reina, Cortes, partidos Progresista y Moderado; pero ni de aquí pasaba su erudición, ni entendía bien lo que estas palabras significaban... En tanto, ocurrían en Loja y su término sangrientos choques: una noche apaleaban a un asociado, y a la noche siguiente aparecía muerto en la calle un testaferro de los Narváez o un machacante del Corregidor. Las agresiones, las pedreas y navajazos menudeaban; la Guardia Civil acudía, siempre presurosa, de la ciudad al campo, o del campo a la ciudad; las voces de ira y venganza sonaban más a menudo que las expresiones de galantería dulce y quejumbrosa que caracterizan al pueblo andaluz en aquel risueño y templado territorio. La Naturaleza callaba cuando los corazones ardían en recelos, y las bocas agotaban el repertorio de las maldiciones.

Todo esto lo vio Ansúrez en la ciudad y en el cortijo del Tocón, donde pasó algunas semanas, huésped de su cuñado Matías Castril. Y para que nada le quedase por ver, llegó tiempo de elecciones, y los dos enconados bandos, furia narvaísta y furia popular, dieron la trágica función de disputas, celadas, recíprocos engaños, escandaleras y trapisondas horribles. Cruelmente y sin piedad se trataban unos a otros. Represalias morales había no menos duras que las de la guerra. Al grito de ojo por ojo que estos proferían, contestaban aquellos con el grito feroz de cabeza por cabeza. El inocente y honrado Ansúrez, testigo por primera vez de la bárbara porfía, que era por una parte y otra un burlar continuo de todas las leyes, exceptuando la de la fuerza bruta, no podía compararla con nada de cuanto él había visto en sus vueltas por el mundo. Más conocedor de la Naturaleza que de los hombres, veía en aquellas agitaciones, designadas con mote político, electoral, socialista o comunista, una vaga semejanza con las turbulencias de mar. Cerrando los ojos ante la terrible lucha del pueblo con el feudalismo, su cerebro le reproducía el silbar furioso de los vientos desencadenados, y la hinchazón de las olas que corren acosándose y mordiéndose hasta perderse en el horizonte sin fin.

III

Hallábase el navegante fuera de su centro, y la nostalgia del mar y del trajín costero entristecía sus horas. Por su gusto allá se volvería; pero su mujer le sujetaba con el descanso que la tierra natal y la familia daban a sus achaques, y su hija Mara con la intensa afición que iba tomando al suelo y a la gente de Andalucía. De tal modo reinaban en su corazón los dos seres queridos, hija y esposa, que al gusto de ellas subordinaba siempre su conveniencia y toda su voluntad. Las labores del campo, que al principio le interesaban y distraían, ya le causaban tedio. La mar inquieta era su campo, que él araba con la quilla de sus naves para extraer el fruto comercial, único verdadero y positivo. Según él, las bodegas de los barcos son como estómagos que reciben y dan toda la sustancia de que se nutre el cuerpo de la Humanidad.

A Loja iba algunas tardes con su cuñado Matías y dos compadres de este. La última vez que estuvo en la ciudad, pasó largo rato en el café, respirando espesa atmósfera de humo y rencores, y oyendo el mugido de las disputas, para él más pavoroso que el de las tempestades. Allí conoció a Rafael Pérez del Álamo, inventor y artífice principal de aquel tinglado de la organización democrática y socialista. Embobado le oía referir sus audacias, y tanto admiraba su agudeza como su indomable tesón. Aunque parezca extraño, Ansúrez sentía en sí mismo cierta semejanza con Rafael Pérez. Ambos luchaban con poderes superiores: el uno con los elementos naturales, el otro con los desafueros del orgullo humano. Y siendo en su interna estructura tan semejantes, diferían sensiblemente en la proyección de sus voluntades, llegando a ser ininteligibles el uno para el otro. Si Ansúrez no comprendía el heroico trajín de las revoluciones políticas, Rafael Pérez desconocía en absoluto los heroísmos de la mar. Falta decir que el organizador del pueblo contra las demasías del poder constituido era un pobre albéitar, que se ganaba la vida herrando caballos y mulas.

En la última visita que hizo al café, conoció también Ansúrez a uno de los principales mantenedores del feudalismo narvaísta, don Carlos Marfori, joven vigoroso y resuelto, emparentado con la familia del general. Distinguíase por la temeraria llaneza con que descendía de su posición para discutir con los caudillos de la plebe, cara a cara, las candentes cuestiones que enloquecían a todos. Invitaba Marfori a Rafael Pérez a tomar café juntos. Alardeaba el albéitar de convidar a don Carlos y a los caballeros y genízaros que le acompañaban. Bebían disputando, juraban, y confundían sus voces airadas sin llegar a las manos. Por la noche era ella. La contenida saña con que debatían el villano y el noble, estallaba en las oscuras calles. Por un daca esas pajas se embestían los dos bandos. Palos, cuchilladas y muertes eran la serenata usual de las noches que, por ley de Naturaleza, debían ser plácidas en aquel delicioso rincón de Andalucía.

Recluido en el campo, el pobre navegante sobrellevaba sus añoranzas con la paz y los goces de la familia. Doña Esperanza no empeoraba, y su mortal inapetencia se iba remediando con los guisos y golosinas de la tierra. La chiquilla era un portento de agudeza y precocidad, y el mayor alivio de las penas de su padre, que la amaba con delirio y no ponía freno a sus antojos. En Mara, el desarrollo espiritual y físico de la niña traía tempranamente las gracias de mujer hecha y bien plantada. El suelo y aire andaluz habían extremado la ligereza de sus pies, y la flexibilidad de su cuerpecillo en el baile, en los andares, hasta en el saludo. Habíase asimilado el ceceo de la tierra, el donaire anecdótico, el arte de las réplicas prontas, epigramáticas, chispeantes de sal y donosura. Mara reinaba en el corazón de todos, y era para sus padres el Sol de la vida.

Pasaron días; avanzaba el verano; la familia de Ansúrez, invitada por el cura del Salar, fue a pasar un par de semanas en la casa de este, que era de gran desahogo y abundancia. Mas no quiso Dios que los forasteros hallaran tranquilidad junto al generoso don Prisco, porque a los seis días de su llegada al Salar echó al campo la conjura democrática todas sus legiones, y la tierra de Loja fue como un volcán que por diferentes cráteres arroja su fuego. Ya sabía don Prisco que Rafael Pérez preparaba un alzamiento general, mas no pensaba que fuese para tan pronto. Diferentes rumores contradictorios llegaron al Salar. Según unos, el albéitar, preso y encarcelado por el Corregidor, se había escapado de la prisión, corriendo con sus leales amigos camino de Antequera; según otros, en Antequera prendieron al herrador, metiéndole en un calabozo subterráneo, y hacia allá iban decididos a salvarle sus más ardientes partidarios. De la noche a la mañana, no quedaron en el Salar más que mujeres, chiquillos y algunos viejos. Salió don Prisco en averiguación de lo que pasaba; aproximose a los arrabales de Loja; volvió a su casa sobrecogido y algo tembloroso, diciendo a su sobrina y a sus huéspedes que la insurrección no era cosa de broma, y que no tardarían en sobrevenir acontecimientos de padre y muy señor mío.

Aunque el reverendo Armijana era de los buenos amigotes de Rafael Pérez del Álamo, y sentía por la Sociedad toda la simpatía compatible con la prudencia sacerdotal, viendo las cosas tan lanzadas a mayores y la revolución sacada de la oscuridad masónica a la luz de la realidad, echose atrás el hombre, y no cesaba de pedir a Dios que devolviese la paz a los ciudadanos. «*Camará* —dijo a don Diego, refiriéndole lo que había visto—, esto no va por el camino natural, y para mí que al amigo Rafael se le ha metido algún diablo en el cuerpo... Arrimado al ventorro de Lucas vi pasar *un porción* de hombres que gritaban como locos. Daban vivas calientes a la Libertad y al Democratismo, y mueras fríos a doña Isabel, a los Narváez y al Corregidor. Cuando me vieron, soltaron el grito escandaloso de *¡muera el Papa!*... Por la sotana que llevo, que quise protestar... pero no me atreví. Las turbas armadas empezaron a echar por aquellas bocas tacos y porquerías horripilantes, no solo contra el Sumo Pontífice, sino contra la Virgen Nuestra Señora; y Curro

Tintín, el vendedor de periódicos, me amenazó con la escopeta y me dijo que se chiflaba en San Torcuato, el santo de mi mayor devoción, como hijo de Guadix que soy. Esto, amigo Ansúrez, pasa de la raya, y yo digo que si no nos manda tropas el Gobierno de O'Donnell es porque el *gachó* quiere perdernos, envidioso del poder de Narváez... Tropas, vengan tropas, o nos veremos muy mal, pero que muy mal.»

Apenas enterado de lo que ocurría, Ansúrez no pensó más que en trasladarse a Granada con su familia; pero cuantas diligencias hizo aquella tarde para encontrar caballerías o un carricoche, resultaron inútiles. A la mañana siguiente, se supo que toda la caterva de paisanos armados se encontraba en Iznájar, Aventino andaluz, donde la plebe se organizaría con marcial unidad y compostura para ir sobre Roma. Roma, o sea Loja, era desalojada por los narvaístas, que escapaban medrosos, llevándose cuanto de valor poseían. Con ellos abandonaron la ciudad el Corregidor y las escasas fuerzas de Guardia Civil y Carabineros que allí tenía el Gobierno. De este dijeron los *moderados* que estaba en connivencia con los insurrectos, y que todo era obra del masonismo, del protestantismo y de la marrullería de O'Donnell y Posada Herrera, en quienes el orden no era más que una máscara hipócrita para engañar al Trono y al Altar. ¿Qué hacían que no mandaban tropas? Esto llegó a ser en don Prisco idea fija. El buen señor terminaba todas sus peroratas, como todos sus rezos, con la devota exclamación de «¡Soldados, soldados!»

No cejaba el pobre Ansúrez en su afán de ausentarse con la familia, apretándole a ello el grave susto de doña Esperanza y su horror ante la tragedia. Al menor ruido temblaba la infeliz señora, creyendo escuchar cañonazos próximos; sus males se acerbaban, y el sueño no quería cuentas con ella. Por el contrario, la inocente Mara gustaba de la trifulca, ansiaba ver sucesos extraordinarios y encuentros formidables de hombres con hombres. Su viva imaginación extraía de los hechos más vulgares la leyenda poemática. A pesar de esto, viendo a su madre tan empeorada de puro medrosa, no cesaba de decir: «Vámonos, padre, y que nos acompañe María Santísima.» Y don Prisco, en vez de *ora pro nobis*, repetía: «¡Soldados, soldados!»

Buscando medios de transporte, se encontró al fin el borrico de un salinero: esto por el pronto bastaba. Ansúrez y su hija irían a pie hasta llegar a la Venta de Lachar, donde esperaban encontrar mejor acomodo de viaje. Fue con ellos el cura don Prisco hasta el camino real, y allí los despidió con frase zalamera, deseándoles la protección de la Virgen, y agregando que esta sería más eficaz si el maldito Gobierno enviara tropas en apoyo de los altos designios. Siguió adelante la caravana, doña Esperanza en su borrico, mal encaramada en un sillín de tijera; la hija y el marido a pie, por un lado y otro, sosteniéndola para que no se cayese, y delante el vejete salinero, que marcaba el paso con un tristísimo cantorrio entre dientes.

Diego Ansúrez, cuya mollera continuaba cerrada para las cosas de tierra adentro, no cesaba de meditar en ellas, buscando una clave de las absurdas contradicciones que veía. ¿Por qué se peleaban los hombres en aquel delicioso terreno, en aquellos risueños valles fecundísimos que a todos brindaban sustento y vida, con tanta abundancia que para los presentes sobraba, y aun se podía prevenir y almacenar riqueza para los de otras regiones? La sierra fragosa enviaba a las vegas lozanas el torrente de sus aguas cristalinas. Daba gloria ver la riqueza que descendía por aquellas encañadas, la cual asimismo prodigaba tesoros de sal, mármoles y ricos minerales. Las lomas de secano se cubrían de olivos, almendros y vides lozanas; en las vegas verdeaban los opulentos plantíos de trigo, cáñamo, y de cuanto Dios ha criado para la industria, así como para el sustento de hombres y animales... Si los que en aquella tierra nacieron podían decir que habitaban en un nuevo Paraíso terrenal, ¿para qué se peleaban por el mangoneo de Juan o Pedro, o por el reparto de los bienes de la Naturaleza, que en tal abundancia concedían el suelo y el clima? ¿Quién demonios había traído aquel rifirrafe de la política, de las elecciones, y aquel furor porque salieran diputados o concejales estos o los otros ciudadanos? Ansúrez no lo entendía, y razonando en términos más rudos de los que en esta relación histórica se indican, acababa por declarar que o los españoles son locos sueltos en el manicomio de su propia casa, o tontos *a nativitate*.

Rendidísimos llegaron todos a la Casa de Postas de Lachar, ya entrada la noche. Doña Esperanza no podía tenerse, y fue menester llevarla en brazos a un camastro que en el único aposento vividero de aquel caserón se le ofrecía. Lejos de restablecerse de su pánico, la fatiga y quebranto del viaje la pusieron en mayor desazón, la cual iba labrando la ruina en su ánimo más que en su cuerpo. El sueño no vino a calmarla, por más sugestiones que se hicieron para provocarlo; negábase a tomar alimento, que si los manjares eran malos, el asco invencible de la enferma los hacía peores. Ansúrez no sabía, en tal situación, a qué santo encomendarse. Discurrió enviar un propio al Tocón para que la familia acudiese en su auxilio: no pudo encontrar para tal servicio más que a una muchachuela jorobadita, y esta fue y tardó diez horas en volver con la noticia de que don Matías estaba *en la faición*, y que las señoras no podían moverse de la casa. No había más remedio que revertirse de paciencia y esperar lo que dispusiese la Divina Voluntad. El salinero se despidió, ansioso de agregar su burro a la Caballería ligera de Rafael; y como la Casa de Postas no podía proporcionar medios de transporte, pues todos los caballos y mulas se los habían llevado los señores de Loja en su retirada, resolvió don Diego quedarse allí en espera de cualquier contingencia favorable.

Tan abrumado, tan fuera de su equilibrio natural estaba el navegante celtíbero, que no se daba cuenta del tiempo que en aquella lúgubre y calmosa expectación transcurría. Doña Esperanza languidecía por falta de alimento, sin que a la soledad de aquel mechinal desamparado se le pudiera llevar el socorro de médico y medicinas. Mara no se apartaba de ella; Ansúrez hacía sus escapadas al corralón solitario, donde únicamente hallaba un par de vejestorios que le ponían al tanto de los acontecimientos. Los insurrectos, reunidos en Iznájar, descendían orillas abajo del Genil, y en orden y aparato de guerra caminaban hacia Loja, de cuyo desamparado recinto se apoderaban, poniendo allí su capital democrática y el asiento de su fuerza civil y militar. Ya eran dueños de Roma; ya ocupaban y guarnecían el alto castillo, que de los moros conserva el nombre de Alcazaba; ya fortificaban los robustos edificios que fueron conventos, y abrían trincheras en todos los puntos indefensos de la ciudad. Considerable número de combatientes, que en totalidad no bajaban de cinco mil, se alojaban en la iglesia mayor, en San Gabriel, en Jesús Nazareno y en el santuario de la Caridad, donde residía la patrona del pueblo. Como no quitaba lo democrático a lo piadoso, casi todos los prosélitos del temerario Rafael Pérez confiaban en que nuestra Señora de la Caridad les diese la victoria sobre la insufrible tiranía. Contaron a don Diego aquellos vejetes que al huir de Loja los *moderados* quisieron llevarse a la santa patrona de la ciudad; pero que no les fue posible arrancar la imagen de la peana que desde inmemorial tiempo la sostenía. Ni con palancas ni con ninguna suerte de artificios lograron despegarla. Peana y Virgen pesaban tanto, que ni con cien mil pares de bueyes habrían podido apartarla ni el canto de un duro, señal de que la Señora no quería cuentas con los narvaístas, y protegía resueltamente al democrático albéitar Rafael Pérez.

Como Ansúrez no diera crédito a esta conseja, la confirmó con juramentos y arrumacos una gitana vieja que de Loja venía, agregando que Rafael tenía ya más poder que el santo ángel de su nombre.

IV

Las desgracias del valeroso navegante, que tan furioso temporal corría tierra adentro, no tenían término ni alivio. Confinado con su familia en una estrecha y miserable celda del piso alto de la Casa de Postas, no hallaba medio de proseguir avante ni atrás en el viaje emprendido. Daba el aposento a un corredor que se extendía por dos lados del patio, y en el término de una de estas alas estaba la escalera. El blanqueo de las paredes dentro y fuera de la estancia no era reciente: la suciedad reinaba en todo el edificio, y los olores de cuadra y cubiles discurrían de un lado a otro como únicos inquilinos que allí sin estorbo moraban.

Lo peor fue que cuando doña Esperanza, en aparente mejoría, se prestaba a pasar algún alimento, anocheció sosegada y amaneció en completo desbarajuste de sus facultades mentales, que ya venían de días atrás algo descaecidas. Debilitado por el no dormir y el no comer el cerebro de la buena señora, dio esta en el más extraño desvarío que puede imaginarse. Fue una retroacción de sus pensamientos, un salto atrás, un desandar de lo andado en las vías del tiempo. A la madrugada, habíase tendido Ansúrez en el suelo sobre unas enjalmas; despertole Mara ya de día claro, diciéndole con palabras angustiosas que algo insólito y de mucha gravedad ocurría. Lo primero que advirtió don Diego al abrir los ojos fue que su esposa no estaba en el camastro. Como dormían vestidos, no tardaron en salir del aposento hija y padre, y con espanto vieron a doña Esperanza que a lo largo del corredor venía parloteando en alta voz y gesticulando con demasiada viveza, como si disputara con seres invisibles. Corrieron a ella, y con gran dificultad la llevaron adentro.

Opuso la buena señora resistencia breve, que se revelaba en su voz más que en sus ademanes, diciendo: «Déjame, Diego, déjame, que esa tarascona insolente, sor Emerilda del Descendimiento, quiere meterme en la leñera. ¿No has oído a mis enemigas las valencianas aullar contra mí? La Priora es de tierra de Jumilla y no me quiere mal; pero está impedida de ambas piernas y no puede salir a defenderme. ¡Que no entren, por Dios, que no entren en esta celda!... Es lo que llamamos el desván de la fruta, y aquí me recojo, aquí me refugio entre calabazas... Tú eres el hombre de los aires, que anda de chimenea en chimenea y horada los techos... Vienes manchado de hollín, porque pasas por los caminos del humo... Silencio, que las monjas vamos al coro... En el coro somos las monjas ángeles que rezan dormidos... Despertamos, y nos volvemos demonios...» Estos y otros disparates que dijo la señora, pusieron a la hija y al esposo en gran consternación. Con palabras dulces trataron de apartar su mente de aquel furioso desvarío; pero las ideas de la infeliz mujer se habían dispersado como pájaros, cuya jaula se abre por las cuatro caras, y no había manera de atraerlas de nuevo a su prisión.

Lejos de calmarse con halagos ni con esfuerzos de raciocinio la locura de doña Esperanza, se fue determinando más en el curso del día, hasta el punto de que Diego y Mara llegaron a creer que también ellos habían perdido el juicio. Terrible fue la tarde: la pobre señora persistía en la demencia de creerse monja, y de repetir en memoria y en voluntad los actos y sucesos que precedieron a su evasión del claustro. Ya no sabían el esposo y la hija qué pensar, ni qué hacer, ni qué decir. En vano pedían auxilio a los viejos y mujeres de la casa, que no acertaban de ningún modo a sacarles de tan doloroso conflicto. Por la noche, el delirio de la enferma fue más desatinado y violento. Desconociendo a su hija, la llamaba *negra, intrusa*, y mandábala salir de su presencia. También a su marido le trataba como a persona subida de color. Creyéndose monja y de inmaculada blancura, decía: «Quiero escaparme, quiero salir de esta triste cárcel; pero no me salvarán hombres tiznados... No me salvarás tú, que traes el rostro oscuro de andar con los negros de Indias.»

Espantosa fue la noche, y más aún la madrugada. Muertos de inanición, Ansúrez y su hija pidieron alimento a sus aposentadores, que les franquearon cuanto tenían. Una mujerona huesuda y desapacible, no por esto privada de sentimientos cristianos, se puso a las órdenes de los huéspedes; les sirvió sopas y una fritanga, y brindose a velar a la enferma para que el señor y la niña pudieran descansar algunos ratos... ¡Buen descanso nos dé Dios! Cayó doña Esperanza en un sopor del que no podían sacarla con sacudidas de los brazos, ni con voces pronunciadas en los propios oídos de ella. Sudor copioso y frío brotaba de su frente, y de su boca se escapaba un áspero soplido cadencioso, que no traía ningún acento de locución humana.

Pensó Ansúrez que aquel singular estado podía ser un recalmón intenso de los alborotados nervios de su esposa; pero la mujerona de la casa, que era un tanto curandera y había presenciado bastantes casos como el que a la vista tenía, dio dictamen muy distinto, y sin nombrar la muerte, expresó el parecer de que no debían buscar remedios corporales, sino aplicarse todos, deprisa y corriendo, a encomendar el alma de la señora. Firme en esta intención edificante, bajó y trajo un cazolillo con aceite, en el cual sobrenadaban encendidas varias mechas de algodón, que eran como un holocausto a las benditas ánimas del Purgatorio, y el mejor socorro que se podía dar a una persona moribunda. Nada dijo Ansúrez, y comprendiendo que acertaba la mujer en su fúnebre pronóstico, echó todo su dolor del lado de la resignación, encastillándose en esta con todo el rendimiento de su alma cristiana. Menos fuerte Mara en su espíritu, rompió en llanto; y entre lágrimas de la niña, oraciones de la huesuda, silencio torvo de Ansúrez, y un desaforado ladrar de perros que del campo venía, los alientos broncos que salían del pecho de doña Esperanza fueron menguando, hasta que con uno más suave y hondo terminó su existencia mortal.

La claridad del alba entró a deslucir el amarillo resplandor de las luces mortuorias. Hija y padre se vieron en plena esfera de la realidad, y de su propio dolor sacaron fuerzas para ocuparse en dar a la querida muerta la compostura y grave continente que debía llevar al sepulcro. Arregláronle el pelo, que se le había desordenado con las manotadas de su locura. Sin quitarle la ropa interior, pusiéronle su mejor basquiña negra, y un manto, negro también, que con monjil recato le cubría la cabeza y busto. Formaba como un rostril ovalado, sujeto con alfileres, que solo dejaba al descubierto la cara. En las manos le pusieron el Crucifijo que consigo solía llevar; hecho esto, se sentaron junto a la cama por uno y otro lado, esperando la ocasión del sepelio. El cansancio venció la voluntad de Ansúrez. La cabeza le pesaba más que su propósito de tenerla derecha, y se dejó caer entre los brazos y sobre el lecho. Quedose el hombre profundamente dormido, y en sueños le turbaba un ruido intenso y mugiente: creyó que era el oleaje del Mediterráneo rompiendo en las peñas de Cabo Palos o en los cantiles de Porman. Soñó que estaba en aquella costa oyendo la voz iracunda del mar... Su hija le despertó sacudiéndole el brazo, y le dijo: «Padre, ¿oyes ese ruido?»

—Sí, oigo —respondió Ansúrez estre dormido y despierto—. Tenemos levante duro.

—No es eso, padre. Es ruido de soldados. Los soldados están aquí. No caben en el corral. Del corral han subido al corredor: algunos han abierto esta puerta, y al vernos han vuelto a cerrar.

Cerciorose Ansúrez por sus propios ojos de lo que Mara le decía; vio la inquieta turbamulta militar, que sin duda iba de camino hacia la ciudad insurrecta, y se le daba parada y rancho en la Casa de Postas. Como acontece en estas invasiones, no faltan muchachos alegres que se lanzan a una requisa indiscreta, en busca de las vituallas que comúnmente se guardan en altos desvanes. Perseguían jamones o cecina, y hallaron cosa muy distinta de lo que anhelaban. Algunos eran tan desahogados, que el hábito de la galantería se sobrepuso a los respetos debidos a la muerte; y ante Mara llorosa junto al cuerpo frío de su madre, repararon en la belleza picante de la chavala, y más prontos estuvieron para requebrarla que para compadecerla. Viendo que unos tras otros entreabrían la puerta sin más objeto que curiosear, Ansúrez abrió de golpe y les dijo: «Pasen, si gustan de ver cosas tristes. Esta señora difunta es mi esposa, y esta muchacha, mi hija. Si buscan comida, sepan que aquí no la hay, ni creo que puedan encontrarla en parte alguna de este caserón desamparado. Aquí no hay más que soledad y lágrimas. Íbamos hacia Granada... Mi esposa enferma no pudo resistir el quebranto del viaje ni la falta de todo socorro de víveres y medicinas, y esta madrugada su alma se ha ido a la presencia de Dios. Mi hija y yo no saldremos de aquí sino para llevar a nuestra querida muerta a donde podamos darle sepultura cristiana. Si son ustedes piadosos, como parece, ayúdennos a cumplir esta santa faena, y les quedaremos muy agradecidos... Guardaremos en el corazón el recuerdo de estos buenos chicos, aunque no volvamos a vernos. Ustedes van a Loja; nosotros, al puerto más cercano, que entiendo es Motril, pues yo no soy hombre de guerra, sino de mar.»

Los soldados oyeron respetuosos estas razones tan sinceras como expresivas, y el más despabilado de ellos, en nombre de todos, dijo que de buen grado complacerían al señor viudo y a la niña huérfana, ayudándoles a la conducción y entierro de la señora finada; pero que habían de partir en cuanto se racionara la tropa, que ello sería obra de veinte minutos todo lo más. Detrás llegaría un batallón de Cazadores, y estos no habían de ser menos generosos y cristianos que los presentes. Con esto, y con dar a los atribulados hija y padre dos panes de munición de a dos libras, se despidieron.

Al son de tambor y cornetas se alejó la tropa, y Ansúrez, otra vez solo, trató con la mujerona y los vejetes de dar tierra a la pobre doña Esperanza. Convinieron todos, mediante *conquibus*, en facilitar la indispensable función mortuoria. El cementerio más próximo era el de Cijuela, distante una legua o poco más. No faltarían cuatro hombres que, turnando, transportasen el cadáver, y delante iría un propio que previniese al cura para que no faltara un buen responso. Por fin, como en el curso del día habían de volver de Granada mozos, caballos y algún carricoche (que ya con la presencia de la tropa se iba restableciendo la vida normal), después del sepelio podrían tener el viudo y su hija un galerín en que molerse los huesos por el *camino de arrecife*, que así llamaban a las carreteras.

Pasaron al mediodía los Cazadores sin detenerse, y a la tarde se puso en camino con solemne tristeza y soledad la pobre comparsa que acompañaba los restos de doña Esperanza, encerrados en una caja tosca que a toda prisa carpintearon los viejos de la Casa de Postas, y que conducían en parihuela otros viejos y mendigos alquilones. Seguían don Diego y su hija en el coche llamado de San Francisco, y tras ellos lucido cortejo de chicos y gitanas que iban al reclamo de una limosna. Con lento andar llegó la procesión a su término, que era un camposanto humilde, sin mausoleos pomposos, poblado de cruces, las unas derechas, otras caídas o inclinadas con dejadez, como si quisieran descender al reposo que gozaban los muertos. Un cura del mal pelaje, esmirriado y anémico, que apenas podía con la capa pluvial, y un monaguillo pitañoso y descalzo, aguardaban con puntualidad mendicante.

Breve y patética fue la ceremonia. Cuando la pobre doña Esperanza bajó a la tierra, prorrumpieron las gitanas en teatral llanto, que fue como un fondo coral en que vivamente se destacaba el verídico duelo de la huérfana y el viudo. Todo terminó al caer de la tarde, cuando sobre el rústico cementerio revoloteaban las golondrinas, que en próximos techos tenían sus nidos. Pagó don Diego los servicios funerarios con largueza de indiano. Moneda de oro puso en la mano negra y flaca del cura, que, al recibirla y verla tan brillante, apretó el puño cual si temiese que se la quitaran. Quedó el hombre muy agradecido, y ofreciendo rogar por muertos y vivos, se fue a toda prisa, que cenar solía tempranito. A los portadores recompensó Ansúrez con buenas monedas de plata, que por más señas eran pesetas columnarias, y entre las gitanas y chiquillos repartió alguna plata y cobre en abundancia, con lo que todos quedaron muy satisfechos, y al donante como a la niña desearon largos años de vida y aumento de sus caudales. Al regreso, las gitanas, ya con más ganas de canto que de llorera, propusieron a Mara decirle la buenaventura; pero la niña no quiso escucharlas, sintiéndose en tal ocasión lejos de todo consuelo.

A campo traviesa anduvieron, guiados por los viejos, dos o tres horas, pasando por tierras del Soto de Roma, propiedad del inglés duque de Wellington, y a las diez de la noche fueron a parar a un ventorro, donde les esperaba el birlocho dispuesto para proseguir su caminata. Todo lo que tenía de excelente la moneda de Ansúrez, teníalo de perverso y desvencijado el armatoste que le alquilaron aquellos chalanes. Tiraban de él dos caballejos cansinos y llenos de mataduras, y lo guiaba un perillán tuerto y cojo, que, apenas tratado, daba el quién vive con su aliento de borrachín y sus trapacerías rateriles. Pero no habiendo cosa mejor, los viajeros pasaron por todo, que para eso traían grande acopio de resignación. Dando tumbos, oyendo sin cesar las groserías del cochero y los palos con que a los pobres animales arreaba, llegaron después de media noche a un parador de la ciudad de Santa Fe, donde hicieron alto para descansar algunas horas. Pero la fatiga y el sueño atrasado que ambos traían les retuvieron en los duros colchones hasta más de las doce; y como el calor era sofocante, se acordó retrasar la salida hasta el anochecer, lo que agradecieron los caballos tanto como el gandul que los regía.

Anhelaba Diego recorrer con la mayor presteza posible la distancia que le separaba de Motril. Forzoso era pasar por Granada, donde despediría el carricoche de Lachar para tomar mejor vehículo. En Granada se detendría lo menos posible: le asustaba la idea de encontrar parientes o amigos, que con halagos y cumplimientos dilatorios le indujeran a mayor tardanza. Tal como lo pensó, lo hizo: llegaron los viajeros a la ciudad morisca al filo de media noche, y en una posada del arrabal del Triunfo se alojaron, y de allí no salieron hasta saldar cuentas con el ladronzuelo que les trajo, y ajustar un galerín que debía llevarles hasta donde alcanzaba el camino de arrecife. Desde Béznar seguirían a caballo hasta el término de su odisea terrestre. En estos tratos chalanescos se les fue un día entero y parte de otro. A ningún conocido vieron, ni hablaron más que con arrieros y trajinantes que en el mesón se alojaban... Partieron en alas, no diremos del viento, sino de la impaciencia y prisa que empujaban el alma de Ansúrez hacia el mar, y en los últimos ratos del parador, así como en el trayecto hasta Padul, tuvieron noticia del desastroso acabamiento de la revolución de Loja.

V

Razón tuvo el Cura don Prisco al poner en sus letanías la piadosa invocación al brazo militar: «¡Soldados, soldados!» Oída fue por Dios y por el Gobierno esta devotísima plegaria. Soldados acudieron de Granada, de Málaga y de Jaén, y reunidos frente a Loja, bajo el mando de un valeroso general, saludaron a los insurrectos con la estimación de rendirse y poner fin al democrático juego. Pronto comprendieron los secuaces de Rafael Pérez que habían perdido su causa, metiéndose en una plaza que más tarde o más temprano había de ser victoriosamente debelada por la tropa. La hueste revolucionaria no debió abandonar nunca la táctica de guerrillas: su fuerza estaba en la movilidad, en la rapidez de las sorpresas y embestidas parciales. Estacionarse en un punto, aun contando con defensas rocosas o con trincheras abiertas sin conocimiento del arte de la castrametación, era ir a muerte segura. Un ejército disciplinado y regularmente dirigido debía dar cuenta, como aquel la dio, del tan entusiasta como aturdido ejército popular. Apretado el cerco con la idea de que no escapase ninguno de los cinco mil republicanos que en la plaza bullían, resultó que después de andar en tratos y parlamentos, se escabulleron todos por las mallas de la red.

Se dijo que Serrano había llegado a última hora con instrucciones de lenidad, que practicó a estilo masónico, haciéndose el cieguecito y el sordo ante los grupos que huían de la plaza. Serrano era liberal, no debe esto olvidarse, y en Madrid mandaban un astuto y un escéptico que se llamaban O'Donnell y Posada Herrera. Si hubiera estado el mango de la sartén en manos de Narváez, de fijo no queda un republicano comunista para contarlo. Don Prisco Armijana, espíritu que se balanceaba en los medios pidiendo mucha libertad y mucha religión, diría frente al Socialismo vencido: «Soldados, no matéis. Dios quiere que todos vivan... y que todos coman. Soldados y paisanos, comed juntos.»

Venturosa fue la evaporación rápida de los insurrectos, tomando por este o el otro resquicio los caminos del aire, porque así se evitaron las duras represalias y castigos. Algunos cayeron, no obstante, para que quedasen en buen lugar los fueros del orden santísimo. La vista gorda del general no fue tanta que dejase pasar a todos sin coger los racimos de prisioneros que debían justificar, llenando las cárceles, la autoridad del Gobierno. No faltaron infelices que con el holocausto de sus vidas proporcionaron a la misma autoridad el decoro y gravedad de que en todo caso debe revestirse. De Rafael Pérez, nada se supo. Luego se dijo que había ido a parar a Portugal. Hombre extraordinario fue realmente, dotado de facultades preciosas para organizar a la plebe, y llevarla por derecho a ocupar un puesto en la ciudadanía gobernante. Tosco y sin lo que llamamos ilustración, demostró natural agudeza y un sutil conocimiento del arte de las revoluciones; arte negativo si se quiere, pero que en realidad no va nunca solo, pues tiene por la otra cara las cualidades del hombre de gobierno. Representó una idea que en su tiempo se tuvo por delirio. Otros tiempos traerían la razón de aquella sinrazón.

Más que en estas cosas de la vida general pensaba Diego Ansúrez en las propias, corriendo en la galera por el camino que faldea las moles de Sierra Nevada en dirección a la fragosa Alpujarra. Pasó la divisoria que llaman *Suspiro del Moro*, sin duda porque allí suspiró y lloró el desconsolado Boabdil, y también el viudo de doña Esperanza lanzó de su pecho suspiros hondos recordando su amor perdido, y pesando las desventuras que su viudez le traía. Luego consideraba el enflaquecimiento de su bolsa, a la que, con las enfermedades de la mujer, los viajes, los obsequios y otras socaliñas, había tenido que dar innumerables tientos. En Granada y Loja habíanle tomado por indiano rico, y no faltaron parientes pobres, Castriles o Armijanas, a quienes hubo de consolar gallardamente con algún socorro. Ello es que por el chorreo continuo de gastos en tan largo periodo de inacción, al mar, su verdadera patria, volvía con solo el dinero preciso para llegar a Cartagena.

Pasando por la memoria, como se pasan las cuentas de un rosario, sus desdichas en tierra granadina, pensaba el buen hombre que la causa de ellas no podía ser otra que el haber infringido y olvidado las leyes morales y religiosas. Su casamiento libre y sacrílego con Esperanza, sin duda tenía muy incomodado al Padre eterno, de donde resultaba que fueran siempre desfavorables los que llamamos designios de la Providencia. Pero luego, razonando con buen sentido, añadía: «Yo no fui a sacar a Esperanza del convento de Consolación, sino que ella, descolgándose para coger la calle y la libertad, cayó sobre mí como si cayera del cielo. ¿Qué había yo de hacer con ella? ¿Restituirla al convento, a donde no quería volver ni a tiros? ¡*Ajos y cebolletas*, esto no podía ser! Después, mares adentro, el amor, fuero imperante sobre toda ley, nos casó. ¿Cómo lo habíamos de arreglar, si por el aquel de los malditos cánones no podíamos casarnos por la Iglesia? Yo no diré nunca, líbreme Dios, como decían los de Loja: ¡*muera el Papa!*; pero sí diré a gritos: "¡mueran los cánones!". ¿Y qué culpa tengo yo de que don Prisco no pudiera sacar la dispensa de votos, ni arreglar todas las demás zarandajas para echarnos las bendiciones?... Culpa mía no es esto, y porque la culpa es del Papa y no mía, siento mi conciencia muy aliviada, pues hay cosas en que el deseo debe valer tanto como la ejecución.» A pesar de la relativa serenidad que le daban estos razonamientos, Ansúrez no se veía libre de inquietud: el temor religioso iba ganando su alma, y recordando la escena tristísima del cementerio de Cijuela, se proponía practicar el culto, cuidar de sus relaciones con Dios hasta desenojarle.

33

Siguieron su camino hacia la Alpujarra, bordeando abismos y salvando cuestas. En Padul descansaron, en Dúrcal comieron, y en Béznar se les acabó la carretera, dejándoles a pie si no franqueaban a caballo las seis leguas que les separaban de Motril. Las maletas quedaron en Béznar para ser transportadas en mulo durante la noche. Dos borricos llevaron a los viajeros a Tablate, y uno solo de Tablate a Vélez. No se crea que en un asno montaban los dos: Mara iba sentadita en el albardón de un alto pollino, y Ansúrez lo llevaba del diestro: era torpe jinete, y más a gusto andaba con sus pies que con los de la mejor cabalgadura.

Pasada la divisoria de Lújar, se ofreció a los ojos de ambos el sublime espectáculo del mar, grande espacio de azul, tan vago y misterioso en su inmensa lejanía, que no parecía mar, sino una prolongación del Cielo que se arqueaba hasta besar la costa. Tal fue la emoción de Ansúrez ante el grandioso elemento en quien veía su patria espiritual, que le faltó poco para ponerse de hinojos y entonar una devota oración sacada de su cabeza en aquel sublime momento. Palabras de asombro, cariño y gratitud pronunció santiguándose, y no tuvo reparo en mostrar una infantil y ruidosa alegría, primer respiro del alma del marino después de su viudez reciente.

El camino que faltaba, no muy extenso y todo cuesta abajo, bien podían recorrerlo a pie. Así lo propuso el padre a la hija, y ambos se lanzaron intrépidos y gozosos a la pendiente por ásperos caminos bordeados de piteras, chumbos y otros ejemplares lozanos de la flora meridional. Sin novedad anduvieron largo trecho; pero el cansancio agotó las fuerzas de Mara, y cuando aún faltaban como tres cuartos de legua para llegar a Motril, la pobre niña, dolorida de los pies y cortado el aliento, dijo a su padre que le concediera un largo reposo, o buscase algún jumento en las casuchas que a un lado y otro se veían. «Hija del alma —replicó Ansúrez, a quien se hacían siglos los minutos que tardase en llegar al puerto—, no perdamos tiempo en buscar caballería, que aquí tienes a tu padre que te llevará con tanto cuidado y mimo como si te cargaran los ángeles.» Dicho esto, la cogió en sus brazos y siguió adelante con ella sin gran trabajo, pues la chica era de poco peso y él un gigante forzudo.

Iban por un sendero pedregoso, flanqueado de pitas, cuando les alcanzó y se les puso al habla otro viajero andante que tras ellos venía. Era un muchachón de buena presencia y estatura, muy desastrado de ropa, como si llevara largo tiempo de corretear por caminos ásperos y pueblos míseros. Visto de lejos, parecía negro: tan extremadamente había tostado el Sol y curtido el aire su tez morena. El polvo, además, lo jaspeaba con feísimos toques; pero ni la suciedad ni la negrura desfiguraban las varoniles facciones del sujeto. Las primeras palabras que dirigió a los Ansúrez fueron contestadas con desabrimiento. ¿Era mendigo, ladrón o vagabundo? Hija y padre se detuvieron en estas dudas antes de responderle con urbanidad. «Bueno —dijo Ansúrez, vencido al fin de la cortesía del extraño individuo negruzco más bien que negro—: no nos enfadamos porque tú nos hables, ni tenemos a desdoro el hablar con un pobre. Nosotros vamos en demanda de Motril. Tú, a lo que parece, llevas el mismo camino.»

—A Motril voy —respondió el hombre ennegrecido y empolvado—; y antes de que el señor me lo pregunte, le diré que me trae a este puerto el mucho cansancio y ninguna utilidad que he sacado de trabajar tierra adentro, en el campo, en el monte, en las canteras de mármol; y ahora buscaré trabajo en la vida de mar, porque el mar es mi elemento, quiero decir, que me gusta sobre todas las cosas, y que en él está el hombre mejor que en tierra. Esto digo, esto sostengo, aunque usted lo lleve a mal.

—¿Qué he de llevarlo a mal, ajo? —exclamó Ansúrez parándose ante el hombre de color oscuro y mirándole cara a cara—. ¡Si yo, aquí donde me ves, soy del mismo parecer que tú, y después de los peces no hay nadie en el mundo que sea más hijo del mar que yo! De tierra adentro vengo sin timón ni compás, no sé si huyendo de mis desdichas o trayéndolas conmigo. Al interior me fui con mi esposa y mi hija. Solo con la hija vuelvo. El corazón se me ha partido, y la mitad he dejado allá en un cementerio chico...

Ya con esta entrada vieron ambos abierto el camino para una conversación franca. El negro era listo: su lenguaje contrastaba rudamente con su bárbara facha y su vestir lastimoso. Por el acento reveló a las primeras frases su abolengo americano, y a la pregunta que sobre el particular le hizo Diego, contestó así: «Yo soy del Perú; me llamo Belisario, y en España estoy por locuras y calaveradas mías, que ahora pago con usura, pues han caído sobre mi cabeza más desdichas de las que merezco... Ya ve por mi facha lo rebajado que estoy de mi nacimiento y categoría... No le pido limosna, aunque bien la necesito, sino protección para poder embarcarme y salir a buscar el sustento, aunque sea con fatigas, que las pasadas en el mar han de consolarme de las que llevo sufridas en tierra.»

Con esta ingenua manifestación, el americano empezó a ganarse la simpatía de Ansúrez. En lo restante del camino, hija y padre le pidieron más noticias de su vida, y él no se cortó para darlas. Había nacido al pie de los Andes; sus primeros pasos los dio sobre pavimento de barras de plata. Su padre era español, que cruzó los mares y se fue en busca de *la madre gallega*, que así llaman allí a la fortuna. Casó con una limeña muy guapa... Las limeñas son las mujeres más bonitas del mundo, y mejorando lo presente, a todas ganan en desenvoltura y malicia graciosa. La digresión que hizo el narrador hablando de las limeñas, no se copia en este relato por no agrandarlo más de lo debido. Habló luego del mal genio de su padre, que era *más adusto que un pleito*, y conservaba en su carácter el dejo de las fierezas inquisitoriales, que en toda alma española están adheridas, como se adhieren a la lengua los sonidos del idioma.

De la dureza del padre y de la propensión del hijo a la independencia, resultaron castigos, rebeldías y sucesos lamentables. No tenía veinte años cuando se emancipó de la autoridad paterna, retirándose al Callao, donde con otros chicos de su edad, como él indisciplinados y ociosos, cultivó su afición al mar. Todo el día se lo pasaba en botes o chalanas, jugando a la navegación de vela y remo. El cariño de la madre le atrajo de nuevo a la casa de Lima. Pero la inflexibilidad del padre no tardó en reproducir las discordias. Escapó al fin, buscando la deseada libertad, y se fue a las islas Chinchas, donde halló medio de ser admitido en la tripulación de una fragata inglesa que le trajo a Europa. Contar todo lo que en el viaje le pasó, desde su salida de las Chinchas hasta su arribo a Valencia, sería historia larguísima y fastidiosa para el señor y señorita que le escuchaban... Terminó diciendo que el recuerdo de su madre y hermanos no se apartaba de él, y que ignoraba en absoluto lo que había ocurrido en su familia desde que su delirio de aventuras le separó de ella.

No sabía Diego si creer todo o una parte no más de lo que el americano refería. Pero a su desconfianza se impuso su buen corazón, y dijo al vagabundo que él no era más que un pobre naviero de faluchos de costa, y en tan pobres barcos no podía ofrecerle empleo ventajoso. Pues buscaba trabajo de mar, le llevaría gustoso a Cartagena, donde hallaría medios de enrolarse en buenos buques mercantes, o en los de guerra si le llamaba y era de su gusto la marina militar. A esto dijo Belisario que el ser llevado a Cartagena lo consideraba como la mayor caridad que podía recibir, y con grandes aspavientos y cierto lirismo en su dicción fácil, expresó su gratitud al generoso señor y a su bella hija.

VI

Horas no más estuvo Ansúrez en Motril, el tiempo preciso para fletar una hermosa lancha y disponerla para su viaje. Belisario le trajo las maletas desde la ciudad al varadero, media legua larga, y luego embarcó con el padre y la hija, cinco marineros y el dueño de la lancha. Largó esta la vela, y al amor de un poniente frescachón que felizmente reinaba, se alejó rascando la costa. La nave era excelente, y a las dos horas de su salida pasaba frente a la Sierra de Adra. Toda la noche siguió navegando con gallardo andar; los tripulantes vieron de lejos la luz de Almería, y al amanecer montaron el Cabo de Gata, siguiendo después con menos marcha, al socaire de los altos montes y cantil, que también tienen nombre de Gata. A proa iban Belisario y los marineros, y Ansúrez a popa con su hija. Sobre las tablas de la sobrequilla habían arreglado, con petates y mantas, el mejor acomodo posible para que la señorita descansara, ya que dormir no pudiera.

La caída del viento fue causa de que emplearan casi todo el día en recorrer la costa hasta Cala Redonda. De aquí, con una fácil guiñada, demoraron frente al puerto de Águilas, y en él se metieron para pasar la noche. Al amanecer continuaron: reinaba un lebeche suave que levantaba marejadilla. Alguna molestia sufrió Mara con las cabezadas de la embarcación; pero pasado Cabo Tiñoso se les presentó mar bella, y por fin, bien entrada la noche, gozosos y satisfechos del tiempo y de la nave, dieron fondo en la bahía de Cartagena. Saltó a tierra Ansúrez con su hija, y sin tomar respiro subieron a su habitual residencia, que era una vetusta casa no lejos de la Catedral Antigua, situada en punto culminante, desde donde se gozaba la vista del puerto y de los dos gigantes castillos que lo custodian: Galeras y San Julián.

Apenas instalado en su domicilio, se ocupó Diego en reanudar sus negocios, enterándose de la situación de los faluchos. La ausencia del amo había embarullado las cuentas, y para ponerlas en claro hacía falta paciencia y actividad. Dejaremos ahora en estos afanes al pobre naviero, para decir que la casa donde hija y padre vivían era la de un compadre y amigo llamado Roque Pinel, socio de Ansúrez en otro tiempo, y a la sazón ocupado en la compra y embarque de esparto. La cordialidad y buena armonía entre ambos mareantes no se alteró nunca. Habían sido compañeros en el servicio del Rey, y juntos corrieron, en la navegación y el comercio, aventuras borrascosas, con varia fortuna. Cuando Ansúrez vivía en Cartagena, llevaban a medias los gastos de la casa, y del gobierno de esta cuidaban la esposa y hermana de Pinel, dos mujeres cincuentonas, sentadas y de gran disposición para el caso. Bien podía confiarles Ansúrez la custodia de Mara en sus ausencias. Contaba con la docilidad de su hija, que aún ceñía falda de adolescente. Pero el padre recelaba que, en llegando a mujer hecha, no había de ser tan fácil retenerla en una disciplina rigurosa. Al propio tiempo, no estaba nada satisfecho de la educación de Mara, limitada, por aquellos días, al leer correcto, a un mediano escribir y deficientes nociones de Aritmética. Pensaba el celtíbero en un buen colegio de doncellas, o en escuela regida por monjas aseñoradas, que la instruyeran y la pulimentaran en todo lo concerniente a dicción, etiqueta y modales.

Antes que me pregunten por Belisario, diré que Ansúrez le consiguió trabajo en la descarga de carbón, con lo que se puso el hombre más negro que lo estaba en el instante de su aparición en el camino. Después fue recomendado a una empresa de hornos y fundición en las Herrerías, y allí ganó dinero y se hizo querer de sus patronos. No se asombraron poco Ansúrez y Mara cuando le vieron entrar en su casa lavado y bien vestido, en tal guisa, que tardaron en conocerle, según venía de limpio y elegante. Sus trazas de caballero iban bien con el habla fina que usaba, y con los dejos líricos que del alma le salían a poco interés y calor que tomara el diálogo. Lo más sustancial que dijo en aquella visita fue que había empezado estudios de pilotaje en la Escuela de Cartagena, y que por necesidad continuaba en las Herrerías, sin otro objeto que ganar algún dinero con que emprender vida más de su gusto; o en otros términos, para mayor claridad, que él pedía el auxilio de Vulcano para obtener los favores de Neptuno. Sonriendo miró Mara a su padre, como interrogándole acerca de aquellos señores Neptuno y Vulcano, que ella jamás había oído nombrar. Concluyó en aquella ocasión, como en otras, la visita de Belisario con las donosas burlas que hacía la chica del sutil lenguaje del americano, sin que por ello lograra enojarle, como sin duda se proponía; antes bien, llevábale a mayor admiración de ella y a más desenfrenado lirismo.

Bien entrado ya el 62, se supo que Belisario se había embarcado para Marsella en un buque francés que dejó en Cartagena cargamento de guano. Por Navidad del mismo año, le vio Ansúrez en Palma vendiendo azafrán y comprando almendra. El 63, reapareció en Cartagena, vestido con singularidad, el rostro demacrado y tristón, como si convaleciera de una enfermedad penosa. Sus operaciones mercantiles no salían entonces del terreno espiritual: comerciaba con las Musas, y sus remesas eran poesías, que más de una vez aparecieron en los periódicos locales. Los entendidos en estas cosas aseguraban que las odas, silvas, canciones y elegías del americano no carecían de mérito, y algunos vates cartageneros las ensalzaban hasta el cuerno de la Luna. Sus defectos eran sus cualidades prodigadas con hinchazón y superabundancia por una fantasía sin freno. Abusaba indiscretamente de los ángeles, de la espléndida flora tropical, y de las conversaciones tiradas que sostienen los astros del Cielo con los átomos de la Tierra. Todo esto pasó arrastrado por la corriente undosa de la literatura periodística, que lleva y derrama las ideas en el mar del olvido. Del mismo modo pasó Belisario, que desapareció de Cartagena sin despedirse de nadie, ni decir a dónde iba con sus estrofas y su acentuada personalidad.

En los comienzos del 64, volvió el peruano a dar señales de vida, y ello fue por una carta que de él recibió Ansúrez en Alicante. Deciale que acababa de salir del Hospital, no bien repuesto aún de una fiebre maligna. Movido de su buen corazón, hizo Diego por él lo que podía, y partió a Valencia, donde estaba la gentil Mara perfilando su educación bajo la férula de las Madres Ursulinas de aquella ciudad. Los quince años de Mara eran espléndidos: pasaba de la adolescencia a la juventud con arrogancia de conquistadora. Sus hechizos inspiraban miedo a las Madres, miedo también al padre, y sin dejarse ver fuera del convento, eran conocidos y celebrados por obra exclusiva de la fama. Ni el fuego ni la hermosura pueden estar ocultos.

En septiembre del mismo año, dio Ansúrez por finiquitado el pulimento de la señorita, y se la llevó a Cartagena. Creía el buen hombre que las Ursulinas habían puesto a su hija como nueva, y que esta era un prodigio de ilustración y un lindo archivo de conocimientos. Grandemente se equivocaba, porque Mara, descontado el barniz leve de cultura que le dieran las monjas (nociones farragosas del arte gramatical y de la ciencia de la cantidad, un poquito de francés masculado y un imperfectísimo tecleo de piano), salía del convento tan rasa y monda de saber como había entrado, con bastantes malicias y astucias de más, y su cándida ingenuidad de menos. Algo de esta recobró al volver a su casa, porque no disimulaba el desafecto que en su corazón dejaron las Madres.

Ansúrez no se cansaba de admirar el ligero barniz, que pronto habría de deslucirse y perderse, y encantado con su hija, no veía en la sociedad de sus iguales hombre digno de ella. Y está de más decir que Mara tuvo en Cartagena, al presentarse acicalada y bruñida de lenguaje, un éxito loco. Muchachos de diferentes vitolas y abolengo la cortejaron, sin que ella saliera de su mónita constante: enloquecer a todos, y no dar esperanzas a ninguno. Cobró fama de ambiciosa y de picar demasiado alto. Con las gracias discretas nuevamente adquiridas se juntaban, en delicioso revoltijo, los donaires que se le pegaron en la tierra andaluza... No había criatura que exhibir pudiera mayor conjunto de seducciones mortíferas, ni que impusiese más terror a los que la sitiaban con solicitudes amorosas. Su talle sutil, su gracioso andar, sus decires prontos, que tenían por manantial la boca más fresca y bonita que podría imaginarse, su rostro trigueño a lo Virgen de Murillo, se grababan en la retina y en el corazón de infinidad de jóvenes que vivían desconsolados y como almas en pena.

Por aquellos días, que en buena cuenta eran los de octubre del 64, resurgió Belisario en Cartagena bien vestido y con cierto mohín misterioso, dejando entrever que un magno asunto secreto y de universal importancia movía su voluntad. Algunos le creyeron conspirador, y en verdad lo parecía por la sutileza con que esquivaba su persona. Pronto le llevaron a Diego Ansúrez el soplo de que el peruano había venido en requerimiento de Mara, y que de noche rondaba la casa disfrazado de marinero. Acechó Ansúrez; tomó lenguas de los vecinos y de las mujeres de la casa, y si no pudo echarle la vista encima al caballero rondador, supo de un modo indudable que había cambio de cartitas, y que a las manos de Mara, por impenetrable conducto, llegaban voluminosos paquetes de prosa y verso.

Saber esto y volarse el honrado marino, fue todo uno, y en su furor corrió derecho al descubrimiento de la verdad, encerrándose con su hija, e interrogándola de forma ruda y pavorosa, que no era para menos la rabia que el celtíbero sentía. Atemorizada, negó al principio Mara; pero la verdad que le llenaba el alma pudo en ella más que el disimulo, y al fin, con la fuerza de dicción que da un sentimiento poderoso, declaró de lleno que el peruano la quería, y que ella... le había hecho dueño de su corazón, con inquebrantable propósito de ser de él o de nadie. Larga y penosa fue la escena, y en ella hubo de todo: gritos, amenazas, lamentos, truenos furibundos en la boca del padre, y un río de lágrimas en los ojos de la señorita. Repetido por la noche el sofión, presentes Pinel y las dos señoras, hablaron todos con tal vehemencia, afeando el amor de Mara, que la pobre muchacha quedó sobrecogida y muda. Creyeron que la habían convencido; pero no fue así: más fácilmente se apaga un volcán que el incendio de un corazón enamorado.

Dos días después, hallándose Ansúrez en la correduría que despachaba sus buques, se le presentó de improviso Belisario, y sin preámbulos ni retóricas baldías, en prosa categórica y llana, le dijo: «Vengo, amigo Diego, a pedirle a usted la mano de su hija.» ¡María Santísima, qué cara puso el celtíbero al oír lo que juzgaba disparate, blasfemia o cosa tal, qué relámpago de ira echó de sus ojos, qué sarta de vocablos feos y sacrílegos de su boca! Repitió el peruano fríamente su demanda; mas antes de que concluyera, corrió hacia él como un león el enconado padre, y acudieron los allí presentes a sujetar a uno y otro, salvando de un grave estropicio al poeta mareante. Dueño este de sí mismo, y conservando la serenidad que había perdido su enemigo, declaró que Mara sería suya, quisiéralo o no el señor Ansúrez, porque la ley de amor, más alta y fuerte que todos los respetos humanos, había de cumplirse. Amor es ley del universo, y la autoridad paterna es ley social. Amor es fuerza creadora que engendra la vida y perpetúa la Humanidad; las leyes sociales que contrarían el amor son esencialmente destructoras como instrumentos de muerte. Estos y otros desatinos y razones enfáticas dijo en un tono y cadencia que sonaron a verso en los oídos de los hombres de mar. Terminó la reyerta con groseras burlas de las retahílas del americano, y a empujones le lanzaron a la calle ignominiosamente. «Soy solo contra todos —clamaba—, y no es bien que me traten así...»

Ansúrez, sin que sus amigos le soltaran de la mano, quedó en la corredúría braceando como loco furioso, y repitiendo las maldiciones y amenazas con que desfogaba su ira. «¡Ajo, dar mi hija a un coplero!... ¡Ajo, maldito sea el instante en que los ojos de ese bigardo miraron a mi niña!... ¡Si no me lo quitan, lo estrangulo!... ¡Suéltenme, que quiero tirarlo al agua con una piedra trincada al pescuezo!...» No se calmó hasta que regresaron los que se habían llevado a Belisario, y le dijeron: «No te sofoques, Diego, ni hagas caso de ese silbante. Hémosle metido en el bote del vapor sardo, donde está de mayordomo. Descuida, que a tierra no ha de volver. Ya tienes al vapor desatracado y listo para salir a la mar.» A pesar de esta seguridad, no tuvo sosiego Ansúrez hasta que vio salir el vapor sardo... Aún rondaba su alma un recelo inquietante. Aguardó la vuelta del práctico que había sacado al vapor, y las referencias de este diéronle la certidumbre de que el aventurero gandul navegaba con rumbo a Génova.

En los días siguientes observó Ansúrez en su hija tan serena placidez, que la irritación y suspicacia motivadas por el suceso de la correduría se desvanecieron completamente. Después, tuvo que ir a Mazarrón a tratar de un transporte de plomos, y regresó a los dos días en un vaporcito costero. Al saltar a tierra, le recibió su amigo Roque Pinel con la cara larga y afligida que suelen poner los que se ven obligados a dar una mala noticia... No sabía el buen hombre cómo empezar. Sus palabras balbucientes, el tono lacrimoso y fúnebre con que las pronunciaba, levantaron en el alma de Ansúrez una onda de terror, que le cortó el aliento. Desgracia inmensa y repentina había ocurrido en su casa. ¿Estaba Mara enferma?... ¿Se había muerto quizás? Echole Pinel el brazo al cuello, y anduvieron juntos algunos pasos... Sacando fuerzas de flaqueza, pudo decirle, no que Mara se había muerto, ni aun que estaba enferma, sino que buena y sana se había escapado de la casa. ¡Jesús!... Fugada, sí, de la casa y de la ciudad... ¡Jesús, Jesús!... Arrebatada por el gavilán americano.

VII

La terrible impresión de esta noticia no hizo estallar al buen Ansúrez en bravatas y denuestos sacrílegos. La recibió como una maldición de Dios, y su dolor tomó forma semejante a las sublimes quejas del santo patriarca Job. Creyó que Dios lanzaba sobre su cabeza rayos de ira, que debía revolcarse en un muladar, y convertirse en ceniza o polvo miserable. Rompió a llorar como un niño. Ni Pinel ni otros amigos pudieron consolarle.

¿Pero cómo...? ¿Cuándo...? A estas interrogaciones ansiosas fueron contestando los amigos con discreta lentitud. Lleváronle a la correduría, y con él se encerraron. Así evitaban el tener que contarle cosas tan delicadas en medio de la calle... ¿Pero cómo...? ¿Cuándo...? Pues la escapatoria fue la misma noche de la partida de Ansúrez a Mazarrón. Ninguno de los amigos podía explicarse que habiendo embarcado el ladrón en el vapor sardo, volviese a Cartagena tan pronto. O no eran ciertas las noticias dadas por el práctico, o el americano tomó tierra en alguna playa o puertecillo de la costa... Lo indudable, y esto se supo por una muchacha que en la casa servía cuando Mara volvió del convento, era que los amores de Belisario con la señorita databan de fecha relativamente larga. Cuando Ansúrez le socorrió en Alicante, ya había logrado el americano que sus amorosas esquelas llegaran a la colegiala de las Ursulinas... Restituida la niña a su casa, continuó la correspondencia, que era por una y otra parte de lo más arrebatado y fogoso, a juzgar por una carta que, después de la evasión, encontraron en el neceser de Mara; papel que esta se olvidó de quemar, como había hecho con otros... También era indudable que en octubre, antes de la violenta escena en la correduría, estuvo el gavilán en Cartagena; los amantes se veían y charloteaban, asomada ella a una ventana que da al callejón del Cristo, él en la calle, arrimado a un doblez oscuro de la pared.

Para que nada quedara por decir, uno de los presentes declaró que, por confidencia que a una de sus amiguitas hizo Mara, se sabía que el amor de esta era de los de condición irresistible y volcánica. Otro de los amigos expuso la idea de que el americano sería todo lo perdido y vagabundo que se quisiera; pero que alguna cualidad eminente había de tener para trastornar a una señorita que, con la pasada que le dieron en el convento, era sin duda muy sentada de cascos. No faltó quien dijese que la culpa de aquel desvarío la tenían los malditos versos, o la poesía que, hablando en prosa neta, echaba por su boca el maligno americano. En resolución, este había cautivado a la paloma Ansúrez con el gancho de su palabrería poética, y el continuo hablar de ángeles, corolas, crepúsculos, misterios de la tarde y de la noche, astros rutilantes, desmayos del amor, y otras mil sandeces que debieran ser prohibidas por la Iglesia, y perseguidas sin compasión por los jefes políticos, corregidores y alcaldes pedáneos.

Faltaba lo más importante de la información que al afligido Ansúrez dieron sus amigos. En cuanto se notó la falta de Mara en la casa, salió Pinel disparado en busca de la fugitiva. Requiriendo el auxilio de las autoridades, anduvo de mazo en calabozo toda la noche, sin encontrar ni a las personas buscadas ni rastro de ellas. Creyó que habían huido por tierra; pero al día siguiente, la vaga delación de un gabarrero le indujo a creer que Mara y su raptor habían escapado por los anchos caminos del mar. ¿Cómo y a dónde?... Noticias posteriores dieron la casi certidumbre de que navegaban con rumbo al Estrecho de Gibraltar en una goleta de tres palos, norteamericana, llamada *Lady Seymour*. «¿Para dónde, ajo?...» «Para Río Janeiro, Montevideo y el Pacífico.» La goleta despachada en Barcelona con carga general, había hecho escala breve en Cartagena para tomar dos docenas de pasajeros, que iban sin blanca y con lo puesto, en busca de *la madre gallega*.

Por fin, el buen Pinel, no sabiendo cómo consolar a su amigo, díjole que unos señores, no sabía si peruanos o chilenos, establecidos en Alicante y que de paso estaban en Cartagena, conocían a Belisario y dieron de su familia las mejores referencias. El padre había muerto, dejando un fabuloso caudal, haciendas muchas y plata en barras, que, puestas en montón, subirían tanto como la torre de la Catedral de Murcia. De todo eran ya dueños la viuda y los hijos... Bien podía suceder que Belisario, al alzarse con la moza, tuviera la intención de ir por caminos malos a un fin excelente, que en esto de elegir caminos, el hombre es siempre un navegante, y no va por donde quiere, sino por donde le dejan las corrientes y el viento. Dentro de lo posible estaba que la pareja loca fuese navegando en demanda del Perú y de la herencia; que en el Perú se unieran Mara y Belisario en santo matrimonio, y que luego volvieran acá encasquillados en plata, para dar dentera a media España... Ansúrez le mandó callar: se angustiaba más con el desenlace de cuento infantil que los amigos querían poner a su infamia.

El suceso que referido queda hundió al celtíbero en negra tribulación. Ya no había para él contento ni paz. En pocos días se avejentaron sus cuarenta y dos años, tomando aspecto de hombre más que cincuentón. Llenósele de arrugas el rostro, la cabeza de canas; la sonrisa y todo concepto jovial huyeron de sus labios. Hablaba tan poco, que sus palabras se podían contar como los donativos del avaro. Para que su semejanza con el santo patriarca Job fuera más visible, a los ocho días de la fuga de Mara trajéronle la nueva de otra gran desdicha. El falucho *Esperanza*, que había salido de Torrevieja con cargamento de sal para Villanueva y Geltrú, fue sorprendido de un furioso ramalazo de Levante, que lo desarboló, y con graves averías en el casco, lo dejó sin gobierno, a merced del oleaje. De nada valieron los esfuerzos de una tripulación heroica: el pobre barquito fue a estrellarse en las peñas del faro de Santa Pola. Perecieron dos hombres, y la embarcación se deshizo como un bizcocho...

La noticia del tremendo desastre fue escuchada por Diego con resignación tétrica y sombría, como si antes que la temiese la esperase, persuadido de que las desgracias no vienen nunca solas. Considerando que el otro falucho que poseía, nombrado *Marina*, se encontraba en tan mal estado que su reparación había de costar casi tanto como hacerlo de nuevo, resolvió el humilde armador desprenderse de todas las granjerías fundadas sobre el inseguro cimiento de las aguas. Aprestose, pues, a liquidar los restos de su negocio naviero y mercantil, con propósito de retirarse luego a vida solitaria, quizás eremítica, lejos del mundo y de sus engañosas vanidades.

Con fría calma y estoicismo dedicose Ansúrez día tras día a soltar sus amarras con la industria marítima, y el tiempo que le quedaba libre pasábalo en el Arsenal, al calor de algunas fieles amistades que allí tenía. Anselmo Pinel, hermano de Roque y maestro ajustador en los talleres, fue el primero que consiguió distraerle de sus murrias, interesándole en los trabajos de la ingeniería naval. A la sazón estaba en grada un fragatón de hélice con blindaje, que llevaba el glorioso nombre de *Zaragoza*; y terminada ya, esperaba su armamento junto a la machina otra gallarda nave, la *Gerona*, de cincuenta cañones y seiscientos caballos.

La inspección de obras, que suele ser el mejor esparcimiento de viejos aburridos, dio al alma de Ansúrez algún consuelo: al menos, mientras curioseaba de una parte a otra, descansaba su espíritu de la contemplación interna de sus desdichas. Viendo iniciada en él la tendencia reparadora, Anselmo Pinel, sin apartarle de la idea de retirarse a vida solitaria, le indujo mansamente a volver al servicio de la Marina de guerra, pues esta, en su sentir, armonizaba muy bien con el santo propósito de abandonar los intereses mundanos. La vida del marino real era toda abnegación y sacrificio, con la añadidura de la soledad, más completa en la extensión del Océano que en los áridos desiertos de tierra. En este sentido le habló, aunque con términos más llanos, haciéndole ver que si le llamaban las austeridades del yermo y el gusto del sacrificio, debía sin vacilación engancharse por tercera vez, pidiendo plaza de contramaestre u oficial de mar.

Aunque verbalmente rechazaba Diego esta proposición, bien comprendió Anselmo, por los términos vagos de la negativa, que la idea penetraba en el ánimo del infeliz hombre, y allí labraba su nido. Insistía y machacaba Pinel en su exhortación, reforzándola con discretas razones. «Aquí tienes al Director de Ingenieros, don Hilario Nava, que se alegrará de que vuelvas al servicio, y pronto ha de venir el general Rubalcaba, que te estima, y no desea más que protegerte. No vaciles, Diego, y date a la mar, que será tu consuelo, tu familia, ya que ninguna tienes, y tu religión, que buena falta te hace.» Ayudaban al buen consejero en esta obra catequista dos amigos y compañeros de Ansúrez: el uno, Cabo de mar, llamado José Binondo; el otro Cabo de cañón, por nombre Desiderio García. Ambos habían navegado con él largo tiempo en la goleta *Vencedora*.

Por fin, hallándose Diego en gran perplejidad, el ánimo indeciso, balanceándose entre la pereza, que le pintaba las dulzuras de la quietud, y el sentimiento religioso, que le pedía trabajos más duros en provecho de su alma y de la madre patria, alma y dueña de todas las vidas españolas, salió una mañana al muelle, y vio fondeada en el puerto la mas gallarda, la más poderosa y bella nave de guerra que a su parecer existía en el mundo. Metiose en un bote, y se fue a ver de cerca la mole arrogante; la examinó y admiró por ambos costados y por proa y popa, embelesado de tanta maravilla. La estructura y proporciones del casco, que así expresaba la robustez como la ligereza; el extraño y novísimo corte de la proa, rematada en forma tajante como un terrible ariete para partir en dos a la nave enemiga; la colocación airosa de los tres palos; la altísima guinda de estos; el conjunto, en fin, de armonía, fuerza y hermosura, le dejaron asombrado y suspenso.

Vista por fuera la fragata, subió Diego a bordo, y acompañado de buenos amigos que allí encontró, hizo detenido examen de todo; vio el reducto blindado, el puente y alcázar, la extensa cubierta; en el primer sollado, las potentes baterías con todos los accesorios para su servicio; en la profunda caja central las máquinas; subió, bajó y recorrió los departamentos del inmenso recinto, que era barco, fortaleza, palacio y refugio de las almas valientes, y se sintió llamado por voz del Cielo a encerrar su vida en aquel que le pareció santuario de hierro, no menos grandioso que los de piedra. La *Numancia*, que así se llamaba el barco, venía de los astilleros de Tolón, nueva, flamante como un juguete construido para los dioses... Entusiasmado ante tanta belleza, pensó por un momento Ansúrez que su patria había recibido de la Divinidad aquel obsequio, y que este no era obra de los hombres.

Y cuando la *Numancia* pasó al Arsenal para completar su armamento y arrancharse y proveerse de todo lo necesario a una larga navegación, se fue el hombre a bordo con Pinel; bajaron al segundo sollado, a proa, donde están los dormitorios de los condestables y contramaestres; se metieron en uno de estos, y Ansúrez dijo a su amigo: «De aquí no salgo ya. Arréglame todo como puedas. En casa está mi uniforme guardado con alcanfor para que no se apolille. Tráemelo, y con él mis papeles. Vete a ver al mayor general o al oficial de derrota, que es don Celestino Labera, mi amigo, y dile... lo que quieras, Anselmo... En fin, que me voy; y si no puede ser de contramaestre, iré de cabo de mar, de marinero ordinario, o aunque sea en el oficio más bajo de la Maestranza.»

Pinel y los demás amigos se ocuparon activamente en este negocio del honrado navegante, consiguiéndole plaza de Segundo Contramaestre (el primero era otro excelente amigo y gran marinero, llamado Sacristá)... Y satisfecho de su empleo, el celtíbero no salió más del barco, y en él se sentía tan consolado de sus tristezas como peregrino que, tras un largo divagar, encuentra la magna basílica, y en ella el misterioso encanto que apetece su alma dolorida.

47

VIII

El 8 de enero del 65 salió la *Numancia* de Cartagena para Cádiz, llevando a bordo una Comisión de primates de la Marina, que debía informar de las condiciones de la fragata. Toda la travesía fue una serie de probaturas. Dócilmente obedecía la nave, haciendo todo lo que se le mandaba, y vieron y apreciaron los señores su andar a máquina, variando el número de calderas encendidas y los grados de expansión, y el tiempo que tardaba en dar una vuelta en redondo. Probose asimismo el andar a la vela, desplegando en los mástiles la enorme superficie de lona. Era un encanto ver cómo el coloso, sensible a las caricias del viento, hacía sus viradas por avante y en redondo con suprema elegancia y precisión.

Reventaba de gozo Ansúrez viendo estas pruebas, singularmente las de maniobras de vela, que eran su fuerte y su orgullo. En ellas ponía su brío y ardimiento, expresados por su potente voz; ponía también su corazón, pues solo ya en el mundo, privado de todos los amores que embellecen la vida, había encontrado en la fragata un amor nuevo que le salvaba de la tristeza y sequedad anímicas. En pocos días se encendió en él la llama de aquel cariño nuevo: la fragata era su hija, su esposa y su madre, y en ella veía el lazo espiritual que al mundo le ligaba. La *Numancia*, personalizada en la mente del Oficial de mar, era el conjunto de todas las maravillas de la ciencia y del arte; un ser vivo, poderoso, bisexual, a un tiempo guerrero y coquetón. La bravura y la gracia componían su naturaleza sintética. No cesaba de alabar sus múltiples atractivos, y ya decía «¡qué valiente!» ya «¡qué elegante!»

Había recorrido, de sollado en sollado, los innumerables departamentos y divisiones de la interior arquitectura del barco, los cuales correspondían a las necesidades de la guerra, de la vida y de la navegación. Todo lo había visto y examinado con prolijidad, conservando en su mente los pormenores de tantas y tan diferentes partes, de cuya proporción y armonía resultaba la hermosura total. Las baterías le enamoraban, y la máquina y carboneras encendían en él entusiasmo tan hondo como el velamen gigantesco. Tenía la nave corazón, sangre, alas, pies, y un rostro bellísimo, que era la peregrina disposición de las viviendas donde tantos hombres según sus categorías se albergaban, la opulencia de las cocinas y despensas, y todo lo concerniente al buen comer, indispensable función de los hombres de guerra.

El 4 de febrero salió de Cádiz la soberbia fragata, con mar llana y Noroeste fresquito. En cuanto se zafó del puerto, puso rumbo a Canarias con cuatro calderas encendidas. Por la tarde se aprovechó la mayor frescura del viento, largando las gavias y algunas velas de cuchillo, con lo que se ayudó el andar a hélice. A la cuarta singladura vieron los navegantes el grandioso Teide, que desde las brumas del horizonte les daba el quién vive. Hacia él manio-braron, y a media tarde dejáronlo por estribor, pasando entre las islas de Gran Canaria y Tenerife. No fue tan bonancible la travesía de Canarias a San Vicente, porque se les presentó mar tendida y gruesa del Noroeste, que les cogía de costado; y la señora fragata, que hasta entonces no había sufrido tal prueba, bailó graciosamente, con diez balances de 25 grados por minuto, demostrando que si grande era su ligereza, no era menor su estabilidad... En San Vicente se detuvieron el tiempo preciso para reponer el carbón gastado desde Cádiz. Un calor pegajoso, un barullo de negros y mulatos, que como solícitas hormigas metían el combustible en las carboneras, incomodaron a los tripulantes en los tres días que permaneció el barco frente a la isla inhos-pitalaria, desnuda de toda vegetación.

En sitio tan desapacible reverdecieron las melancolías de Ansúrez, y se turbó la serenidad que desde el embarque en Cartagena traía en su alma. Una tarde, invitado a la mesa de los maquinistas por uno de estos, que era su amigo, se entabló conversación sobre cosas y personas cartageneras, y el tercer maquinista, hombre simpático, mestizo de francés y catalán, hizo alusión muy transparente al rapto de la hermosa Mara. Saltó Diego con exclamación pronta y viva, como si avispas le picaran. Mediaron palabras de curiosidad, excusas, interrogaciones ardientes, y por fin dijo el maquinista que nadie como él hablar podía de aquel suceso, porque era muy amigo de Belisario Chacón, y se sabía de memoria su carácter, sus cualidades y defectos. El estupor de Ansúrez subió de punto. Nunca pensó que en medio de los mares, a tanta distancia del escenario de su drama de familia, viniese repentina luz a esclarecerlo. A las manifestaciones que antes hizo, agregó el maquinista que podía contar muchas cosas que el padre de Mara ignoraba. La curiosidad ansiosa de este fue muy semejante a los balances que había

49

dado la fragata en la última travesía... Pero como no era discreto hablar del caso entre tanta gente, en la confianza de la sobremesa, acordaron reunirse los dos a prima noche, después de picar las ocho. Bien podían charlar sin reserva cuando uno y otro estuviesen francos de guardia.

A la hora prescrita, arrimados al castillo de proa, hablaron largamente Ansúrez y el maquinista Fenelón, sin más testigo que el vientecillo terral, que una vez entrados los conceptos en el oído de Ansúrez, se los llevaba mar adentro. Si no fuera discreto el terral, podría repetir cláusulas de aquel coloquio en que el semi-extranjero refería sucesos reales y daba sinceras opiniones. Cogidos en la onda del viento se reproducen algunos trozos que no carecen de interés. Véase la muestra: «Ha de saber usted, amigo mío, que en aquellos días de octubre tenía Belisario mucho dinero. Del bolsillo sacaba puñados de monedas de oro y fajos de billetes. ¿Piensa usted que este dinero era mal adquirido? Yo creo que no. Belisario es una cabeza destornillada, como la de todo el que anda en tratos con la poesía; pero no pone su mano en lo ajeno: esto me consta; he podido comprobar su honradez en las ocasiones de mayor pobreza. Dice usted bien que ese dinero no pudo ganarlo en su comercio de fruslerías... pura farsa romántica... Se disfrazaba de vendedor... ponía en verso los números... Me pregunta usted si sé la procedencia del dinero, y contesto que Belisario hacía también la farsa del guardador de secretos... Presumo que recibió fondos del Perú, enviados por su madre para que se restituyese a la patria.»

—¿Y por qué —observó Ansúrez prontamente— no me habló... *En plata*, para pedirme la hija? Aunque ni pobre ni rico me gustaba el peruano, con ese adorno de la riqueza... quiero decir... No viniendo el pretendiente a palo seco, mi contestación hubiera sido muy otra de lo que fue.

—Pues... Belisario no habló a usted de intereses —repuso Fenelón—, porque es lo que llamamos un romántico... ¿se entera usted, amigo?... porque llevando las cosas por derecho y obteniendo la mano de la niña según el estilo corriente, no resultaba poesía... Lo poético era meterse por el camino más largo y más difícil, manteniendo la ilusión, que es la salsa de que se alimentan las almas románticas. Palabra de honor, que es así.

—No lo entiendo, ni creo que tenga sentido común nada de lo que usted me dice...

—Pues añadiré que también su hija de usted es una romántica de marca mayor —afirmó Fenelón riendo—. Romántica vino al mundo; el aire andaluz agravó lo que bien puede llamarse enfermedad, y las lecciones de las monjitas acabaron de rematarla... ¿Tampoco lo entiende?

—¿Conoció usted a mi hija?

—La vi una sola vez. Sus ojos y las pocas palabras que le oí, me revelaron su romanticismo agudo. Después, la he conocido mejor por el reflejo de su alma en el alma de Belisario... Pues como decía, siendo los dos románticos furiosos, bien puede asegurarse que desecharon todo proceder antipoético, para lanzarse a los fines de amor por los espacios rosados y lindísimos de lo ideal... ¿Tampoco lo entiende?

—No, señor, y líbreme Dios de entender esas monsergas... Por lo que usted me dice, voy comprendiendo que también es usted de esa cuerda o vitola... ¿Cómo llaman eso?

—Romanticismo... Pero sepa que yo no soy romántico, ni mis locuras, que también las tengo, son como las de Belisario y su hija de usted. Yo, así por el lado catalán como por el lado francés, soy esencialmente práctico y positivista. Si me hubiera encontrado en el caso de Belisario, habría ido derecho a la confianza de usted alargando la mano llena de dinero. Yo no desprecio el dinero, no lo llamo *vil*, no lo tengo por prosa, sino por la más alta poesía...

—Hombre, ni tanto ni tan poco —dijo Ansúrez con inflexión jovial—: quedémonos en un término medio... Pues ahora me ha entrado curiosidad de usted... Dígame quién es, cómo ha venido a la vida de perros de los maquinistas de vapor, y dónde y cuándo aprendió lo que sabe, y el aquel que tiene para calar a las personas.

—Yo soy hijo de francés y española; me crié en Cataluña, y mi primera educación fue para mejor oficio que este de maquinista. Mi padre ha sido Director de *Forges et Chantiers*, y aún desempeñaba el cargo cuando se puso la quilla de esta magnífica fragata. Hoy está retirado por su mucha edad, pero conserva en los talleres y en la Dirección tanta influencia como cuando todo estaba bajo su mano... Yo fui muy aplicado en mis años primeros, como acreditan las certificaciones de mis estudios prácticos en el *Creuzot*, y los diplomas que gané en Lyón y en París... Ya que nombro a París, diré que en aquella ciudad tan grande y bella se inició mi perdición, al tiempo que me asimilaba la cultura y el saber ameno que allí flota en el aire y se le introduce a uno, como si dijéramos, por los poros. Yo me di grandes chapuzones de lectura; me puse al corriente de todo lo antiguo y moderno, así en novela y poesía como en las demás artes, sin olvidar por eso mi profesión científica. Pero mientras metía en mi entendimiento tanta y tanta luz, mi voluntad se la llevaban los demonios, y me lancé a una vida desarreglada y al delirio de los goces... Veo que me oye usted con la boca abierta, como si yo le contara un cuento fantástico. Usted, hombre sencillo y patriarcal, no comprende nada de esto... Abrevio mi cuento, y vengo a parar en que mis escándalos tuvieron fin por intervención de mi familia. Mi padre me sentenció a trabajos duros para corregirme, por imponerme más segura penitencia, me embarcó de tercer maquinista en la *Numancia*. Ya sabe usted que la Compañía *Forges et Chantiers* corre con el servicio de máquina hasta que la fragata vuelva de su expedición.

−Viene usted, pues, como galeote −dijo Ansúrez−, que así llamaban a los criminales y perdidos que iban a remar en las galeras del Rey. Bien, señor Fenelón. Ya veo que es usted hombre de historia, muy corrido en trapisondas de tierra adentro, y sabedor de cosas de novela y poesía... que para mí son letra muerta, pues de ello no entiendo palotada. Y veo también que no solo corrió usted las borrascas en aquella Babilonia de Francia, que llamamos París, sino que también debió de andar por España como bala perdida, y en España fue amigo del sinvergüenza de Belisario. ¿Andaba usted por la costa de Levante en septiembre y octubre de año pasado? Sin que me responda, entiendo que sí. Cuando el maldito peruano me robaba la niña, estaba usted en Cartagena... y cuando el ladrón y la joya robada se embarcaban no sé para dónde, usted tomaba la vuelta de Tolón, donde su señor padre le trincó y le impuso el castigo de galeras en nuestra fragata.

Afirmaba el francés, rechazando al propio tiempo toda complicidad en el robo de Mara.

«¿Y cómo me explica usted −preguntó Ansúrez, que se resistía bravamente a entrar en el terreno legendario−, cómo me explica que teniendo aquel pirata sus bolsillos estibados de buena moneda, sirviera de segundo mayordomo en un vapor de mala muerte?...»

—Romanticismo, pura farsa romántica. El hombre satisfacía un irresistible anhelo de disfrazarse y hacerse pasar por lo que no era, siempre a la mira y asechanza de su propósito novelesco, tal como lo que había visto en dramas y leído en libros de imaginación. Hacía, *por ejemplo*, el *Montecristo*, y derramaba el oro para escribir en su vida una pagina sorprendente de interés y emoción.

—No lo entiendo, no lo entiendo —dijo Ansúrez llevándose las manos a la cabeza—; y como usted es también poeta, por su desgracia, no puede contarme las cosas como son, sino como las ve en el farol de poesía que tiene dentro de su cabeza. Y si esto no me entra en el magín, menos entrará que Belisario pudiera seducir y engañar a mi niña sin emplear artes de brujería, bebedizos o algún requilorio enseñado por los demonios. ¿Cómo pudo ser, Señor, que se dejara trastornar mi hija por un charlatán sin seso; ella, que era buena de su natural, y además traía fresca la enseñanza de las Madres, que la instruyeron de moral, y me la pusieron tan modosita y tan recatada que daba gloria verla y oírla?

—Las Ursulinas, amigo Diego —afirmó el francés—, no enseñaron a la señorita nada, absolutamente nada. Salió del convento tan borriquita como entró en él. Lo único que aprendió fue el disimulo de su romanticismo... Y también digo a usted que el alma romántica tiene su mejor cultivo en el misterio y soledad del claustro, mi palabra de honor... El misticismo le pone luego el capuchón para que se disfrace y pueda engañar más fácilmente al mundo.

Enorme confusión llevó esta idea al pensamiento de Ansúrez. No sabiendo cómo contradecir al francés, calló... y ambos perdieron sus miradas en el mar sosegado y dormido que delante tenían. Pensó el contramaestre que su compañero de navegación había cargado la mano en las dosis de Jerez con que se confortaba después de las comidas, y que por esta causa, más que por su embriaguez de cultura literaria, estaba el hombre a medios pelos.

IX

La campana picó el *tan-tan* de las nueve, y aún charlaban maquinista y contramaestre arrimados a la borda, junto a la amura de estribor. Repitió Ansúrez sus conceptos de incredulidad; insistió en que nada comprendía de las explicaciones enrevesadas que daba Fenelón al suceso de autos, y por fin, buscó nueva luz con esta pregunta: «¿Y qué hacía Belisario con tanto dinero? Me figuro que emplearía buenos patacos en pagar a los traidores que le ayudaron en su robo.»

—En esto fue tan liberal el hombre, que hay en Cartagena quien se *ha puesto las botas*, como suele decirse, con la fuga de la niña de Ansúrez. La criada, *por ejemplo*, que servía en la casa cuando usted trajo a Mara del convento, y que luego siguió visitando a la familia con pretexto de vender tortas y polvorones, se casó en noviembre y puso una pastelería en la calle de la Caridad.

—¡Ah!... Venancia —exclamó Ansúrez apretando los puños—; ¡esa traidora, que a todos nos engañó!... Yo le haría pagar sus tercerías villanas si ahora la cogiera... ¡Indecente, hija de *tal*, y *tal* ella misma, gran perra...!

—Y no es esa la única que se ha redondeado con los dineros del amigo... Muchos estrenaron ropa y pusieron gallina en el puchero días y días y semanas. Y aquí mismo tiene usted al Cabo de mar, ese José Binondo, que también se guarneció el bolsillo... Mi palabra... Con la plata del americano. No me ponga esa cara de santo en éxtasis. Es usted un inocente, un buenazo, que se fía de cualquiera, y va por la calle diciendo: «¿No hay por ahí alguno que me engañe?»

—Pues mire usted, señor Fenelón —declaró Ansúrez con franqueza candorosa—: yo sospechaba de Binondo, yo tenía la idea de que este amigo no era fiel... Y no me fundaba en rumores ni hablillas, sino en algo que notaba yo en él cuando hablábamos... una sombra, un mirar para otro lado, un tonillo dengoso que tiene la voz de los traidores... Ya puede andar con cuidado el hombre, porque esa cuenta tiene que pagármela... ¿Y cómo ganó Binondo los duros del peruano?

—Al sacar a la niña, la condujeron a una casa de pescadores en Santa Lucía. Binondo se encargó de llevarla en su lancha a bordo de la goleta; servicio arriesgado... que realizó al amanecer, después de untar de amarillo las manos de un cabo de la Comandancia. Cuando esta pesquisaba con Roque Pinel, y revolvía el puerto y la ciudad, la niña y su amante se mecían tranquilamente en la goleta, contando los minutos que habían de tardar en salir a la mar...

—Salieron, ¡ajo! —clamó Ansúrez entre suspiros hondos—, sin que la autoridad de mar ni la de tierra supieran cumplir su obligación. El dolor de un padre no significa nada para los que mandan... La autoridad, como tal autoridad, no tiene hijas... Y dígame usted ahora, ya que todo lo sabe o dice saberlo: ¿es cierto que la goleta llevaba la vuelta del Pacífico?... ¡Ajo!, pongamos que lleva retraso de tres meses por malos tiempos y averías gordas... Tendría gracia que la encontrásemos, desarbolada y sin gobierno, que nos pidiera auxilio, que se lo diéramos, y que al traernos a bordo a los náufragos viéramos entre ellos a mi querida hija y a mi aborrecido yerno. Sería como si los pescáramos en alta mar.

—No sueñe usted ni se nos vuelva también romántico. La goleta *Lady Seymour* habrá pasado por estas aguas... Sabe Dios cuándo... Pero en ella no van Belisario y Mara: su plan era quedarse en Gibraltar, y tomar el vapor inglés que sale de allí el 15 de cada mes para Aspinwall, istmo de Panamá...

—Entendido... A fe que no son tontos. Esto sí lo entiendo; como que es de mi oficio de mareante, y aquí no hay romanticismo que valga. Vea por dónde nos fastidia el condenado istmo. Ya conocen esos pícaros el atajo... Vaya, que la juventud afina... Sabe más que los viejos... Bien recuerdo que el americano de presa tenía grande afición desde chiquito a las cosas de mar, y debía conocer los caminos entre su tierra y Europa, que son caminos endemoniados por acá y por allá... Dios permite que la gente joven se nos adelante y nos tome las vueltas. Si es cierto lo que usted dice, ya estarán esos locos en el Perú.

—Por mi cuenta, habrán llegado en diciembre... A no ser que se los haya tragado el mar... que todo podría ser...

Ansúrez miró al francés como reconviniéndole por su pesimismo. Golpeando la borda, dijo: «¡Ajo!, no faltaba más sino que mi niña se ahogara con ese tunante. Santo y bueno que se haya dejado robar; pero irse al fondo con él... Eso no puedo consentirlo... Dispense usted, señor de Fenelón: no sé lo que digo... Quiero tanto a esa criatura, que todo se lo paso, todo se lo perdono, con tal que viva. Si en mi mano tuviera yo el gobierno del mar y de los hombres que andan en él; si tocando mi pito de contramaestre pudiera echar a pique una embarcación y salvar a unos tripulantes y a otros no, yo sacaría del agua por los cabellos a mi querida Mara, y al negro ese lo dejaría para merienda o almuerzo de los tiburones. Pero estamos soñando... que esto es *hablar de la mar*, o sea hablar dormidos... ¡Quién sabe dónde estará mi hija, ni si vive o muere, ni si volveré yo a verla!... Pongamos a Dios donde debe estar, por encima de todas las cosas, y no nos metamos en averiguaciones de las cosas distantes ni de las cosas venideras.»

—Respetemos, sí... los caprichos del Acaso —dijo Fenelón entornando sus ojos con vaga soñolencia—, y lo que sea... Será y sonará... Yo pregunto: ¿vamos, *por ejemplo*, al Callao? ¿Vamos en son de paz, o en son de guerra?

—Dios y nuestro comandante don Casto dirán a dónde vamos, y lo que tenemos que hacer por allá.

Esto replicó Ansúrez, añadiendo a sus palabras un ademán o intento de santiguarse. Pero la intención se quedó a medio camino entre la mano y la frente. El maquinista, soñoliento y *ajerezado*, manifestó deseos de embutir su persona en la litera, y en esto sonó la campana. *Tan-tan, tan-tan*: las diez.

«Usted se acuesta, yo no —murmuró Ansúrez despidiéndose con una cabezada—. Aquí me quedo pensando...»

Pensando estuvo largo tiempo de aquella noche estrellada y apacible. Por la mañana, entre la algarabía de pitos marineros y de militares cornetas, salió de San Vicente la fragata, bien arranchada de carbón, que gastaba con economía, aprovechando la brisa frescachona para navegar a un largo con todo su aparejo. Días hubo en que se retiraron los fuegos de las calderas para marchar en brazos del aire vago. Los pies, o sea la hélice, reposaban, y sueltas al viento las alas daban un andar de cuatro a cinco millas. Así transcurrieron días, durante los cuales el buen Ansúrez no cesó de cavilar en su asunto; y revolviéndolo y mirándolo por todas sus caras, trataba de reconstruir el rapto de su hija para convertirlo de novela en historia. De la vaguedad iba saliendo el sentido real del suceso; y si a veces este se anegaba en las tinieblas de su origen, de improviso resurgía iluminado por la verdad.

Con los preciosos datos aportados por el hispano-francés, llegó Diego a modificar su apreciación del hecho que había dejado huella tan honda en su alma. «Será muy raro —pensaba— que ahora salgamos con que no es el Belisario tan malo como pensé, y que la condenada poesía y los versos no le estorban para ser hombre honrado, caballero y buen cristiano. ¿Tendré yo la culpa, por mi brutalidad de aquella tarde en la correduría; tendré yo la culpa, digo, de que mi niña se me escapara por el aire, viendo que yo le cortaba los caminos naturales de tierra? Pero él debió decirme: "Tengo posición; soy nacido de buenos padres, y quiero casarme por la ley de Dios y con toda la decencia del mundo". Si esto no dijo, por mor de la condenada *romanti-quería*, no es mía la culpa, sino de él... O será culpa de los dos, y resultará que yo también soy lo que se dice román... ¡Romántico yo!, no puede ser. Un padre no es eso, diga lo que quiera ese borrachín de Fenelón... un padre no es poeta en lo tocante a nada de su hija...» Cuando estas cosas discurría, la fragata cortaba la Línea Equinoccial.

El paso de la Línea fue, como es costumbre en la mar, festejado con alegría carnavalesca. Ansúrez estaba en todo, firme en sus funciones de contramaestre, sin dejar de hilar en su interior el pensamiento que le dominaba. Dos seres, uno dentro de otro, existían en él: el padre de Mara, y el hombre solitario que amansaba su pena con las obligaciones fielmente cumplidas, y con el cariño al barco, que era su casa y su templo...

Navegaban ya por el hemisferio Sur; ya no veían las amadas estrellas de la Osa mayor; en el firmamento austral servíales de guía la espléndida Cruz. Ante ella, como en otros días ante la Osa, seguía el buen Ansúrez hilando su pensamiento; del copo salía la hebra, que nuevamente se deshacía, volviendo a la maraña de donde salió... A los 10 grados de latitud Sur, en el paralelo de Pernambuco, se hallaba Diego plenamente convencido de que toda la responsabilidad de su desdicha era de Belisario y de su arrastrada poesía... A los 24 grados, paralelo de Río Janeiro, creía firmemente que la culpa era suya, y que él también hacía versos sin saberlo. En los 30 grados, remachaba esta idea, llegando a sostener que cuanto dijo en la corredoría contra el americano era pura poesía rabiosa, pues también la rabia es román-tica, como se podía ver en el teatro, donde todo el interés consiste en que lloren las mujeres, y los hombres amenacen y griten como locos...

En esto llegaron a Montevideo, donde encontraban descanso, la alegría de víveres frescos, del bajar a tierra y tratar con españoles. Aunque política-mente no fueran aquellos nuestros hermanos, por el habla y los sentimientos no podían negar la casta. Prueba plena del parentesco daban los valientes americanos con su afición al juego de la guerra civil. Como nosotros, se dividían en furiosos bandos, y se perseguían y se fusilaban *por dar gusto al dedo*. Cuando fondeó nuestra fragata en aguas del Uruguay, había terminado una guerra fratricida; pero como el abolengo hispánico no se avenía con el reposo de las armas, pronto los orientales declararon la guerra al Paraguay. El Brasil, que había sido enemigo, trocose en aliado; la Argentina también sintió ganas de quimera. Aquellos pueblos, establecidos en las regiones más feraces del mundo, tenían horror, como su madre España, a la ociosidad militar, que es la paz. Allá, como aquí, la turbaban por un daca esas pajas, o simplemente por esa ironía del tiempo que llamamos *pasar el rato*.

Por su mucho calado, la *Numancia* echó el ancla a seis millas de la ciudad. El carboneo se hacía difícilmente; el trabajo era rudo. En las clases de marinería y tropa, pocos individuos tuvieron permiso para saltar a tierra. Oficiales y Guardias Marinas gozaron algunos días de aquel esparcimiento, y más aún el personal de máquinas. Todos volvían diciendo que la ciudad parecía un campamento, y que en ella no se hablaba más que de aprestos militares. A pesar de esto, el amigo Fenelón, que en la mar se sentía por lo común fuera de su elemento, pasaba en tierra todo el tiempo que se le permitía, empalmando las tardes con las noches y estas con las mañanas.

«Puede usted creerme, mi querido Ansúrez —decía contándole a este sus correrías urbanas—, que las mujeres de este país son preciosas, francas, sensibles, y más instruiditas que las de allá... Bajo mi palabra de honor, afirmo que me han gustado veintitrés, que me he sentido enamorado bárbaramente de cinco, y locamente de dos. He vuelto a bordo con el corazón en pedazos y el cerebro como un volcán... Yo soy así... Mi naturaleza es la adoración de la mujer, y mi destino entregarle mi alma para que juegue con ella, aunque con estos juegos me deje alma y almario hechos trizas... No puedo remediarlo. Si en vez de tocar en esta ciudad hermosa y culta, hubiéramos arribado a un lugar de tribus salvajes, no habría faltado una negra bozal que me hiciera tilín, como ustedes dicen, ni yo habría dejado de enloquecer por ella, trayéndome acá su negra imagen estampada en mi corazón... Ya, ya sé lo que va usted a decirme: que soy romántico. No, amigo mío: soy clasicote, un poquito pagano y un muchito sensualista y experimental. Entiendo que este culto mío de la mujer es una pequeña filosofía, mi palabra de honor... Vámonos a mi camarote, y adormeceremos nuestras penas con unas copas de Jerez... Venga usted, acompáñeme... ¿Cuándo seguiremos nuestro viaje?... Ganas tengo ya de ver otras tierras. Usted, que ha pasado dos veces ese infernal Estrecho, dígame: ¿cuál es el tipo y cariz de la hembra patagona? ¿Es bravía, procerosa de talla, alta de pechos, de ojos flamígeros y boca hasta las orejas? ¿Se pinta, *por ejemplo*, rayas negras en la cara, y se cuelga de la nariz un arete?... Vamos, no sea remolón: nos espera el amigo Jerez, que es mi alegría y el descanso de mis penas... ¿Se ríe usted, camarada?... ¿Esa risita quiere decir que me admira o que me compadece?... Sea lo que quiera, yo no me enfado, mi palabra de honor...»

Cogidos del brazo descendieron al segundo sollado, y en el camarote de Fenelón trincaron de lo lindo. Ansúrez era hombre de fabulosa resistencia contra la embriaguez; el otro, por la reiteración de su vicio, necesitaba dosis extremadas para perder el dominio de la palabra y del pensamiento. Ambos permanecieron en el punto fisiológico a que habitualmente les llevaba una ingestión no excesiva del precioso licor. El Jerez del mecánico solía ser alegre; el de Ansúrez era siempre triste y aplanante. «Mi estimado señor Fenelón —dijo a su amigo—: yo, la verdad, no me alegro mucho de haber conocido a usted... porque... también lo aseguro bajo mi palabra de honor... Más me gustaba creer que Belisario era un pillo vagabundo, que no creerle honrado y caballero de posibles... Con odiarle me consolaba yo, y ahora resulta que... *por ejemplo*, como usted dice... Debo quererle. Esto me pone triste, pero muy triste, señor de Fenelón... ¡Ajo!, yo le juro por mi sangre, que a veces me dan ganas de arrojarme al agua. Ahogándome, no me atormentará la idea de que Belisario es un hombre de bien, y de que mi hija le querrá más que me quiso a mí. Esto me pone loco... He pedido a la Virgen del Carmen el favor de que no me deje morir sin ver a mi hija... He llegado a creer que me lo concederá... pero ¡ajo!, me carga una cosa, señor de Fenelón. En la cara de la señora Virgen del Carmen, cuando le rezo, he visto un cierto guiñar de ojos y un cierto mover de labios, como si se burlara de mí. También la Virgen cree que Belisario es bueno, y que mi Mara hizo bien en irse con él, dejando a su padre en esta soledad... Y cuando ella lo cree, cierto será que mi hija está contenta, que ha hecho una gran boda, y que yo debo consumirme de rabia, condenado a tocar un día y otro el pito de contramaestre para que los marineros entren en faena; y mientras yo doy mis pitidos, allá están mi morenita y el negro gozando de sus amores, quizás dándome nietos, que yo no he de ver... Dígame usted bajo su palabra de honor, o por encima de ella, que esto es muy triste, pero muy triste, y que lo mejor que yo puedo hacer es tirarme al agua... Como estoy de buen año, ya usted lo ve, ¡vaya una meriendita que voy a dar a los tiburones!»

X

—No te tires, Diego, no te tires —le dijo Fenelón, que en sus alegrías vínicas trataba de tú a todo el mundo—. El mar es muy frío... Comprendo todos los amores, menos los amores de los peces... Yo me agarro a la vida, y no la suelto... ¡Se encuentra uno tan bien en este mundo, aun estando condenado a galeras!... El galeote rema y rema pensando en la mujer que ha dejado en tierra, o en la que va a encontrar en el primer puerto de escala. ¿Cómo será esta mujer esperada? ¿Será morena o rubia?... El galeote la ve en su imaginación, y sigue remando... Boga, boga, marinerito, que la bella te aguarda... Mi remo es la hélice; la máquina mi corazón, la hulla mi sangre... Yo te empujo, navecita mía: llévame pronto junto a mi morena, junto a mi rubia...

Vencido de un sopor intenso, Ansúrez empezó a dar cabezadas; Fenelón le agarró del brazo, y con sacudidas quiso despabilarle. Irguiendo la cabeza, el contramaestre aprovechó aquel despejo para poner a salvo su dignidad. Dio a su amigo las buenas noches con palabra tartajosa, y palpando mamparos llegó a su dormitorio, y en el coy se arrojó, que fue como si se arrojara en el mar del sueño, porque al instante se quedó dormido... Y antes de amanecer le despertó el viento de la Pampa, que se inició con un silbar prolongado y lúgubre en el aparejo. Acudieron los de guardia y los de retén a las maniobras precisas para defender la nave de la cólera rapaz del pampero, que algo quería llevarse de arboladura o de cubierta. Calaron masteleros, pusieron al filo las vergas, y largo tiempo emplearon en trincar todo lo que arriba o abajo podía ser arrebatado por el huracán: botes, toldos, mangueras y el sin fin de objetos movibles que toda gran embarcación lleva consigo como y donde puede. El viento la obliga, cuando menos se piensa, a meterse sus chirimbolos en los bolsillos, o a sujetarlos fuera con esos apretados nudos que solo saben hacer los marineros.

Por fin, tras luengos días terminó el carboneo, y la *Numancia* zarpó acompañada del transporte *Marqués de la Victoria*, que le llevaba el combustible para la travesía del Estrecho y mares del Sur del Pacífico. No empezaba con bendición la nueva etapa, porque a las pocas horas de salida la máquina dijo que no daba una vuelta más, y no hubo más remedio que arribar a la boca del Plata y fondear en el Banco Inglés... ¿Qué ocurría? La recalentadura de un cojinete había inutilizado la máquina... En aquellos tiempos cualquier accidente de esta naturaleza llevaba la consternación y la ansiedad a las almas de los tripulantes.

Los maquinistas, franceses todos, diagnosticaron con pesimismo; por fortuna el oficial de Ingenieros don Eduardo Iriondo, tan animoso como entendido, tomó a su cargo la cura del organismo enfermo, y a las veinticuatro horas, vencida la parálisis y recobrado el movimiento, salió la *Numancia* mares afuera, cortando las olas con su arrogante espolón. El transporte no podía seguirla en conserva; hubo de moderar la fragata su paso ligero, atizando fuego en solo tres calderas. A los dos días de navegar en esta forma, repitiéronse los casos de mala suerte, y el más lastimoso fue que el segundo comandante, don Juan Bautista Antequera, resbaló bajando la escala del falso sollado, y en la violenta caída se rompió una pierna... Desgraciada y reincidente avería, pues la misma pierna por el mismo sitio se había roto meses antes en Nápoles, cayendo, no de la escala de un buque, sino de la silla de un caballo... Triste fue aquel día: el segundo comandante era muy querido de iguales e inferiores. Mientras en el camarote de popa los médicos reducían, entablillaban y bizmaban la rotura del hueso, la fragata, insensible al accidente, se columpiaba sobre las olas con cabezadas y balances harto expresivos. Quería juego, y hacer alarde de arrogancia marinera.

La mala sombra seguía. Un pobre marinero llamado José López, que murió de fiebre de reabsorción, fue arrojado al agua al amanecer de un brumoso día. Las tristezas no querían abandonar a la *Numancia*, que bailando seguía, retozona y ligera de cascos, como adolescente que se estrena en la vida y no conoce los peligros del mundo... Luego vino mar gruesa tendida, con viento racheado y duro: la fragata, poseída de verdadero frenesí coreográfico, lucía su elegancia y poder, y ya se inclinaba hasta hundir el espolón en las turbulentas ondas, ya se erguía majestuosa, sacudiéndose el agua y despidiendo a un lado y otro chorretazos de espuma. Menos airoso en su lucha con el viento y la mar, el caballero que a la dama escoltaba y servía, el buen *Marqués de la Victoria*, se encontró en gran apuro por la obligación de marchar en conserva. No tuvo más remedio el pobre galán que ponerse a la capa, con rumbo distinto del que su señora llevaba, y navegando de tal suerte, se perdió de vista. La *Numancia* siguió su camino, segura de que el caballero sirviente parecería mares adelante...

He dicho que sin interrupción se sucedían las desgracias, y una de ellas fue que el Cabo de mar José Binondo, que se hallaba en el palo mayor aferrando la gavia, sufrió un grave accidente. Apoyaba los pies en el tamborete, las manos en la verga, cuando un fuerte balance de la fragata le hizo perder el equilibrio, y cayó sobre el aro mismo de la cofa con fuerte golpe en el pecho. Tuvo bastante destreza en aquel crítico instante para engancharse de pies y manos en la burda del mastelero, y pudo deslizarse hasta coger la escala del obenque mayor. Allí no pudo tenerse, porque el tremendo porrazo en el pecho le privaba de respiración. Los compañeros subieron a socorrerle, y no sin dificultad le bajaron a cubierta, donde le recibió Sacristá, el cual, viéndole demudado y sin habla, le mandó a la enfermería. Allá quedó el infeliz en manos del médico don Luis Gutiérrez, que diagnosticó rotura de dos costillas y hundimiento del esternón... El pobre Binondo arrojaba sangre por la boca, y en los intervalos de sus arcadas angustiosas pedía que le llevasen el Cura y los Sacramentos, pues ya se veía difunto y amortajado con las parrillas en los pies, para descender rápidamente al fondo de las aguas.

Seguía la *Numancia* su rumbo hacia la boca del temido Estrecho. En aquellos días y noches, Sacristá y Ansúrez no se daban punto de reposo, alternando en el servicio, o haciéndolo mancomunadamente cuando la complejidad de maniobras en tan difícil navegación lo exigía. El pito marinero no cesaba de lanzar al aire su estridor agudísimo, rasgando el claro son de las cornetas, que llamaban a galleta y café, a zafarrancho de camas, a baldeo, a instrucción, a ejercicio... El Oficial de derrota no bajaba del puente, y don Casto Méndez Núñez, incansable en las observaciones y estudio del derrotero, no apartaba sus ojos, con catalejo o sin él, de las brumas que por estribor ofuscaban la costa.

El 11 de abril amaneció benigno: cayeron la mar y el viento; la fragata nave-gaba con cuatro calderas encendidas, ayudándose de las mayores y foques; era su marcha arrogantísima; la proa potente saludaba con graves cortesías a las olas que hacia ella corrían de Sur a Norte, lentas, más ceremoniosas que hinchadas. En la amura de estribor, Sacristá y Ansúrez lanzaban sus miradas de aves de mar al paredón neblinoso del horizonte. Poco después de que el vigía cantase *Tierra* desde la cofa, Ansúrez, conocedor de aquella región, anunció la recalada al Estrecho.

Llamado al puente por Méndez Núñez, el Segundo Contramaestre saludó como práctico al jefe. «Mi comandante —le dijo—, la tierra alta que vemos es *Cabo Vírgenes*; sigue hacia el Sudeste una tierra más baja, *Punta Miera*, que los ingleses llaman *Pungeness*... Hay un banco... El *Banco del Cabo*.» A una pregunta seca de Méndez Núñez, tan hombre de mar como el primero, y que buscaba un buen informe donde quiera que pudiesen dárselo, Ansúrez contestó con la misma sequedad y modestia que usar solía don Casto: «Mi comandante, con cuatro millas de resguardo no puede haber peligro...»

Lahera ordenó la virada en el punto y ocasión convenientes. Al mediodía la fragata derivaba hacia el Oeste su proa; poco después tenía por estribor las alturas patagónicas, por babor las soledades de la Tierra del Fuego. Montada la Punta, se enmendó la marcha, arrimando a la costa Norte para precaverse de los bajos del Sur. A las cinco de la tarde fondeó la *Numancia* en la bahía de *Posesión*, para tomar respiro y aguardar a su extraviado caba-llero el *Marqués de la Victoria*, cuyo rumbo y suerte se desconocían. La dama, intranquila, no cesaba de preguntar a todos sus tripulantes si sabían o sospechaban dónde había ido a parar el galante satélite.

A menudo se informaba Diego del estado de Binondo, pues aunque le cobró gran ojeriza por haber auxiliado al seductor de Mara, como buen cristiano le compadecía. En peligro de muerte estaba el Cabo de mar, y sus horas en la enfermería de paz eran de infinita tristeza, que si los dolores de la caja del cuerpo y las angustias de la respiración le abrumaban, no se sentía menos agobiado y enfermo del espíritu. Habló con Ansúrez el médico don Luis Gutiérrez, y después de explicarle el por qué de hallarse Binondo tan abocado a la muerte, le dijo: «Bien puedes bajar a verle, que está el hombre deseoso de hablar contigo; y si tardas en darle ese gusto, quizás no le encuentres vivo... Según entiendo, tiene contigo una deudilla de conciencia: no quiere irse al otro mundo sin quedar en regla con sus acreedores, y me parece que a ti ha de pagarte a toca-teja. Algo me ha dicho del caso... pero como es cuenta particular, allá los dos.»

Bajó Ansúrez a la enfermería, y a la tristísima claridad de aquel recinto, que solo recibía una limosna de luz solar por la escala de entrada, y el aire por una manguera de lona, vio al que fue su amigo postrado en la colchoneta colgante, cubierto de un oleaje de mantas, por entre las cuales solo asomaba su cabeza, tocada de un pañolón a guisa de turbante, y el hombro y brazo derechos. El rostro de Binondo modelo de fealdad malaya, era de los que no se alteran visiblemente, ni con las alegrías del vivir, ni con las agonías mortales. Ansúrez no halló en él otra novedad que el cambio de color amarillo cobrizo en un verde sucio con arrebato febril en los pómulos. La débil claridad hacía más plano el rostro, como bajo-relieve tallado en una tabla con muy poco saliente de las anchas narices aplastadas y de la rasgada hendidura bucal... Los ojuelos negros y chicos, de brillantez canina, animaban aquella careta que sin el mirar no habría parecido cosa humana. Sentose Diego frente a su amigo, y puso la mano sobre las mantas, en el bulto que hacían las rodillas; y cuando pensaba las primeras palabras que había de pronunciar en la visita, habló el enfermo, y dijo: «Ya ves, Diego... qué malo estoy... Se me ha roto el casco por la cuaderna mayor y el bao real... Quebrados tengo los palmajares y los trancaniles... En fin, que me voy de este mundo malo a otro mejor... ¡Y tú, Diego, como si no fuéramos amigos de toda la vida! Si no te mando llamar no vienes a verme, perro, mal hombre, todo porque el francés maquinista te puso la bocina en la oreja para decirte que si yo, que si tal, que si tu niña... Óyeme a mí, Diego, que verdad como la que yo te diga no has de oír de nadie... Ya mis aljibes están llenos del agua limpia de la verdad... y para esto se vaciaron del agua corrompida de la mentira.»

Esta figura, empleada ingenuamente por el rudo marinero, impresionó y enterneció al amigo que le visitaba. «Ya sé, ya sé —le dijo con emoción—, que no has de ocultarme la verdad... Estás en franquía para vida mejor... ya has comulgado, *ya tienes el práctico a bordo*... No has de salirte con embustes, porque si lo hicieras, llevarías tu alma llena de contrabando... y el contrabando ya sabes que no pasa, no pasa en aquellas aduanas... En fin, José Binondo, si no quieres molestarte, nada me digas, que yo, sabedor de lo que has de decirme, te perdono de todo corazón, como cristiano que soy...»

—Poco a poco... —dijo el enfermo extendiendo el brazo que tenía fuera de mantas—. No te des por enterado con las verdades que te soltó el francés, y escucha las mías, que son más de ley... Él te habrá dicho que favorecí la escapada de tu niña, y que la llevé a la goleta con tanto cuidado como hubiera embarcado a mi propia hija, si viviera.

—Sí... Te portaste mal... Fue acción fea la tuya: olvidaste nuestra buena amistad...

—Poco a poco. Diego... Déjame que te diga... que te diga el por qué, pues no hay acción que no tenga su por qué.

—El por qué no me importa ya. Yo te perdono, y con perdonarte queda liquidada nuestra cuenta, Binondo.

—Déjame, déjame que sea yo quien liquide... Lo que dije y referí a don José Moirón para que me absolviera de mis pecados, ¿no has de saberlo tú? Nuestro capellán me encargó mucho que a ti te diera mis razones, y te las doy. Con el práctico a bordo, como dices, te llamo, y al despedirme de ti te dejo mis razones, Diego; óyelas: yo favorecí la fuga de tu Mara, porque yo también tuve una hija... ya sabes cuánto quería yo a mi Rosa... Era un ángel: feíta, eso sí; ¡pero qué mona de Dios!... Las narices tenía chatas, como yo; los ojos chiquitos, como los míos, pero con mucho aquel; la color quebrada; el cuerpo con una salazón que ya ya... Se parecía más a mí que a su madre, que era *Pepona la lagarta*, bien lo recuerdas, lavandera de la ropa de maquinistas en el Arsenal... Pues mi niña era una verdadera rosa sin espinas... Aunque por broma la llamaban la *Rosa amarilla* o *Rosita la fea*, para mí era más guapa que los serafines... Bien sabes, Diego, cuánto la quería yo, y cómo me miraba en ella... Me muero con gusto, porque sé que voy a verla... Así me lo ha dicho nuestro capellán... Pues recordarás que mi adorada hija se enamoriscó de un fogonero italiano. No era mal chico; pero yo me indigné de que la niña pusiera en persona tan baja su voluntad. Pues la cogí un día, y con una estaca le di tal paliza, que quedó mi ángel hecho una lástima. ¡Ay, ay, Diego, cuánto he llorado aquella brutalidad que hice...! Mi Rosa, mientras yo la pegaba, me decía: «Aunque usted me mate, padre, querré siempre a mi *Curtis*.» Así llamaban al italiano... Un día la vi que derrengadita y paticoja, salía en busca de Curtis, y yo, ¿qué hice?... la cogí por un brazo y me la llevé a casa, donde le di bofetadas y me parece que algún mordisco... ¡Oh, qué malvado fui!... Pues desde aquel día la niña empezó a desmejorar... A caer y entristecerse... ¡Ay, qué pena tan grande! La llevé al médico, y el médico me dijo que la niña padecía mal del corazón... En fin, que una mañana la oí quejarse... Corrí a ella, y se me quedó muerta entre los brazos... ¡Ay de mí!, yo no tenía consuelo... yo quería matarme para que me enterraran con aquella prenda querida. Los palos y bofetadas que le di me dolían entonces en el corazón y en toda el alma. ¡Yo verdugo, y ella una mártir inocente! La enterramos al siguiente día al anochecer... Curtis venía detrás cuando la llevábamos... Yo me moría de dolor... Curtis y yo la bajamos al hoyo... El italiano era un mar de lágrimas, y yo un mar de amargura...

Vio Diego el llanto que corría por las mejillas verdes y por la cara plana del Cabo de mar. Contagiado por su duelo, pero sin comprender la relación que pudiera tener el caso de *Rosita la fea* con el de *Mara la bonita*, Ansúrez, transcurrida una larga pausa, le dijo: «Bien, José... tu hija se murió... Ni Mara ni yo teníamos la culpa de tu desgracia. Si Dios te quitó a tu hija, ¿qué adelantabas con quitarme la mía?»

—Poco a poco, Diego —replicó Binondo acopiando todo el aliento posible para expresar lo que faltaba—. No me has entendido... Sabrás que la muerte de mi niña, de aquel cielo mío, fue una lección que Dios me daba... una lección terrible... Dios me decía esto, Ansúrez: «Padres, antes que dejar morir a vuestras hijas, dejad que se vayan con sus novios.»

XI

No entraba fácilmente en el ánimo del celtíbero la explicación casuística que de su conducta daba el pobre Binondo. No era mala filosofía la de casar a las hijas a gusto de ellas antes que se murieran de desconsuelo de matrimonio; pero este humanitario principio debía cada cual aplicarlo a su familia, no a las ajenas. Estas y otras objeciones a las ideas de Binondo se le ocurrían; pero viendo mojado de lágrimas el rostro chato y verde, se encerró en un buen callar: era impertinente ponerse a discutir con un moribundo, y turbar su conciencia con acusaciones y distingos. Quedárase cada cual con su tema, y Dios juzgaría con suprema equidad. Apagando más su voz, Binondo le dijo: «Vuelve por aquí cuando estés franco, y te lo explicaré mejor... Me darás la razón, Diego, cuando te cuente el paso... y sepas estos y aquellos pormenores.»

Prometiéndole volver, Ansúrez se despidió muy afectuoso. El Cabo de mar le retuvo, cogiéndole de la mano para preguntarle dónde estaban y a qué punto de su derrota había llegado la fragata. «Estamos en la bahía de *Posesión* —contestó Ansúrez—, ya dentro del Estrecho de Magallanes, a los 52 grados de latitud Sur... Como en este maldito canal tira la marea lo menos, lo menos, tres millas por hora, hemos de ir mañana en busca de mejor fondeadero... Y a todas estas, no parece el *Marqués*, que nos trae el carbón; y como no venga, lucidos estamos... El Estrecho es todo angosturas, vueltas, esquinas y canalizos. Métase usted a la vela en este laberinto, y podrá decir cuándo entra, pero no cuándo sale... ¡Y con barcos de este calado, válgame la Virgen...! Para desembocar sin tropiezo en el Pacífico, hemos de zafarnos de este callejón con buenas estrepadas de hélice.»

En esto llegó a la enfermería el castrense don José Moirón, hombre excelente, modoso y encogidito. Por su mezquina presencia y delgada voz, más parecía capellán de monjas que de marineros y oficiales de guerra. El hombre desempeñaba la cura de almas en la sociedad militar con celo y modestia, hablando poco y no traspasando jamás el límite de sus funciones espirituales. A los moribundos asistía con amor; a los enfermos acompañaba, amenizándoles con su conversación dulce las tristes horas de encierro en la enfermería de paz. «¿Qué tal, Binondo? Parece que te animas charlando con tu amigo Ansúrez... ¿Y tú, Diego, no encuentras a José más alentado? Los hombres de mar tenéis siete vidas... Todavía, José, has de ver cómo se te remienda el arca del pecho... Volverás a tu oficio de pasear por las vergas como yo me paseo en el Perejil de Cádiz... Ánimo, hijo... No llevo a mal que lloriquees un poco, porque así se te despeja el corazón de malos quereres.» Binondo contestó con mugidos blandos a estas cariñosas palabras. De la cuestión de conciencia nada dijo el Capellán delante de Ansúrez: hablaron de Geografía y de la feísima pinta del paisaje que tenían por una y otra banda. «Dichoso tú, Binondo, que no ves el horror de estas tierras endemoniadas. Vegetación, Dios la dé... Y de animales, ¡qué pobreza! No he visto más que unos pájaros, que no sé si son nadantes o volantes, que están parados y erguidos mirándonos desde tierra... Su forma es la de botijos con plumas.»

—Esos son los *pingüinos*, que también llaman *pájaros bobos* —dijo Ansúrez—. Se empinan sobre las patas, y miran como si pidieran un tiro... Pero son mala carne... No valen el tiro.

—*Pájaros bobos*... —repitió Binondo con ligero extravío en su cerebro extenuado—. Como nunca ven gente, no huyen del hombre, creyendo que es, como ellos, un animal bobo... Y el hombre lo es, porque se pasa la vida haciendo tontadas... Solo tiene listeza y sabiduría a la hora de la muerte, única hora que no es hora boba.

Sentose el Capellán junto a Binondo, y preguntó a Diego qué noticias había de los fines del viaje, y cómo estaban los asuntos de España en el Pacífico. «No sé más que lo que me ha dicho Sacristá —replicó Ansúrez—. En Montevideo recogió don Casto noticias buenas, no de oficio, sino particulares... Parece que está hecha la paz con el Perú, y allá vamos a proclamarla con salvas y festejos...» A las demás preguntas de Moirón no supo contestar el Oficial de mar... Si pasaban con felicidad el Estrecho, llegarían en ocho singladuras a Valparaíso, donde no podía faltar conocimiento cierto de si iban al Pacífico en son de guerra, o en son de *pingüinos*, por otro nombre *pájaros bobos*.

No pudo Ansúrez entretenerse más, y dejó a Binondo con el castrense, que sin duda le habló de lo buena que es la otra vida, y de la felicidad de los que van a ella limpios de pecados. La fragata partió de *Posesión* al día siguiente; pasó con felicidad la angostura de la *Esperanza*; una fuerte corriente contraria la obligó a detenerse y buscar abrigo en la ensenada de *San Gregorio*; siguió al otro día, embocando y recorriendo sin tropiezo la angostura de *San Simón*; penetró luego en el canal más ancho del Estrecho; dobló el *Cabo Negro*, resguardándose de los bajos y escollos que acechan traicioneros en aquellas aguas, y por fin dio fondo en el *Puerto del Hambre*, que acredita su fatídico nombre por el aspecto de miseria, desamparo y aridez lastimosa que allí ofrece la tierra en todo lo que alcanza la vista.

Ávidos de explorar la misteriosa región magallánica, la Oficialidad obtuvo permiso para saltar a tierra. En la mayor lancha de la fragata embarcaron oficiales y guardias marinas, el maquinista Fenelón y ocho remeros. Ansúrez cogió la caña del timón. No olvidaron las carabinas *Minié* por si ocurría un feliz encuentro de caza mayor, o por si era menester defenderse de los bárbaros que habitaban en aquellas frías latitudes. Dirigiose la lancha a *Punta Santa Ana*, en la costa Norte de la bahía. Pisaron tierra los expedicionarios, y por aquellos pedregales discurrieron buscando huellas o rastro de humanidad. No vieron más que unos pozos de agua dulce, con algún indicio, en sus bordes, de ser utilizados. A lo lejos se distinguían columnas de humo; mas no era fácil precisar si salían de algún techo, o de hogueras encendidas en descampado. El humo subía lentamente hacia un cielo pesado y gris, que acariciaba con sus masas vaporosas las remotas alturas blanqueadas por la nieve. Todo el afán de los españoles era ver alguna muestra de la raza patagona, caracterizada, según los geógrafos de más crédito, por su estatura gigantea y por la mansedumbre y nobleza de su barbarie. Pero aunque dispararon al aire sus fusiles con la idea de llamar y atraer a los indígenas, estos no parecían por parte alguna. Llegaron a creer nuestros compatriotas que los patagones eran seres fabulosos, engendrados por la imaginación heroica de los primitivos navegantes.

Del reino animal no se dejó ver tampoco ninguna muestra, y del vegetal solo descubrieron unos matojos verdes de plantitas frescas y talludas, de la familia de las *umbelíferas*. Por su sabor, eran semejantes al *apio caballar* de nuestros climas. Corriéndose hacia la extremidad de *Santa Ana*, reconocieron ruinas que a la primera impresión diputaron por las de la *Colonia de Sarmiento*. Este Sarmiento fue un héroe loco, un explorador animoso y exaltado hasta el delirio, que hizo creer a Felipe II en la conveniencia de establecer, en medio de todas las desolaciones de la Naturaleza, una colonia fortificada. La expedición, que al mando de otro loco llamado Flórez envió el Rey con aquel fin aventurero y fantástico, acabó de la manera más desastrosa. Flórez y Sarmiento riñeron con escándalo y furia en las aguas y costas de América, disputándose la precedencia. Flórez se volvió a España. Sarmiento, más terco que la misma terquedad, se dirigió al Estrecho con las cinco naves que le quedaban, y aplicó toda su insana testarudez a la fundación de la plaza colonial. Innumerables hombres, que eran sin duda los más intrépidos orates de la Nación, perecieron allí. A muchos se los tragó el mar en las angosturas, o en los esteros fangosos de la costa Sur; otros murieron en enconada lucha fratricida; a los que se obstinaron en cimentar la absurda colonia, los aniquiló la desesperación, y, por fin, el hambre dio cuenta de los últimos...

Examinadas las ruinas, entendieron los españoles que no pisaban los restos de la obra insensata de Sarmiento, sino los de la *Penitenciaría chilena*, fundada en aquel sitio a principios del siglo XIX. Tal vez en los informes vestigios, paredones corroídos, pilares truncados, había trozos de diferente antigüedad. Eran ruinas yuxtapuestas, despojos sobre despojos, pavorosa osamenta de dos arquitecturas muertas y consumidas del Sol y el viento. Sobre ellas rodarían indiferentes las edades. Lo que en la historia humana había sido completamente inútil, en la Naturaleza servía para que anidaran cómodamente los *pájaros bobos*.

Desconsolados volvieron a bordo los hombres de la *Numancia*. No habiendo visto los deseados indígenas, la excursión les parecía enteramente ociosa. La Patagonia sin patagones era una tierra insulsa y prosaica... En la mañana del día siguiente proyectaron nueva salida, con idea de emprenderla por un río llamado *San Juan*, que desemboca al Oeste de la bahía del *Hambre*. Sin duda, internándose aguas arriba, habían de encontrar a los hombres bárbaros y talludos dueños de aquellas tierras. En los preparativos de la segunda expedición estaban, cuando vieron venir por la boca del río una piragua tripulada por figuras al parecer humanas. La exclamación a bordo fue general. «¡Hurra, ya están ahí los patagones, hurra!»

Hacia la fragata venía bogando la salvaje embarcación resuelta y presurosa. Al tenerla cerca, vieron con asombro los de a bordo que eran mujeres las que remaban, y no con remos, sino con *canaletes*, palitroques rematados en una tabla de forma elíptica. Las hembras daban impulso a la embarcación con aquellas espátulas, sin punto de apoyo en la borda, pues la piragua no tenía toletes. En pie venían tres bárbaros de fea catadura y no muy lucida talla, lo que fue gran desengaño de los españoles, que esperaban ver colosos formidables y coronados de plumas. Al llegar los salvajes al costado de la fragata, no expresaron admiración de la grandeza y hermosura de esta. Con gestos y chillidos gimiosos, manifestaron su deseo de subir y de comer algo que les dieran. Sin esperar a que les echaran la escala, los tres hombres se encaramaron por los tojinos con agilidad cuadrumana. Las dos mujeres remadoras se quedaron en la piragua, desoyendo las incitaciones de los españoles para que subieran. O ellas no querían seguir a los machos, o estos no se lo permitían, que tales etiquetas y reparos habrá sin duda en las costumbres del salvajismo patagón.

Gran rebullicio y algazara se movió en cubierta cuando pusieron su planta en ella los tres desgraciados seres en quienes se representaba la primitiva animalidad de nuestro linaje. Bien se podía decir ante ellos: «así fuimos.» Eran de mediana estatura y color cobrizo, sucios y sin gallardía estatuaria. Cubrían parte de su cuerpo con pieles viejas y astrosas de un animal que llaman *guanaco*. Apestaban a grasa de pescado; sujetaban sus cabelleras ásperas con una correa de cuero, y acentuaban la fealdad de sus rostros con rayas negras y coloradas. Su habla era una mezcla de la modulación y el léxico de las cotorras y de los ásperos aullidos de los monos mayores. Fácilmente repetían las voces españolas; pero las de ellos no había boca cristiana que las reprodujera. Invitados a comer, se les ofreció pan, que miraron con asombro antes de probarlo. Mayor estupefacción les causó el ver cucharas, y embobados contemplaron a los marineros que con ellas comían. Quisieron hacer lo mismo; mas no acertaban a meter la comida en la boca con aquel adminículo tan extraño para ellos. El vino los entusiasmaba, y el aguardiente los transportó al cielo de las mayores alegrías. Si no sabían comer con cuchara, bebían cumplidamente en el vaso, empinándolo hasta que les caía la última gota. Los chupetazos que daban luego y el relamerse con sus lenguas sedientas, fueron diversión de los españoles, que nunca habían visto bárbaros de tan extremada inocencia y grosería... Lleváronlos luego a visitar todo el barco: manifestaban su asombro riendo como idiotas; pero su regocijo llegó al frenesí cuando se les invitó a ponerse unos pantalones viejos que allí sacaron. A la primera lección que se les dio, aprendieron a enfundarse las piernas en los calzones. El que parecía principal de ellos, ostentando como insignia de su autoridad mayores chorretazos de rojo en sus mejillas, fue obsequiado ademas con una levita informe y un sombrero alto, chafado y roto. Luego que se atavió con estas prendas, lleváronle delante de un espejo, y al ver la reproducción de su elegante figura quedose fluctuando entre la risa y un asombro respetuoso.

En tanto que a bordo con estas bufonadas se divertía la gente joven y alegre, otros habían bajado por los tangones al bote de servicio, y en este se pusieron al habla o a la mira con las señoras salvajes. Fenelón era el más empeñado en obsequiarlas, y en honor de ellos escanció todo el Jerez de una botella. Eran las hembras remadoras más desmedradas que los hombres, feas y hurañas. Ninguna de las gracias del bello sexo se revelaba en ellas, y solo Fenelón, como sacerdote de Venus, extremado en su culto, entrevió algún encanto en los amarillos rostros de las amazonas, en sus pechos fláccidos y colgantes, en sus cuerpos desfigurados por haraposas pieles, que dejando al descubierto el ombligo y otras regiones poco bellas, tapaban las caderas y demás... Bajo los sucios pellejos asomaban las piernas cobrizas... Con medias, es decir, con la canilla y pie pintados de color verdinegro, señal de que las dos señoras habían chapoteado en el fango del río al lanzar la piragua. Nadie vio en sus descuidadas greñas adorno alguno que indicase el menor rudimento de coquetería o de arte del tocador... Eran hembras animales más que mujeres. Trabajillo costaba excitar en ellas la risa, como prueba de ligereza o agilidad de espíritu. La risa de aquellas fieras causaba más miedo que alegría, porque ostentaban en toda su extensión la formidable herramienta dental... Por fin, partieron todos en la piragua, borrachos perdidos los hombres. Uno de ellos, vestido ridículamente con los guiñapos europeos, esgrimía con grotescos ademanes un sable viejo y tomado de orín que le regalaron los Oficiales. ¡Infeliz tribu patagona, buena te había caído!

XII

¡Albricias, llegó el *Marqués de la Victoria*!... Saludada con gran festejo fue su presencia en *Puerto del Hambre*. ¡Volvían los compañeros perdidos en el Océano! ¡La fragata tenía ya carbón para proseguir su viaje!... Sin tardanza, fondeado el caballero sirviente a estribor de la dama, se procedió a meter el combustible en las carboneras de esta. Todo el domingo, que era Pascua de Resurrección, se empleó en esta faena, solo interrumpida en la hora de la Misa y lectura de Ordenanzas después del Oficio. Don José Moirón despachó la Misa con prontitud, y el sermón militar de las obligaciones del soldado fue también muy breve. Todo el tiempo era poco para trasbordar el combustible. La Oficialidad de ambos buques, no teniendo nada que hacer a bordo, realizó su expedición al río *San Juan*, sin ver nada de interés, ni hombres ni animales. Los salvajes no parecían. La Naturaleza misma se recluía tierra adentro, avara de sus tesoros de fauna y flora, si algunos tenía. Volvieron los españoles a los barcos con el alma a los pies, desengañados de toda pasión geográfica y exploratriz, y pasaron el tiempo de estadía en el *Puerto del Hambre*, desmintiendo este lúgubre nombre con los buenos víveres que una y otra nave traían. Los días acortaban ya tristemente, como días vecinos al polo en aquella estación, que era el otoño austral... A las cuatro de la tarde se iniciaba el crepúsculo, anunciando ya las prolongadas noches invernales. Espesa penumbra caía sobre la tierra; el cielo tomaba un tono plomizo: cielo y tierra se vestían de un luto angustioso que avivaba en los corazones el amor y el recuerdo de la patria lejana, radicante en la más risueña porción del globo.

Partió la fragata el 19 de abril, despidiéndose con fraternal emoción de su caballero sirviente, que a Montevideo se volvía. La nave acorazada emprendió sola su marcha por aquellos canalizos y desfiladeros, lo que fue temeridad grande; mas para tal empeño bastaba el esforzado corazón del soldado de mar que la mandaba. Día claro y sereno favoreció el paso de la *Numancia* frente al morro de *Santa Águeda*, donde el paisaje tomó las formas más imponentes y majestuosas. En aquel punto humillan los Andes sus moles ante la mordedura del mar, que las socava y desmorona. Por estribor veían los españoles, a lo lejos, el grandioso espectáculo de las cimas nevadas; de cerca, los cantiles abruptos, las masas rocosas cortadas como a pico, hurañas y resecas, con vagos toques de vegetación en algunas enca- ñadas; por babor veían la *Tierra del Fuego*, merecedora de tal nombre si se le añadiera el calificativo de *apagado*. Era como un volcán, como un avispero de cráteres fríos, vestigio y estampa de los más terribles cataclismos geoló- gicos. La vista de aquellas extrañas formaciones causaba espanto, sugi- riendo la idea de un planeta muerto, perdido en los espacios siderales... Para que pudiera participar de la admiración general, sacaron de su camarote al Segundo, don Juan Bautista Antequera, obligado a quietud por la solda- dura de la pierna, y muy bien acomodado en una colchoneta, le subieron al Alcázar. Allí estuvo largo rato, y sus ojos, desperezándose de la oscuridad del encierro, no se hartaban de ver tanta maravilla.

Hizo alto la fragata en el fondeadero de *Fortescue*. Tras ella venía una corbeta de vapor, que resultó ser peruana, de guerra. *América* era su nombre, y había sido construida en Francia. Fue mirada con recelo; se pensó en disparar sobre ella; pero al fin nada sucedió. La corbeta dejó caer su ancla por estribor de la *Numancia*. Esta levó muy temprano, al día siguiente, y atravesó la más estrecha angostura de todo el paso de Magallanes. Viéronse aquel día más próximos los elevados montes patagónicos, coronados de nieve, y los hilos de agua que al derretirse la nieve venían saltando por innumerables cañadas y repliegues, juntándose luego para formar risueñas, espumosas cascadas. El paso llamado *Crooked-Reach* es tan angosto, que los navegantes creían tener al alcance de su mano los dos cantiles de izquierda y derecha. La fragata marchaba con cuatro calderas, gallarda como nunca, orgullosa de sí misma, mirándose en las claras aguas, mirando también su sombra en las rocas del Norte. Dijérase que todos los ánades y pingüinos de la región se habían dado cita en aquel paso, porque precedían a la nave como señalándole el camino, y luego levantaban el vuelo al ver de cerca el espolón y oír el golpetazo de la hélice batiendo el agua. También aparecieron cetáceos monstruosos, nadando delante y a los costados de la embarcación, y festejando a esta con el surtidor que sus furiosos resoplidos lanzaban al aire. La fragata no parecía insensible a estas demostraciones de la fauna marítima, y surcaba las ondas con mayor prepotencia y majestad. Era la diosa Anfitrite, esposa de Neptuno, que paseaba por su reino precedida y escoltada por la corte de sirenas, tritones y bestias marinas.

Al décimo día de entrar en el Estrecho, salió de él la *Numancia*. A las cinco de la tarde del 21, con mar sosegada y atmósfera densa que ofuscaba los términos lejanos, la fragata señaló a babor el *Cabo Pilares*. Era el extremo occidental del paso y la última tierra del Sur magallánico, la más desolada que podría imaginarse; tierra que parecía obra de maldiciones y engendro de pesadilla. Las conglomeraciones basálticas, de soñadas formas nunca vistas, hacían creer que aquel extremo del mundo era el osario en que los siglos, terminada la monda total del planeta, habían arrojado todos los esqueletos de animales paleontológicos.

Franqueado *Pilares*, entraron los españoles en mar libre y ancho. Fue para todos descanso y orgullo. Por un canal de más de cien leguas, erizado de peligros, habían conducido la mayor nave que hasta entonces se aventuró a pasar por allí. Bien podían envanecerse, aunque el caso no era milagroso, sino una feliz aplicación de la sintética proclama de Nelson. Todos, desde el comandante al último marinero, habían cumplido su deber... Y adelante, adelante, en busca de la ocasión de nuevos deberes que cumplir... Sin contratiempo navegó a hélice la fragata, con rumbo Norte, hasta los 40 grados de latitud, en que hallando mejor mar y los vientos generales del Sur, apagó calderas y largó todo su aparejo. Nunca estuvo Anfitrite tan bella como cuando surcaba las aguas del Pacífico, con todo el flameante adorno de su ropaje aéreo. Sus airosas cabezadas expresaban el contento suyo y de todos los tripulantes, que con ella se identificaban y ponían los latidos de su corazón al compás de los pasos de ella en el ancho mar. La normalidad placentera de la navegación no se interrumpió en aquella etapa: todos vivían alegres, contemplando de día, por estribor, el gigantesco murallón de los Andes, y aun los menos instruidos sabían leer en aquellas moles alguna estrofa de la leyenda hispánica.

Visibles fueron los efectos del gradual ascenso de la temperatura: los pocos enfermos que a bordo había se restablecieron, y el mismo Binondo, que en el Estrecho estuvo a punto de liar el petate, mejoró notablemente, como si quisiera entrar en la séptima vida que, según el dicho popular, gozan los marinos. Aún no podía el hombre valerse; pero respiraba mejor, señal de que se le iban calafateando los deteriorados bofes, y todos los días, a la hora de más calor, le sacaban a cubierta en una silleta, y allí le dejaban parloteando con sus compañeros. En estos solaces de conveleciente habló de asuntos diversos con su amigo Ansúrez; pero de aquellos coloquios solo se cuentan aquí los pertinentes al caso de Mara.

«Poco a poco, Diego —decía Binondo extendiendo el brazo—: no eches sobre mí más culpa de la que tuve en el latrocinio de tu hija... que bien mirado, no fue tal latrocinio, sino cumplimiento de la ley de Dios, que dice: "antes que dejar morir a vuestras hijas, dejad que se vayan con sus novios...". Esto ha dicho Dios, y a mis oídos llegó la voz divina, por la cual fui movido a dar aquel paso... Que venga don José Moirón, que venga el santísimo Capellán, y él te dirá si este mandamiento que te digo no es tan de ley como otro cualquiera...»

—Bueno; ley de Dios será... Pero no tenemos por qué llamar al Cura; que esta ropa sucia, José, en casa debemos lavarla... ¡Tú a encandilarme con tus leyes de Dios, ¡ajo!, y yo a no dejarme encandilar!... Mi sentido natural me dice que no es ley de Dios, sino del diablo, tomar dinerales por favorecer la fuga de la niña con aquel bandido.

—Poco a poco, Diego, poco a poco. No te niego la verdad. Pero has de saber que no fueron dinerales lo que tomé, sino una triste onza de oro...

—¿Triste la llamas? ¿Pues no valía dieciséis duros?

—Los valía, sí... Llamo triste a la onza, porque fue poco estipendio para lo que hice. Toda la noche estuve en vela, fingiendo que pescaba... Los carabineros me habían echado el ojo encima; yo no hacía más que bogar hacia afuera, y volver y escurrirme a la sombra de la batería de San Leandro. Pues tomé la onza... No quiero dejar de decirte toda la verdad... la tomé porque me hacía mucha falta... Como que aún estaba debiendo las visitas del médico y el entierro de mi niña... ¡Ay, Diego de mi alma, no puedo nombrar a mi ángel sin que me salte el corazón y se me corte el resuello! ¿Ves? Ya estoy llorando... No hay consuelo para mí... Y ahora, con esto de que voy escapando de la muerte, mi pena es mayor, porque yo estaba muy satisfecho de morirme, por el gusto de ver pronto a mi niña, la mona de Dios... y recrearme en aquel rostro de clavellina parda, y en el habla bonita, y en el cuerpo salado, tan salado y gracioso, que me río yo de los ángeles...

—No llores, José... Como algún día has de morirte, y verás a tu Rosa entre los serafines, resígnate por hoy a seguir viviendo... ¡Ajo!, no eches más babas ni mojes el pañuelo. Cuéntame cómo embarcó la niña en tu lancha; qué dijo...

—Antes tengo que repetir que la onza no fue más que una corta ofrenda para mi alcancía. La tomé por no desairar. Verdad que después, a bordo de la goleta, me dio don Belisario diez duros más... ¿Pero qué son diez duros para un servicio tan arriesgado...? Y el peligro fue tremendo... Los carabineros no me quitaban el ojo... Tu niña llegó a las piedras de Santa Lucía, único sitio donde podía embarcar de noche, acompañada de don Belisario y de la Venancia... ya sabes, la Venancia. Esa sí cogió buen dinero... De aquí estoy viendo la pastelería que ha puesto esa ladrona en la calle de la Caridad... la veo, la veo, Diego... Y cuidado que hay distancia del Pacífico, 33 grados latitud Sur, a la pastelería de Venancia, 38 grados latitud Norte. Pues la veo: cree que la veo.

—Avante en popa, y no barloventees más.

—En brazos cogió a la niña el caballero, y de sus brazos pasó a los míos, que la pusieron en la lancha... De un brinco embarcó don Belisario. Despidiéronse de Venancia. Trinqué yo los remos, y me puse a bogar en silencio, arrimado a tierra, buscando la sombra del monte... Te diré, buen amigo, para tu satisfacción, que no había dado yo tres paladas de remo, cuando la niña rompió a llorar con tanto sentimiento, que me río yo de la Magdalena. El caballero quería consolarla: ya sacaba estas razones, ya las otras... que Dios, que el amor, que la felicidad... y luego unas retóricas ahiladas que no entendí, pues tales términos, comparanzas y sutilezas no había oído yo en mi vida. Mara, tan aferrada a su aflicción que no se quitaba de los ojos el pañuelo, decía: «Mi padre, ¡ay!, mi padre.» Y él le echaba el brazo por los hombros, y apretándola con agasajo, respondía: «Tu padre será mi padre; pero él no quiere serlo... Pagará su soberbia... Después le perdonaremos.» En fin, Diego, no puedo repetirte su hablar finísimo, porque usaba expresiones que mi boca no sabe pronunciar. La sustancia de aquel relato era esta, verbigracia: «El amor, que viene a ser el rey, Emperador o no sé qué de todito el mundo terrestre y universal, te condenaba por bruto y descastado a... Diantre, a ver si me acuerdo... Pues te condenaba a la pena de perder a tu hija por tal o cual tiempo...» En fin, Diego, que te daban el trago de amargura para traerte luego los dulzores de volver a Cartagena casados y con guita... ¿Te vas enterando?... Yo no puedo referírtelo palabra por palabra. Sí te digo que a la niña se le aplacó el duelo con los abrazos que le daba el novio, echándole en la misma oreja este bálsamo: «Te juro por mi madre que volveremos... volveremos en tal condición, que tu padre se alegre de recibirnos.» Luego miraba para las estrellas, y moviendo el brazo con ellas hablaba... A la mar le echó también una gran bocanada de términos que sonaban muy bien, como una musiquilla de cantares... En esto, llegamos a la goleta: subieron ellos, yo detrás.

»Poco tiempo estuvo la niña sobre cubierta, porque don Belisario y el capitán la llevaron a un camarote, y en él la escondieron, por lo que pudiera tronar. Yo esperé al caballero, porque así me lo mandó. Al cuarto de hora le vi aparecer en cubierta; llevome a la borda, desde donde se veía Cartagena, más que por sus casas, torres y murallas, por las luces del alumbrado público; y señalando a la ciudad, dijo: «¡Ahí te quedas, Cartagena! ¡Ahí te quedas, Ansúrez!... Entré con paz, y me mirasteis como enemigo... Al padre me llegué con el corazón en la mano, y el padre me echó la zarpa para ahogarme. No hay paces con los bárbaros. Mara no es de su padre, sino mía. Él le dio la vida corporal, yo le doy la vida del espíritu...» No puedo explicártelo, porque las palabras que dijo en aquellas proclamaciones son de esas que no se quedan en la memoria. Lo que sí recuerdo bien es esta frase: «Pues quisiste guerra, guerra te doy, brutal Ansúrez. Ya puedes echarte a llorar hasta que volvamos...» Luego que dijo lo que te cuento, nos despedimos. Me pidió juramento de no contarle a nadie lo que había pasado, y yo se lo di... Digo que juré, haciendo la cruz, porque así me lo mandaba mi conciencia. Y él también tuvo conciencia, porque al despedirme metió mano al bolsillo y diome los diez duros, que... Ahora recuerdo... No fueron diez, sino veinte, o hablando con toda verdad, veinticinco, plata y dos monedas de oro, isabelinas... Ya ves que no te oculto nada. Cuando yo a tierra me volvía poco a poco, pensaba en mi pobre niña difunta, ¡ay!, en aquel ángel. ¡Que no hubiera yo podido hacer con ella lo que hice con la tuya, Diego!... Dársela al novio, echarla en brazos del novio para que gozaran de su juventud... Para mí no había consuelo... yo bogaba con pereza, y mis pensamientos iban al compás de los remos. En el cielo como en el agua oía la voz del Divino Jesús, diciéndome: «Que no mueran las hijas; que se vayan, que se vayan con sus novios.»

XIII

El interesante episodio referido por Binondo inmergió al Oficial de mar en mayores cavilaciones y tristezas. Sus sentimientos, agitados por pavorosa crisis, no sabían si estacionarse en el amor o en el odio. Solo sus obligaciones rudas le distraían en estos internos afanes. El 28 por la mañana recaló la fragata en Valparaíso, y aproximándose al puerto, paró y se puso al habla con el comandante de la goleta *Vencedora*. ¡Qué placer y qué descanso recibir noticias frescas, fidedignas! Los de la *Numancia* oyeron confirmar la buena nueva de que nuestro Gobierno había concertado un arreglo con el Perú. La escuadra, al mando del Almirante Pareja, estaba en el Callao. Hacia el Callao hizo rumbo la *Numancia* sin perder horas, navegando con cuatro calderas encendidas y ayuda del velamen. Serena mar y viento Norte fresquecito facilitaron aquella etapa, por todos estilos venturosa. En temperatura iban ganando de día en día; la salud era excelente a bordo, y todos vivían en espera de sucesos pacíficos más que guerreros, aunque no faltaba quien se apenase de que no sobreviniesen hostilidades duras, que en la profesión militar nada repugna tanto a los corazones enteros como la ociosidad.

Aunque se reponía bajo la acción de la subida temperatura, Binondo no recobraba por entero su vigor y aptitud para el trabajo. O era que se hacía el remolón para que le dieran mimo y le llenaran la pandorga, dejándole las horas muertas sentadito al Sol, o a la sombra cuando el Sol picaba más de la cuenta. En este periodo avanzado de su convalecencia, se hizo el hombre muy rezador: andaba siempre con el rosario entre las manos, y en sus pláticas con los compañeros, a estos recomendaba que tuviesen el alma preparada para un buen morir, pues en las dudas de paz o guerra, nadie podía decir «a tal hora viviré».

«Aquí donde me ves, Diego querido, no estoy menos libre de la muerte que lo estaba en el Estrecho, porque las cuadernas del pecho no acaban de arreglarse, y el corazón me dice a cada momento que no cuente con él para una larga travesía. Pero yo no me apuro, Diego, y tan hecho estoy a la idea de morirme, que me digo: "Cuanto antes mejor, que de este mundo perverso no saca uno más que sofocos y berrinches que pudren el alma. Muérame yo pronto, que eso voy ganando, y así veré a mi querida Rosa en la Eternidad". Paréceme que ya la estoy viendo... Cuando tengo esta visión, el aliento se me corta, como si la máquina del respirar quisiera pararse y decir: "hasta aquí llegué".»

—¡Valiente marrullero estás tú!... Con tantos rezuqueos y visiones lo que busca mi amigo es que no le den de alta, para seguir en esta gandulería y pasarse el tiempo sentadito en cubierta.

—Poco a poco: yo no trabajo porque no puedo. Ya sabes que como bien, porque así me lo mandó don Luis. Por mi gusto no comería más que lo preciso para no desfallecer. Duermo toda la noche y parte del día, porque así me lo recomiendan los doctores, que el sueño es el estero donde el corazón se va carenando... Como te lo digo... Pero el dormir mío no es todo lo sosegado que fuera menester, porque el soñar me quebranta, y despierto tan molido como si me hubieran pasado de verdad las cosas que sueño... Es el corazón enfermo... que adivina... Y a cuento de esto, sabrás que anoche he soñado contigo y con tu hija... Y era lo que soñé tan conforme con la razón, que desperté creyéndolo cierto. Vas a oírlo... Pues soñé que entrábamos en puerto... ¿Sabes tú cuándo llegaremos al Callao?

—Mañana. Esta tarde hemos de señalar las islas Chinchas.

—Dime otra cosa: ¿hay mucha distancia del Callao a Lima?

—Media hora o poco más en ferrocarril.

—Pues no te canses en ir a Lima, porque si vas no encontrarás a tu hija. Yo he soñado que Mara y don Belisario navegan hacia Panamá, caminito de Europa. Van casados por la Iglesia y cargados de dinero hasta las escotillas... Llevan la idea de que los perdones Diego, y les eches tu bendición... Pero Dios, que ve tus muchos pecados, dispone que ni ellos ni tú tengáis la satisfacción de veros y perdonaros. También ellos son pecadores... Dios castiga sin palo ni piedra, y así, mientras tus hijos van, tú vienes... Equivocados navegáis todos... Dios, que gobierna con una mano los corazones y con otra los mares, te trae al Perú cuando tu hija no está aquí, y a ella la manda para España cuando tú andas por acá... ¿No ves bien claro los designios del patrón de todo el Universo?

Al oír esto, trabajo le costó a Diego reprimirse. Impulsos tuvo de coger a Binondo por el cogote y darle un fuerte achuchón contra el cabrestante próximo, chafándole el rostro hasta dejárselo enteramente raso. «Tunante —le dijo—, guárdate tus sueños malditos, y no atormentes al hombre honrado y bueno, que no hace mal a nadie.»

—Bueno eres —replicó Binondo con extremada mansedumbre, acariciando las cuentas de su rosario—; pero ya sabes que el justo peca siete veces al día. Que Dios quiera probarte, que Dios pruebe a los justos para ver su temple y fortaleza, es cosa corriente en nuestra religión, y si lo dudas, llama a nuestro Capellán y pregúntaselo.

Ansúrez le volvió la espalda. En actitud de oración se mantuvo José, la cara plana y verde caída sobre el pecho con expresión de recogimiento budista. El otro, echando sus miradas y sus pensamientos sobre el mar, también quedó en éxtasis de amarguísimas dudas, del cual le sacó el pito de Sacristá llamando a maniobra. Poco después se marcaron a barlovento las islas Chinchas. El terral fresquecito trajo al olfato de los marinos efluvios amoniacales... *Tan-tan* cuatro veces. Se cambiaron las guardias... Y al día siguiente, cuando solo distaban cinco o seis millas del puerto del Callao, volvió Binondo a dar tormento a su amigo con el relato de sus estupendas soñaciones.

«Óyeme, Diego, y pásmate de que Dios se digne revelarme lo que ha de pasarnos a ti y a mí. Tú y yo somos buenos, y para que seamos mejores nos manda Dios tribulaciones grandes. He soñado, amigo, he soñado lo que voy a decirte para que te vacíes de orgullo y te llenes de resignación... Pues ello es que... No pongas cara fosca ni me hagas temblar con tus miradas... Yo digo lo que soñé, y tú lo crees o no lo crees... Ello es que ya no verás a tu hija en la tierra, sino en el Cielo... Estamos iguales, amigo del alma, y hemos de morirnos para ver a las prendas de nuestro corazón... Para mí es esto tan cierto y verídico como el mar es mar, el cielo, cielo, y esta embarcación la *Numancia* bendita... que Dios favorezca para que viva más que nosotros. Dúdalo si quieres; pero la realidad se encargará de convencerte... A tu hija verás en el Cielo; antes de ir allá, si vas, no podrás verla... Créelo, Ansúrez, y dispone pronto, pronto para un morir cristiano... Debemos prepararnos, porque nunca sabemos si hemos de vivir estos momentos o los otros. Podrá ser hoy, podrá ser mañana o en mañanas que aún están lejos. Pero que no nos coja desprevenidos... ¡Qué gozo el tuyo y el mío cuando las veamos en la Gloria!... Mi Rosa tan linda, con aquella carita de marfil ahumado y aquellos ojuelos negros, como los de los ángeles que encienden los relámpagos y disparan los truenos en una noche de tempestad... tu Mara desmejoradilla y muy rebajada de su belleza... porque has de saber que muere o morirá de parto...»

Ya no pudo tener Ansúrez el arrebato de su displicencia, y le dio un cosque más que regular, que humilló la cabeza budista y puso la cara plana a dos dedos de la borda, junto a la cual se hallaban. «Poco a poco —exclamó Binondo—. Esos no son saludos de los que se acostumbran entre amigos. Bárbaro estás, rebelde contra las verdades que Dios te anuncia por mi boca.

De tus desdichas no tengo yo la culpa... Ni de que Dios ame a nuestras dos hijas por igual, y se las lleve de este mundo nuestro tan malo, al suyo, que es la Gloria...»

No llegaron estas últimas razones al oído del Oficial de mar, que se alejó rezongando amenazas contra Binondo. La idea de la muerte de Mara, sugerida por el zorro malayo, le desconcertaba. A creerla se resistía; pero la idea penetraba en su entendimiento, como la carcoma royendo y labrándose su casa... Aliviábase el buen hombre de esta confusión con la esperanza de que el Sol de Lima despejara pronto sus dudas.

La entrada en el puerto del Callao fue de teatral efecto resonante. Allí estaba la escuadra española mandada por Pareja: la componían las fragatas de hélice *Villa de Madrid, Blanca, Berenguela* y *Resolución* y la goleta *Covadonga*. El primer saludo fue para la insignia de Pareja; después se saludó a la plaza, que contestó al instante; y apenas disipado el humo de estas salvas, se cañoneó en honor de las escuadras extranjeras allí fondeadas, inglesa, francesa y americana. Devolvían todos la cortesía con igual número de estampidos, y aquello fue como una batalla naval con pólvora sola, espectáculo precioso, inmenso vocerío de guerreros en paz.

Presentaba el puerto en aquellos instantes un golpe de vista espléndido. Deleitaban los ojos la flotante población de barcos de guerra y paz, y el bosque de sus mástiles, así como los mezclados colorines de tantas banderas de diferentes Estados. Entre los buques mercantes, había los más hermosos tipos de vela entonces existentes en el mundo: fragatonas y corbetas *clipper*, de cascos elegantes y gallardísimas arboladuras. Todas estas naves esperaban vez para el embarque de guano en las Chinchas. Si es maravilla de la Naturaleza el almacenaje secular del excremento de las aves atlánticas en aquellas ínsulas, no lo es menos el ingenio y artes del hombre para transportarlo por tan largos caminos de mar de un hemisferio a otro... El labrador piamontés o valenciano no acababa de comprender que abonaran sus tierras las aves del Pacífico.

Terminados los saludos, empezaron las visitas. No era solo el jubileo de amigos y parientes entre unos y otros barcos: era la curiosidad que en todas las tripulaciones de las fragatas de madera despertaba la *Numancia*, potente y airosa; era el prodigio de haber esta navegado sin tropiezo desde Cádiz al

Perú, desmintiendo la opinión de que un guerrero vestido de armadura no podía sin peligro arrostrar caminata tan penosa y larga. Pero el comandante, hombre de arrestos indomables, la Oficialidad y marinería, orgullosos de su feliz empresa, decían como Segismundo: «¡Vive Dios que pudo ser!»

Tal invasión de visitas hubo en la fragata, que las escalas crujían del peso de los curiosos entrantes y salientes. Superiores y oficialidad, guardias marinas, marineros, en fin, y gente de maestranza, acudieron a saciar sus ojos, a explayar sus corazones en parabienes, que eran la expresión de la amistad y el orgullo, fundido todo en un tono general de patriotismo. La *Numancia* vio subir a su cubierta y penetrar en sus cámaras y sollados al Almirante Pareja, hombre de mediana estatura, delgado, con patillas blancas, de continente grave y maneras muy corteses; a don Miguel Lobo, mayor general, gran náutico y geógrafo, hombre de ciencia y de voluntad; a don Claudio Alvargonzález, curtido y fosco, de barba erizada y ojos fulgurantes, el primer lobo de mar de España; a don Juan Topete, corazón fuerte, ávido de pelea y gloria; a don Manuel de la Pezuela, ducho en artes políticas y en el trato de gentes, que aplicar supo al arte de la guerra; a don Carlos Valcárcel, marino excelente y guerrero de tesón, y a otros muchos que ganaron después celebridad. La fragata les recibió con alegría, mostrándoles todas sus bellezas, así las exteriores como las más ocultas. Convites parciales y refrescos se improvisaron en los camarotes, y en tanto los grupos de marineros celebraban con modestas libaciones el feliz encuentro de amigos y hermanos, en latitud tan distantes del solar paterno.

Fue por la mañana cuando Ansúrez distinguió entre los visitantes una cara conocida. «¿Será...? Si no fuera tan gordo, diría que es Mendaro.» A estas dudas fugaces siguió la exclamación de ambos amigos, que se abrazaron con júbilo después de una ausencia de cinco años. «Por el ranchero Ibarrola —dijo Mendaro— supe que estabas aquí. He venido a verte a ti primero, después a esta hermosa fragata que os traéis acá... ¿Sabes que estás viejo?... ¿Qué ha sido de tu vida? Cuéntame.» Con frase concisa notificó Ansúrez a su amigo la muerte de Esperanza, y de la pérdida de Mara hizo una indicación vacilante, como los apuntes con que los pintores esbozan el intento de una figura. A continuación enseñó al forastero el interior del barco; le obsequió con Jerez y galletas, y despidiéronse con mutuos ofrecimientos y cariños.

Mendaro y Ansúrez, después de navegar juntos, habían vivido en Cartagena pared por medio. Su amistad era sólida, íntima, como fundada en las excelentes cualidades de uno y otro. Enviudó Mendaro el 59 y se embarcó para el Perú, donde contrajo segundas nupcias. El 65 era poseedor de una de las más frecuentadas pulperías del Callao de Lima, establecimiento que bien podía llamarse famoso, porque en él encontraban alivio de su sed y reparo de su hambre los marineros de diferentes banderas, cargadores y truchimanes, y allí solían congregarse también mujeres que al socorro de necesidades no espirituales acudían, buena gente toda, fermento y espuma de la humanidad afanosa que hierve en los puertos de mar. En la pulpería quedó citado Ansúrez para comer con su amigo, y charlar de los reinos de España y de las indianas repúblicas.

XIV

Ansiosos de admirar la ciudad de Lima, que en todas las imaginaciones españolas se representaba con formas y colores de un seductor romanticismo, iban a tierra oficiales y guardias marinas en correctísima y elegante apostura, con pantalón blanco, indumentaria impuesta por los 12 grados de latitud Sur. Del muelle corrían en grupos alegres a la estación, y media hora después divagaban por las calles y plazas de Lima. Esparciendo con avidez sus ojos de una parte a otra, aplicaban su observación a cosas y personas, juzgándolo todo con juvenil calor, así en el elogio como en la censura. Tras las abstinencias y soledades de la navegación, anhelaban la vida social, el trato y compañía de señoras discretas, finas y hermosas, de mujeres, en fin, sin reparar en su clase y condición. Por desgracia, encontraban retraída la sociedad. Las clases opulentas, así como las mediocres, se recluían en sus casas por estímulo de la gazmoñería política, no menos adusta que la religiosa. La cordialidad y el agasajo entre naturales y forasteros no existían en aquellos días de incertidumbre y desconfianza; días turbados, además, por interna enfermedad revolucionaria.

Los Oficiales españoles recorrían con actividad un poco melancólica la Ciudad de los Reyes. La sombra de Pizarro les acompañaba; las remembranzas de la patria salían a recibirles en las fachadas de los edificios de la época vice-real. A cada instante surgía la *Anagnórisis*, o sea el descubrimiento y declaración de parentesco. *Anagnórisis* era el gozo con que los españoles contemplaban el barroquismo amable, risueño, consanguíneo, de la Catedral fundada por el conquistador. Nuestro, *de casa*, de familia, era el rostro de aquel monumento; nuestra también el alma, el interior, impregnado de dulce misterio y de místico encanto. Igual impresión de parentesco les daba el palacio de los Virreyes, hogaño presidencial.

De calle en calle, se fijaban en los balcones a la turquesca, en las rejas y celosías, por cuyos huequecitos veían o creían ver los negros ojos de las limeñas. ¡Qué ilusión! ¿Pero estaban en la América del Sur, o en Ronda, Tarifa o Algeciras? La mujer limeña, sutilizada por la imaginación, era el tormento de aquellas pobres almas españolas, condenadas por un melindre internacional al desconsuelo de Tántalo. Cerrado el teatro, suspendidas las reuniones y tertulias, no se mostraban las limeñas más que en la calle, y para mayor desventura no eran entonces muy callejeras. Por lo poco que vieron los Oficiales al paso y de refilón, reconocían y declaraban que era la hija de Lima traslado fiel de la mujer de acá, más bien refinada que desmerecida en sus cualidades. Por aquellos días no podían extenderse a más detalladas apreciaciones del tipo físico y moral de tan seductoras hembras. El famoso manto negro a estilo de Tarifa ya poco se usaba. Solo por las mañanas, cuando iban a misa, se las veía entapujadas con exquisita gracia y travesura, sin dejar ver más que los ojos: el misterio, el juego de tapa y destapa, los hacía más ardientes y luminosos, más afilados de malicia o recargados de amoroso fluido. Por junto al suelo se veían los pies chiquitos, y se apreciaba el andar ligero... Andar de gacelas cuando van al paso.

Y vistas estas preciosidades, que parecían huir de las miradas del hombre antes que solicitarlas, iban los españoles a las partes excéntricas de la ciudad, donde percibían el rumor popular, nada benévolo ciertamente. Esquivando el trato con personas, hablaban con los edificios: vieron y examinaron exteriores ampulosos de parroquias y conventos, y a cada paso descubrían rastros del pasado, que confirmaban el parentesco entre los observadores y las cosa observadas. Clarísimo resultaba el rastro de la superabundancia frailuna, y el paso de la Inquisición había dejado huellas indelebles. La fiereza española, todo lo grande de la raza y todo lo violento y vicioso adherido a lo grande, permanecían escritos allí en cosas y personas, con más vivos caracteres que los que aún conserva en su propio rostro la madre común.

Pulpería de Mendaro. Este y su amigo Ansúrez, sentados a los dos lados de una mesa sin manteles, en un patinillo interior de la casa, platican de los reinos de España y de los achaques de aquellas repúblicas, sus hijas.

«Todo este torbellino —decía Mendaro— ha venido, ¿sabes de qué? Pues de añejos piques y desavenencias entre peruanos y españoles; del pleito viejo por si reconocemos o no reconocemos la independencia del Perú... Del mal trato que aquí dieron a unos catalanes y valencianos... De bofetadas, palos y mojicones que han llovido en la tierra donde no llueve agua... De que España se metió en Santo Domingo y quiso meterse en México... De una gravísima trapatiesta que hubo en Talambo, peruanos ofendidos, españoles muertos... De que en Chile atropellaron a unos vizcaínos... De las muchísimas desvergüenzas que escriben aquí los periódicos, y, en fin, de que los Gobiernos de una banda y otra están dejados de la mano de Dios... Allá se les subió a la cabeza el humo de la guerra de África, y acá tienen los humos de su republicanismo y el no ser menos que la vecina de abajo, Chile, y que las vecinas de arriba, Ecuador y Colombia.»

—Bien se ve que hay humos. En España se dice que este furor de camorra nos lo ha pegado la Francia, nuestra vecina por el Pirineo, pues el imperio segundo que hay allí, obra de ese Luis Napoleón, nos da la moda de encender guerras con tal o cual país. La miaja de gloria que va sacando el ejército de mar y tierra, es el torniquete, como quien dice, con que los mandones trincan y aseguran a los que obedecen.

—Moda es que os viene de Francia. Aquí tenemos otra que recibimos de los Estados Unidos, y es el cansado estribillo de *América para los americanos*, que quita el seso a toda la gente de acá. Es moda, manía, aire natural de estos países, que se mete en el corazón y en la cabeza de cuantos aquí vivimos. Y así verás que los españoles, a los pocos años de llegar a estos climas, nos volvemos americanos, y tomamos a este terruño un amor tan grande como si en él hubiéramos nacido. Nada te quiero decir de los niños que de padre español nacen aquí, pues yo tengo uno de tres años, que apenas empezó a soltar la lengua, lo primero que aprendió fue llamarme *gachupín, gallego, patón, godo* y otras perrerías con que los naturales nos motejan... Pues volviendo al por qué de esta campaña, te diré que el Gobierno de la Isabel no supo lo que hacía cuando nos mandó a ese Almirante Pinzón con la *Resolución*, la *Triunfo* y la *Covadonga*. No es que yo le quite su mérito y circunstancias a ese buen general de Marina que nos mandasteis; pero... hablemos claro. ¡Por los pelos del diablo, que no era Pinzón hombre para estas incumbencias delicadas, porque tenía demasiado vapor en sus calderas, y no templaba, sino que metía más coraje en las almas peruanas! A cada brindis que echaba en las comilonas, ceceando como buen majo andaluz, se armaba una gran tremolina. Cosas decía con la idea de meter miedo, para que temblaran todas estas Américas, como si aún se sintieran en el suelo, a la vera de los Andes, las patadas de aquel bárbaro y grande hombre que llamaron Francisco Pizarro.

—No toques, amigo —dijo Ansúrez—, no toques a esos caballeros, a quienes tengo yo por gigantes que no dejaron sucesión, ni con ellos compares a nuestra familia enana de estos tiempos.

—Dices bien, Diego, que al comparar modernos con antiguos, resulta que no levantamos más de media cuarta del suelo... Sigo mi cuento. Para echarlo a perder, nos mandaron también al señor Salazar y Mazarredo, que por las ínfulas y prepotencia que se traía, cayó muy mal aquí. Y lo que mayor enojo levantaba era el título de *Comisario Regio*, que en los oídos de esta gente sonó como el nombre de *Virrey* o cosa tal. En fin, era corriente aquí que entre Pinzones y Salazares nos iban a quitar la bendita independencia... ¿Y qué te diré de la ocupación de las islas Chinchas, que fue como quitarle al Perú el corazón y el estómago? Los españoles no querían ser la buena madre, sino la madrastra de América... Todo iba mal, y esta gente, cada vez más encendida. Llegó un día fatal, mejor diré, la noche en que se quemó la *Triunfo*. Te aseguro que la fragata era como un volcán... Las llamas pintaban de rojo todo el cielo.

—Aguárdate, Mendaro, y perdona que te interrumpa —dijo Ansúrez inquieto, poniendo la mano en el hombro de su amigo—. Mucho me interesa tu cuento; pero deja para otro día lo que falta, y hablemos de lo que a mí particularmente me coge toda el alma. ¿Podré saber hoy mismo si está mi Mara en Lima, si me será fácil verla y hablar con ella? Bien enterado estás ya de lo que me pasó, ¡Jesús me valga!, y yo confío en que me ayudarás a encontrar a mi querida niña. Ya te dije que no vengo de malas; traigo el corazón dispuesto para perdonarlos y hacer las paces, siempre que ellos quieran hacerlas conmigo.

—Voy creyendo que más que distraído estás trastornado —replicó Mendaro—, pues ya te dije que nada podré saber de esa cuestión tuya, mientras no vuelva mi compadre Amador con respuesta al encargo que le di de averiguarme esos puntos. Yo no conozco a los Chacones más que por la fama de su riqueza: sé que murió el padre, español bragado y de sangre en el ojo; que el hijo mayor, coplero, avispado, loco por ver tierras, se fue y volvió... y no sé más. Amador, que conoce a esa familia, no tardará en traernos informes. No te impacientes, ni con el pensamiento te vayas a Lima volando por los aires, que luego iremos por el ferrocarril, y algo hemos de saber de tu hija Mara, que, por lo que recuerdo, es una morenita muy salada.

—La más salada y graciosa que ha echado Dios al mundo —dijo Ansúrez conteniéndose para no llorar—. Ella fue toda mi alegría, y después mi tormento y desesperación. No hablemos de esto; no quiero afligirte. Sigue tu cuento, y yo haré por escucharlo sin perder gota, digo, sílaba.

—Se fue Pinzón enhorabuena, y nos vino Pareja con las fragatas *Blanca*, *Berenguela* y *Villa de Madrid*. Este señor Pareja nos pareció más templado que el otro, y de buena mano para los arreglos de paz. Así fue: tuvimos paces, y en ellas descansaríamos sin el maldito suceso del Cabo Fradera, en febrero de este año. ¡Ay, qué atroz barbarie! Y tengo que reconocer que esta vez la culpa fue del Perú, por el descuido y pachorra de estas autoridades... Aquí se armó el tumulto; aquí vimos la reunión de gente vaga, y oímos sus gritos contra los tripulantes de la *Resolución* que bajaron a tierra. Los españoles, advirtiendo la que se armaba cogieron las lanchas para volverse a bordo; quedó rezagado el pobre Fradera; trató de ganar a nado un bote, pero el botero no quiso recogerle; volvió el infeliz a tierra, y con los pies en el agua, en la mano un cuchillo, se defendía bravamente de los malos patriotas que le acosaban. En fin, que muerto cayó entre agua y arena, y estos perdidos y borrachos cantaron su hazaña con berridos espantosos. La justicia les metió mano; hubo prisiones y castigos; pero al mal efecto de aquel atropello bárbaro no se pudo echar tierra, y por él quedaron las relaciones entre españoles y peruanos tan agrias y picajosas como las encuentra la *Numancia* al arribar al Callao.

A este punto llegaba Mendaro de su cuento, cuando compareció en el patinillo una mujer alta, fornida, de solidez estatuaria, ojos negros, gruesa y bien formada boca, pecho sobresaliente. No era de abolengo incaico, ni su regia estampa provenía de imperio del Sol; era una cuarterona de las que llaman *zambas*, ejemplar excelente de la mezcla de sangres etiópica y ariana, que suele aunar el cuerpo admirable y las facciones bellas. Traía de la mano un chiquillo gracioso, que en cuanto vio a Mendaro corrió hacia él y se montó en sus piernas. El niño era el hijo, y la mujer, la esposa del pulpero, y los tres se llaman lo mismo: José, Josefa y Pepito. Con un gesto autoritario indicó la mujer a los dos varones que se apartaran de la mesa para poner los manteles y el servicio. Obedecieron. Tan pronto gastaba Josefa su saliva en reñir al chiquillo, que enredaba con los platos y cucharas, como en recomendar a su marido que vigilase la tienda mientras la familia se disponía para comer... Y entre col y col, ponía la señora vanidosos programas de la comida, que era extraordinaria en honor del amigo forastero.

Acudió Mendaro a la tienda con una solicitud presurosa, que era como la medida de los pantalones que en el gobierno doméstico gastaba su mujer; y esta, entre tanto, hizo cumplido elogio de los platos que serviría y de su condimento. «Señor Diego, ¿le gusta a usté el arroz con pato? ¿Sí? Pues como el que yo he guisado para usté no lo habrá comido nunca, ni lo comerá mejor la reina de España... ¡Ay, qué cosas dicen acá de su reina de ustés, la Isabel!... Pues también le pondré un *tamal* que ha de saberle a gloria... Los españoles no saben hacer buena comida... ¿Verdá que en España no hay maíz?... Por eso vienen aca ustés tan amarillos... por eso andan doblados por la cintura, como si se les cayeran los calzones... ¿Le gusta a usté el *sancochado*? ¿En España hay *sancochado*? ¿Qué dice? Ya; que allá tienen el cocido. Pues yo he comido cocido español, y no me gusta... ¿Es verdá que en España no da la tierra más que garbanzos y aceitunas?... Las aceitunas las como yo cuando el médico me manda *gomitivo*... Y esa reina que allí tienen, ¿cuándo la *gomitan* ustés?» Con estos y otros dicharachos puso la mesa, y a punto volvió Mendaro de la tienda con una botella de *pisco* y dos de vino del país... «Este es el Valdepeñas de acá —dijo a su amigo—. No es malo; se sube hasta el primer piso, y de ahí no pasa. Si bebes mucho, te pondrás alegre y dirás lo que dice el nombre de Arequipa: *aquí me quedo.* Este aguardiente blanco que llamamos *pisco*, es de vino... Cosa buena: los que empinan mucho, ven a Dios en su trono.»

Sentáronse a comer, y con alegría y buena conversación despacharon uno tras otro los platos que Josefa encarecía pomposamente antes y después de que fueran gustados. A la sopa de rabioso picante siguió el *sancochado*, que viene a ser como nuestro cocido; desfilaron luego el *pejerrey* (pescado chico) y la *corbina* en salsa (pescado grande); y por fin, con honores extraordinarios, el pato en arroz, que era más bien como una *morisqueta* con pato. Mendaro, en continua relación con las botellas del tinto de la tierra, se apimpló un poco; Josefa hablaba no solo por la boca, sino por los codos, manifestando en cada cláusula su ojeriza contra la reina de España; el chiquillo amenizaba el banquete, ya con llantos y berridos, ya con risas y copiosa emisión de babas y mocos. Y cuando por postre comían alfajores y *chancaca*, la cuarterona, limpiándole la jeta a su criollito, dijo al convidado: «Señor Diego, lo que le digo ahora no quise decírselo antes, para que comiera tranquilo, que lo primero es comer, y lo segundo, decir las cosas que han de decirse, aunque sean malas... Y es que no se canse usté en buscar a su hija, porque Amador vino y yo le pregunté: "Amador, ¿qué hay de eso?" y él me contestó: "Comadre, hay que los señores de Chacón no están en Lima". Con que ya lo sabe. Para verlos y enterarse, tiene usté que ir al Cuzco.»

XV

—¿Y el Cuzco está cerca? —preguntó Ansúrez, sintiendo dentro de sí al patriarca Job con toda su paciencia—. ¿Podremos irnos allá y volver en una tarde?

Rompió Josefa en carcajadas estrepitosas, que empalmaron con estas expresiones de su marido: «Sí, hombre, sí... Está cerquita... Cerquita el Cuzco... Ahí, a la vuelta del primer cerro... Poca distancia... Para que te hagas cargo... Es como tres veces de Cartagena a Madrid... Caminito muy llano, como una sala... Subes los Andes... Después los bajas... para volver a subirlos... Cuestión de dieciocho días...»

—Para que vean ustés —dijo la hembra talluda sin dejar de reír— que los caminos de América son caminos grandes, no como los de España, caminos de juguete. Aquí no gastamos distancias de broma. O vamos lejos, o no vamos a ninguna parte.

—No te precipites, Diego, a coger la vuelta del Cuzco, que está donde Nuestro Señor Jesucristo perdió las sandalias... Antes de ir tan lejos, entérate por ti mismo de lo que ocurre. Bien podría suceder que mi compadre Amador, aficionadillo al *pisco*, haya empinado hoy más de lo regular... Vámonos, pues, a Lima, y preguntaremos en la propia casa de los Chacones.

No necesitó Ansúrez que su amigo se lo dijera dos veces. Propuesto el paseo a Lima, quiso emprenderlo sin perder minutos. Requirió Mendaro la chaqueta y sombrero, empuñó un bastón nudoso, y pasando por la tienda, donde imperante quedaba la gallarda Josefa, salió con Ansúrez a la calle. Momentos después cogían el tren; a la media hora de traqueteo suave llegaban a la ciudad de los Reyes, y a buen paso tomaron la calle que conduce a la plaza. Ni en personas ni edificios ponía su atención Diego, que llevaba dentro de sí los espectáculos de su personal interés. «Esta es la Catedral —decía Mendaro con inflexión encomiástica—; aquel el palacio de los Virreyes, hoy de la Presidencia y Gobierno de la República...» Contestaba el Oficial de mar con un mugido y una mirada de indiferencia, y seguían adelante. «Por aquí es —dijo Mendaro, guiando a una calle que de la esquina del palacio arzobispal arrancaba, extendiéndose recta en toda su longitud—. Al final, en la última cuadra, viven los tales Chacones. Repara en las buenas casas de gente noble que hay por aquí. Muchas son del tiempo de los señores Virreyes; otras, fabricadas después, tienen la misma traza y adorno de puertas y balcones.»

La única observación que hizo Ansúrez fue para indicar la semejanza del caserío de Lima con el de algunas ciudades andaluzas, y el tono claro de las fachadas, blancas las unas, otras de ocre o azul muy bajo. Fijose también en que no había tejados, sino azoteas, observación que sugirió a Mendaro esta otra, pertinente a la meteorología: «Te diré que aquí no sabemos lo que es llover, ni se conocen los paraguas. No tenemos más que un rocío, que llaman *garúa*, el cual por las noches, así refresca la tierra como nos moja y cala hasta los huesos. Por este beneficio del cielo, no echamos de menos la lluvia, y no se gastan aquí canalones ni aljibes.»

—Dímelo a mí —observó Ansúrez—, que todas las mañanas me encuentro la cubierta como acabada de baldear, y el velamen y toldos tan mojados, que se les podría torcer... No te diré yo que sea beneficio el caer el agua del cielo en esa forma de rocío; paréceme más bien maleficio, porque si lloviera de golpe, quedarían las calles más limpias de lo que están... ¿Tenéis por ventura río caudaloso?

—Río tenemos: se llama el *Rimac*, y es nombrado, más que por el caudal de sus aguas, por el magnífico puente de piedra, obra de los españoles, que luego veremos. Por allí se pasea la gente para tomar la fresca en las tardes de bochorno...

Observó también Ansúrez el grandor y pintoresca hechura de los balcones de las casas principales, al modo de estancias voladas, con adorno exterior arabesco y celosías verdes. Eran la comunicación romántica de la casa con la calle y con el mundo; el conducto de las miradas, del suspirar y del amoroso acecho; eran el rostro enmascarado de la pasión, y un emblema étnico más español que la propia España. Hallábase el celtíbero absorto en el examen de uno de aquellos balcones, el más historiado y holgón de la calle, al extremo de esta, cuando Mendaro le puso la mano en el hombro y le dijo: «Esta casa que miras es la de los Chacones. Veo que está cerrada a piedra y barro, por lo que entiendo ser verdad lo que nos dijo el borrachín de Amador. Si te parece, llamaremos, que alguien habrá dentro que guarde el edificio.» Y antes que Ansúrez respondiera, llegose a la puerta, y agarrando el pesado aldabón, dio golpes y más golpes, sin que de dentro viniera voz de quién vive ni respuesta alguna.

La emoción de Ansúrez ante la casa en que moraba la familia de Belisario fue tal, que no pudo tenerse en pie. Arrimose a la pared frontera, y en el escalón de una puerta, cerrada también como puerta de inquilinos ausentes, se dejó caer: llanto amarguísimo vino a sus ojos, y para disimularlo y esconderlo, con ambas manos puso máscara en su rostro. Mendaro, dejando pasar medio minuto, volvió a empuñar el aldabón y repitió los furibundos porrazos... La casa hacía esquina, de la cual partía un callejón estrecho, y a lo largo de este, como por el tubo de una bocina, vino una voz bronca que gritaba: «¡Quién... quién!» Asomose Mendaro al callejón, y a su vez gritó: «Los quiénes somos nosotros, gandul, que estamos aquí llamando hace dos horas, sin que nos responda nadie: ven aquí, y ven con respeto, y dinos dónde están tus amos.»

Apareció doblando la esquina un hombre que por el color del hocicudo rostro y la largura de sus brazos y la corva inclinación de su cuerpo, más parecía cuadrumano amaestrado para racional que racional efectivo, y apenas le vio Mendaro, lo cogió por el cuello, y con voces descompuestas le dijo: «*Cholo*, sin vergüenza, ¿por qué no has abierto a la primera llamada? ¿Así cuidas la casa de tus señores? ¿Qué hacías, borracho? ¿Dormías el *pisco*?»

—Suéltame, *gachupín* —gritó el hombre feísimo, queriendo desprenderse de la garra de Mendaro. Pero en este había estallado la fiereza un tanto insolente del español educado con el catecismo de los tiempos heroicos, y no soltaba su presa, ni suavizaba su duro acento—. Ven aquí, perro, y contesta sin mentir a lo que te preguntamos.

—Suélteme, *¡carachitas!*... ¡Ay, ay!... Le diré la verdad, patrón; suélteme.

A los chillidos del infeliz *cholo* (así llaman a los últimos retoños degenerados de la raza india), víctima de la ingénita altanería de Mendaro, acudió Ansúrez enjugando sus lágrimas y con formas de lenguaje más benignas: «Déjale; no le trates con dureza... Vele ahí por qué no nos quieren en América... Por eso, José, por tus modos tiránicos... Oiga usted, buen hombre: queremos saber... Esperamos que usted nos diga con toda verdad...»

—No esperes de él la verdad si le tratas con esas blanduras, Diego —dijo Mendaro—. No te fíes de estos ladinos y traidores. Verás cómo te sale con algún *despapucho*, con alguna sandez o mentira gorda que te desoriente y te vuelva tarumba.

—No tendrá tan mal corazón —indicó Ansúrez—, que engañe a un pobre padre... De quien no ha de recibir ningún daño, sino todo lo contrario, quiero decir, una buena recompensa.

—El caso es este —declaró Mendaro algo amansado de su fiereza por el ejemplo del amigo—: sabemos que tus amos se han ausentado, y deseamos saber dónde están... pero sin engaño.

Fosco y sombrío, el indio no desmentía la condición suspicaz de su raza humillada y decadente. No miraba a la cara de los españoles, sino al suelo, como más digno de sus miradas, y al suelo arrojaba también la respuesta desdeñosa, que rebotó en pregunta: «No hay engaño... yo no tengo por qué engañar... ¿Pero a qué cuento quieren saber los *gachupines* dónde están mis amos?»

—Este caballero —afirmó Mendaro— es el padre de tu señora, quiero decir, de la *señorita esposa* que el hijo de tu ama, don Belisario, ha traído de España. ¿Te enteras, animal?... Levanta tus ojos del suelo, zorrocloco, y mírale, mira a este señor, que es el padre, el padre... ¿Sabes lo que es padre, zopenco?

Recogió del suelo sus miradas el *cholo*, y las paseó por el cuerpo de Ansúrez. Como este vestía de uniforme, cada uno de los botones fue un punto en que el mirar del indio se detenía con asombro y una risa estúpida. Sacó Diego una monedita de oro, y se la mostró como una hostia, diciéndole: «Esto para ti si hablas con verdad.» Pero a Mendaro le pareció excesiva la oferta, y quiso atajar el movimiento generoso de su amigo con estas palabras: «No, no, Diego. Con cuatro *soles* habría para comprar a todos los *cholos* que quedan en esta tierra. Ofrécele un *Sol* (duro), y el hombre tendrá para comprarse unos calzones, que, ya lo ves, le hacen mucha falta.»

El pobre indio, que en su desmedrada catadura y cobrizo rostro cuarteado no revelaba claramente su edad, aunque esta debía estar ya muy lejos de la juventud, quedose como encandilado al ver la moneda, y alargando hacia ella sus manos, dio una zapateta en el aire, y soltó la respuesta que Ansúrez esperaba: «Mi patrón, démela y se lo digo. Me llamo Santos, y por todos los mis patronos de la Corte celestial, le juro que de mi boca no saldrá mentira: los amos míos, mi ama doña Celia, mi amo don Belisario y mi ama doña Marina, están en Jauja.»

Oyó Diego el nombre de Jauja como cosa de burleta o de pasar el rato, pues aunque no ignoraba la existencia de tal pueblo peruano, en aquel instante, hallándose en la plenitud de sus ideas españolas, Jauja era el cuento de los perros atados con longaniza y de los árboles que dan chorizos y jamones; se acordó de la *Pata de Cabra* y de los mil chistes jaujanos, y puso en cuarentena el dicho del indio. Pero Mendaro le sacó de este yerro, diciendo: «Puede ser, puede ser verdad, que allí tienen los Chacones haciendas muchas.»

—Buen amigo —dijo Ansúrez a Santos, sin dejarse arrebatar la moneda que este quiso coger antes de tiempo—, necesito más referencias... y que me pongas en conocimiento de muchas cosas que ignoro. ¿Te gusta el *pisco*? Pues vente con nosotros, y en cualquier pulpería te convidaremos, para que sueltes la sin hueso y me resuelvas todas las dudas.

Cuando esto decía el Oficial de mar, ya se habían arrimado al grupo algunos zanganotes, mujeres y chicos. Ni Ansúrez ni su compañero se habían fijado en esta adherencia de público, que fue creciendo, creciendo, cuando los dos amigos y el *cholo* iban camino de la pulpería más cercana, Mendaro fue el primero en revolverse contra la molesta escolta, que a los pocos pasos se desmandó, haciendo befa del uniforme de Ansúrez y arrojando sobre los dos *gachupines* pelotadas de barro y algunas almendras de arroyo. Movido de su impetuoso genio, que en trances de peligro siempre se mostraba, Mendaro se plantó en medio de la calle, y mirando a la chusma se dejó decir: «¿A que saco la navaja? ¿A que alguno de estos sinvergüenzas nos va a enseñar el mondongo?» El prudente Ansúrez acudió a contenerle. Santos, en la expectativa de la moneda de oro, dirigió a la muchedumbre palabras conciliadoras. Con los dimes y diretes de una y otra parte, la cuestión fue tomando mal cariz, y en esto acertó a presentarse en escena, saliendo de una calle lateral, el maquinista Fenelón, vestido de paisano, con dos amigos suyos limeños de la mejor apariencia social. Aplacaron estos el incipiente tumulto, declarándose defensores de los dos *gachupines*, y dispersando a los grupos plebeyos.

Mientras esto ocurría, informó Diego a Fenelón del motivo de su presencia en aquella parte de la ciudad, y de llevar consigo al indio Santos. El maquinista, con el aplomo y superioridad que en sus palabras sabía poner, le dijo: «¡Pobre Ansúrez, yo te habría sacado de dudas a bordo esta noche! Felizmente, he podido enterarme hoy de lo que pasa en tu familia, y te lo contaré. Nadie podrá informarte con más exactitud, mi palabra de honor... Este *cholo* te ha dicho que tu hija está en Jauja... Ha mentido sin mala intención... No le pegues... O no sabe la verdad, o se le ha mandado que diga lo que has oído... Dale los cuatro *soles*, y que se vaya a la porra. No es ese el guardián de la casa de los Chacones; no es más que un galopín del verdadero guardián, Arístides Canterac, francés, con quien he jugado al billar hace dos horas, mi palabra. Por él he sabido que tu hija no está en Jauja, sino en Arequipa.»

Sosegados todos, incluso Mendaro, que aún daba resoplidos patrióticos; desaparecido el *cholo*, que partió con la chusma, guardando su moneda donde no pudiesen quitársela, los dos españoles, el maquinista y los peruanos se dirigieron a un *restaurant* francés, donde refrescarían charlando. Ansúrez les siguió, más que por querencia de charla y frescura, por calmar el ardor de su alma, sedienta de verdad. ¿Por qué no estaba su hija en Lima? ¿Huía de su padre, o de quién huía? ¿Era dichosa...?

XVI

«No dudes que los Chacones están en Arequipa —dijo Fenelón al celtíbero, que permanecía como atontado mientras los demás bebían y charlaban—. Al partir dieron a su servidumbre esta consigna: "Vamos a Jauja". Querían despistar al Gobierno y escurrir el bulto... ¿No comprendes esto, pobre Ansúrez? Pues es raro, porque un español, criado entre el bullicio de los pronunciamientos, entiendo yo que oirá crecer la hierba. ¿No has conocido que la revolución late en el Perú? Late y colea; solo que anda todavía por debajo de las sillas y de las mesas, por debajo de las camas, por debajo de los altares. Belisario y su mamá doña Celia son del partido revolucionario, como amigos y no sé si parientes del Gran Mariscal Castilla, gigantón de esta fiesta. ¿No caes en la cuenta de que la razón o pretexto de los revolucionarios es el tratado de paces con España, que firmaron Pareja y el presidente Pezet, arreglo que la gente levantisca considera como la mayor ignominia del Perú? Este patriotismo gordo y populachero es excelente cosa para ornamentar las banderas revolucionarias en los países de sangre española... Pues oye más, hombre inocente y sin hiel. Tu yerno Belisario y tu consuegra ilustre son los adeptos más rabiosos del bando antiespañol del Perú. Mira por dónde tu graciosa Mara, la morenita del tipo *Virgen de Murillo*, la de las sales granadinas, la discípula de las monjas, ha venido a ser una antiespañola furibunda.»

—¡Ajo, eso no! —gritó Ansúrez dando una fuerte palmada en la mesa. El inmenso estupor con que oía los informes del francés, contuvo su protesta en esta brutal concisión.

—Yo no aseguro su antiespañolismo; pero lo presumo, porque el amor funde los sentimientos de marido y mujer. Mara siguió a Belisario deslumbrada por la poesía exuberante de América. América es ya su patria; España, clásica, rígida y enjuta, ya no lo es. ¿Qué significa esto, cándido Ansúrez? ¿Te acuerdas de nuestra primera conversación en la borda de la *Numancia*, cuando tomábamos carbón en San Vicente? Todo lo que tú no entendías entonces te lo explicaba yo con una sola palabra: *romanticismo*. Romántico fue el amor de tu hija; románticamente te la robó Belisario; al Perú vinieron a realizar su ensueño; se han casado; son riquísimos... Todo esto quiere decir, *por ejemplo*, que cuando España arroja de sí el romanticismo, América lo recoge. Los ideales que desechan las madres maduras son recogidos por las hijas tiernas... España coge su rueca, y se pone a hilar el pasado; tu hija hila el porvenir... En rueca de oro.

Diciendo esto, Fenelón se atizó de golpe una copa de coñac. Inquieto y sofocado, Ansúrez no sabía qué pensar, no sabía qué decir. Llevábase las manos a la cabeza; luego, sobre la mesa las dejaba caer desplomadas; por fin, arrancose con estos desordenados conceptos: «Me vuelvo loco... ¡Mi Mara antiespañola! ¡Ajo, eso no! ¡Vámonos a España con cien mil pares de ajos! Llévenme a mi casa, llévenme a mi fragata.» Ya levantado para salir, los amigos trataron de aliviar su pena, y Fenelón terminó sus informes con estas advertencias adicionales: «Los Chacones, y tu hija con ellos, se han marchado al Sur por ponerse a salvo de las iras del Gobierno, y por vivir donde se guisa la revolución, que es el territorio entre Arequipa y el Cuzco...»

Era ya hora de volver a bordo; acudieron al tren, y en todo el trayecto hasta el Callao no paró Fenelón en las amenas referencias de sus audacias amorosas. Lima era la Jauja del amor; él, vestido de paisano y hablando francés, burlaba la prevención reinante contra la Marina española. Todos reían de sus fabulosas conquistas, menos Ansúrez, que no le hacía ningún caso. Despedidos cariñosamente en el muelle, los dos vecinos de la *Numancia* volvieron a su vivienda, alegre el hispano-francés, sumido en profunda y negra melancolía el que llamamos celtíbero. Las emociones de aquella tarde le tenían medio trastornado: desconoció, por breves segundos, a su compañero Sacristá; desconoció también el departamento donde moraba, y en la turbación de su mente hubo de sacudir su dormida memoria, diciéndose: «¿Dónde estoy? ¿Qué casa es esta?»

En aquellos días, el Oficial de mar *pagó la chapetonada*, que así llamaban los peruanos, desde tiempos remotos, a la fiebre de aclimatación, tributo de que pocos europeos se eximían en la costa del Pacífico. Era una terciana comúnmente benigna; pero en Ansúrez fue por excepción bastante intensa y dolorosa, quizás a causa de la tristeza y depresión del ánimo, que le predisponían a toda enfermedad. Atacado ya de la terciana, escribió a su hija, poniendo en ello la fiebre que ya le requemaba la sangre. Escribió también a Belisario y a doña Celia; mas no contento del sentido de las cartas, las rompía, y así consumió gran copia de cuadernillos de papel. Tal carta en que con extremadas fórmulas de amor perdonaba y pedía paces definitivas, le pareció humillante. Los Chacones eran riquísimos, y él un pobre marinero: lo que en dinero no poseía, debía poseerlo en dignidad. Por fin, todo el fárrago epistolar quedó reducido a una sola carta, dirigida a la prenda de su corazón, diciéndole ternezas y pidiéndole vistas. «Estoy en el Callao, soy contramaestre en la *Numancia*... ¿No quieres ver a tu padre? Véate yo, hija de mi alma, y muérame después de verte. Tus riquezas no tienen valor para mí. La luz de tus ojos es mi riqueza: dámela, y guárdate lo demás...» Estos y otros conceptos amorosos y sutiles enjaretó. Satisfecho de haber expresado sus sentimientos con el mayor decoro y sin asomo de interés, cerró su carta, y a tierra la llevó para depositarla por su propia mano en el correo; que de nadie podía fiarse en cosa que tan vivamente a su corazón interesaba. Al regresar a bordo, la fiebre ardiente le tumbó en el coy, de donde no pudo levantarse en muchos días.

Asistíale don Luis Gutiérrez con cuidado y cariño; Sacristá, que como a hermano le quería, visitábale con frecuencia, informándose por sí mismo del curso de la traicionera enfermedad. En los días de remisión febril, la enfermería de paz era muy frecuentada de amigos y compañeros. Guardias marinas y Oficiales bajaron al sollado, y el mismo don Casto, que era un ángel, practicó las obras de misericordia, acercándose con piedad y afecto al lecho de su compañero en las fatigas de la mar... Y cuando la remisión era intensa, permitían a Binondo dar a su amigo conversación tirada, y aun leerle vidas de santos, que en aquellos días el *Año Cristiano* era la ocupación predilecta del cabo de mar. No acababa el malayo de ponerse bueno, y cuantas veces intentó trabajar, sus esfuerzos le privaban de aliento. Relevado estaba, pues, de toda faena, y el pobre hombre empleaba su tiempo en exhortar a sus compañeros a la piedad, y en hacerles descripciones prolijas de la Bienaventuranza eterna. Unos se reían de esto, y otros no; pero entre burlas y veras, Binondo hacía el apóstol o el misionero laico, no sin cierto desdén y escama del venerable capellán don José Moirón.

«Embelesado estoy ahora —dijo Binondo sentándose a la morisca junto al lecho de Ansúrez— con la vida de Santa Rosa de Lima, la gran santa de América; y sobre lo que ya tengo leído de ella en mi *Año Cristiano*, tres veces he pasado un librito que me trajo de tierra Desiderio García, en el cual librito se trata de mil pormenores de la virtud angélica de la divina Rosa. Como mi hija lleva ese nombre, llego a figurarme que es ella, ella misma la santa... y aunque no lo sea, yo las igualo en la hermosura... Dice el librito que aquí tengo, que la santa nació en la casita de un corral, propiedad de su padre, Gaspar Flores, y en dicho corral, ya niña, plantaba clavellinas y mosquetas... Un día advirtió que brotaba un rosal en su jardinito. Patente era el milagro, pues los rosales no se conocían en el Perú... Y la planta milagrosa dio tantas, tantas flores, que toda la ciudad pudo gozar de ellas y de su hermosura y olor deleitoso... Deleitoso dice el libro. Y así como el aroma, o dígase fragancia, de las flores plantadas por Dios se extendió a toda la ciudad, y de la ciudad a todos los Perules altos y bajos, del mismo modo la fama de la santidad de aquella criatura voló por todo el orbe cristiano: así lo dice el libro... hasta Roma mismamente... Dios me tocó en el corazón para que a mi hija diera el nombre de Rosa. Mi hija está en el Cielo con los ángeles y serafines. Cada vez que pronuncio su nombre, me da en la nariz el olor, o dígase fragancia, de aquella flor celestial... Celestial dice el libro.»

—A la hija mía puse yo nombre de Marina por la Santísima Virgen del Mar, y no hay nombre que mejor le cuadre, porque lleva en sí toda la sal del Océano; tiene también su oleaje, el vaivén de las aguas; y para que la semejanza sea completa, la mueven temporales duros.

Con lúgubre y pausado acento dijo esto Ansúrez; y el otro, pegando su hebra en las últimas palabras del amigo, continuó así: «Tempestades tuve yo también, Diego; ciclón terrible me llevó a mi hija, dejándome anegado de pena. Pero mi Rosa está en el Cielo; tu Mara también. Hagamos por morirnos tú y yo santamente, y las tendremos a nuestro lado por toda la eternidad.»

—Mi hija no se ha muerto... No se ha muerto —replicó Diego inmóvil, triste, mirando a los baos del techo—. Pero la ausencia y la distancia son peores que la muerte. Si esta enfermedad acaba conmigo, no veré a mi hija, y seré mas desgraciado que tú... porque tú la verás pronto... puesto que ya la tienes allá, José... Tú no tardarás en morirte, y en cuanto llegues, verás aquellos ojuelos negros y chiquitos, como los de los ratoncillos; la nariz chatuca y desdoblada; verás la color de aceituna, la boca reventona, con aquellos dientecillos que parecen nieve entre tomates.

—Poco a poco —dijo Binondo picado—. No tomes a chanza la cara linda de mi niña, que si fue preciosidad en la tierra, mayor lo es en el Cielo; que allá el jaramago se vuelve clavellina... Clavellina: así lo dice el libro de Santa Rosa.

—Mi hija es bella, y no necesita que la lleven al Cielo para que se le aumente la hermosura —murmuró Diego con cierto desvarío, que indicaba el recargo febril—. En la vida de América se ha puesto más bonita... Es más señora y apersonada, más suelta de lenguaje. No hay preciosidad como ella en todos los Perules del Sur ni del Norte... Mi hija vive en un palacio... la sirven quinientos criados negros, rojos o amarillos... Come en vajilla de plata y bebe en copas de oro. Todos los metales preciosos que dan las entrañas de los Andes, son para ella... ¡Y yo no puedo verla muriéndome, como verás tú a la tuya...! Para verla, tengo que vivir y navegar mucho tierras adentro. ¿Y cómo navego yo fuera de mi barco, si de aquí no puedo salir? Estoy en España; mi hija está en América, lejos, lejos, y ya no quiere ser española... ¡Válgame Dios, qué calor siento! Dame limón, José; me abraso...

Así prosiguió divagando hasta que le cogió el sueño. Rosario en mano, Binondo rezaba entre dientes. La noche fue tranquila. Siguieron días de quietud vaga y letárgica, en los cuales, desde el amanecer de Dios hasta la hora de silencio, iba contando Ansúrez todos los toques de corneta, campana, tambor y pito que marcaban las distintas faenas, maniobras y ejercicios que sucesivamente se practicaban a bordo.

La terciana fue más larga que intensa, y hasta junio no pudo Diego llamarse convaleciente. La reparación orgánica se retrasaba por causa del hondo abatimiento en que el ánimo del pobre celtíbero se mantenía. Lo que mayormente le angustiaba era no recibir contestación a la carta que escribió a su hija, y todo era cavilar y hacer cómputos de distancia y tiempo para explicarse la tardanza. Por segunda y tercera vez escribió, y no habría dado paz a la pluma si el amigo Fenelón no calmara su ansiedad con razones de mucho peso.

«No seas chiquillo, Ansúrez —le dijo una tarde, sentaditos los dos en el camarote de maquinistas—; no olvides la extensión de los caminos del Perú, siempre largos, ahora más, por el trastorno de estas revoluciones malditas. De lo que me ha dicho Canterac estos días, deduzco que la familia de Mara no está ya en Arequipa, sino en el Cuzco...»

—Y ese Cuzco... Entiendo que está en el propio riñón de los cansados Andes... La verdad, no sé para qué levantó Dios esa cordillera tan alta, de Norte a Sur. Es como un grandísimo pisa-papeles que puso a lo largo de estas tierras para que no se las lleve el viento ni las arrebate la mar... Dime otra cosa: ¿no fue en el Cuzco donde tenían la cabeza de su imperio aquellos indios que llamaron incas, y que eran como hijos del Sol?

—Así es. En el Cuzco tuvieron su capital. El imperio era grandísimo, y lo poblaba una raza industriosa y guerrera. Francisco Pizarro, que no sabía leer ni escribir, pero tenía, *por ejemplo*, un corazón más grande que esos montes que vemos, y en su voluntad volcanes de furor, y en su cabeza, vacía de letras, pensamientos altísimos, se apoderó en poco tiempo de aquellas salvajes grandezas y cargó con todo; después vino y fundó esta Lima hermosa, y en ella puso la simiente de las lindas limeñas...

—De seguro, en ese Cuzco tendrá la familia de Belisario algún palacio... Puede que sea el alcázar mismo de aquellos emperadores incas o incaicos, como aquí dicen, restaurado y puesto a la moderna. Será todo de piedra mármol jaspeada, con tropezones de metales preciosos... Yo me lo figuro así, y en él veo a mi hija como a una reina... Como a una emperadora... ¿Es así, Fenelón?

—Así puede ser, porque los Chacones son riquísimos. He podido informarme de su caudal; me han hecho la cuenta, al dedillo, de las rentas que disfrutan. Es un escándalo, Diego; es un ultraje a la humanidad, que unos pocos posean tanto, y los más se pudran en la miseria, en un trabajo de animales...

—¿Y el cuánto, Fenelón? Dime el cuánto de esa riqueza... pero con verdad. Deja en tu cabeza las mentiras, y échame cifras... buenos números claritos.

—Pues entre doña Celia y sus hijos, que son tres, gozan una renta de... Ello se aproxima a cuatrocientos mil soles...

—¿Al año?

—Naturalmente. Mi palabra de honor, que la cifra no es de fantasía.

—Pues lo parece, y yo me quedo atontado escuchándote... Me acuerdo ahora de lo que pasó en la correduría de Cartagena, cuando quise coger a Belisario por los cabezones para tirarlo al mar... Me acuerdo también de cuando, caminito yo de Motril con mi niña en brazos, le encontramos vestido pobremente, negro del Sol y del aire, con plastones de polvo encima de lo negro... En fin, que daba lástima verle... ¡Y ahora...! Se vuelve uno loco. Estoy en América... ¿He dado la mitad de la vuelta al mundo, o es el mundo el que ha dado media vuelta en derredor de mí? No sabe uno lo que le pasa. Esto es vivir dos veces, Fenelón; esto es haberse uno muerto, y resucitar... En otro mundo.

XVII

Pasados muchos días, sin que el historiador pueda precisar su número, volvió Fenelón a su amigo con nuevos y más preciosos informes. Al anochecer, en la batería para resguardarse de la *garúa*, arrimáronse a una porta y charlaron largamente, sentados en el suelo, sin más testigos que la formidable cureña, y el cañón que al mar apuntaba con su boca muda. «Hay grandes novedades —dijo el hispano-francés—, y la primera es que la revolución, que estaba en manos torpes, ha pasado a las del general Canseco, Vicepresidente de la República (entre paréntesis, primo hermano de doña Celia). ¿No sabes lo que ocurre? Ello parece mentira; pero es verdad, mi palabra... Pues se ha sublevado la escuadra peruana... La fragata *Amazonas*, mandada por el Almirante Panizo, navegaba días pasados llevando tropas al Sur... ¿Y qué hizo la tropa? Pues dar el grito, y con el grito, muerte a toda la oficialidad. Quedó dueña del barco, y como soberana nombró jefe a don Lisardo Montero, capitán de navío... ¿Qué dices, inocente Ansúrez? (El celtíbero no decía nada.) Lo primero que hizo este señor fue poner rumbo a Pisco, a la vera de las islas del guano, y allí estaba la fragata *América*... ¿No te acuerdas? Es la que encontramos en Magallanes. ¿Qué tenía que hacer en Pisco esa otra fragata más que esperar a que la sublevaran? Montero se le atravesó por la proa, y enseñándole la andanada, la intimó a que se rindiera... lo que efectuó sin resistencia, porque resistir no podía... Después cayó de la misma manera el vapor *Túmbez*... Los sublevados confían que se les agregará la fragata *Unión*, hermana de la *América*, que ha de llegar muy pronto. ¿Qué te parece, amigo? ¿Qué opinas tú de esta trapisonda, que hoy es marítima, y mañana será terrestre?»

—Como no entiendo yo nada de política —dijo Ansúrez rascándose el cráneo—, de esta revolución no puedo pensar nada bueno ni malo, mientras no me digas si con ella estoy más cerca o más lejos de ver a mi hija y gozar de su presencia.

—A eso voy... Tengo motivos para creer que tu hija y su marido y suegra partieron del Cuzco hace bastantes días.

—Yo he soñado, no sé si anoche o anteanoche... que mi hija estaba, con séquito lucido de caballeros y damas, en una cacería... Allá... qué sé yo... Vi un gran lago...

—Ya... El *Titicaca*. Habría más bien pesca, o cacería de patos. Puede ser que tu sueño fuera una visión de la realidad distante.

—¿Y ese lago es muy extenso?

—Calculo que es del tamaño de la isla de Puerto Rico. Ya ves qué charquito. Y no te diré yo que sus márgenes, o gran parte de ellas, no sean propiedad de tu hija.

—¿Y qué distancia hay del Cuzco a ese pedazo de mar dulce?

—Como treinta leguas, por caminos endemoniados... Pero no hay distancias para los ricos. Las damas y caballeros que en sueños has visto irían montados en avestruces...

—No hay avestruces en este país, creo yo, Fenelón... Irían en llamas, en guanacos... O sabe Dios cómo irían.

—En palanquines, tal vez, cargados por indios... Me parece, buen amigo, que no debemos referir tu sueño al lago *Titicaca*, sino a otro más pequeño que está en territorio muy distante de la zona del Cuzco. Para mí, tu hija y los Chacones están ahora en el *Cerro del Pasco*, donde tienen sus minas, y seguramente, a más de las minas, palacios, grandes cotos y montes para sus diversiones. Puede que hayan resucitado allí la antigua caza de cetrería: pájaros rapaces hay aquí muy para el caso. Como Belisario es poeta, habrá querido dar a su esposa, por ejemplo, el espectáculo de aquellas cacerías tan magníficas, de los tiempos en que no se conocía la pólvora... Lo que te digo: Belisario lo convierte todo en poesía. Después de cazar con halcones y gerifaltes en la ribera del *Lago de Junín*, que así se llama, habrá inventado diversiones acuáticas, mandando construir un magnífico galerón, como el que tenía el Dux de Venecia para salir a casarse con la mar, y en él paseará Mara por el lago con sus damas, pajes y acompañamiento rico y aparatoso... Y desde la embarcación dispararán flechas contra los ánades o cisnes, para que todo sea poético, conforme a los usos de la edad en que la vida era más bella que ahora.

—Dará gusto ver a mi hija —dijo Ansúrez en éxtasis—, tendiendo el arco... Así, como una diosa, y disparando la flecha con tan buena puntería, que no habrá pato que se le escape... Y puede que también disparen flechazos contra los peces... Aunque mejor lo harán con arpones, que para mí habrá en ese lago abundancia de peces de gran tamaño, así como toninos o golfines.

—Mi palabra de honor, que también tú, querido, te nos vas volviendo poeta... En ti veo la influencia de América, y la inspiración que te da el amor a tu hija, porque el amor es el manantial de la poesía... Mira por dónde lo que fue tu desesperación ha venido a ser tu consuelo.

—¡Oh!, no, Fenelón... Dejemos estas tonterías —replicó Diego tornando a la realidad, como el aeronauta que da salida al gas para descender a tierra—. Tú eres quien me ha trastornado con tus invenciones románticas de la caza de cetrería y del pasear en galerón por esos lagos de engañifa... Dime la verdad, Fenelón amigo: tú has bebido hoy más de la cuenta.

—Cuatro copas no más he tomado después de comer. Economizo mi Jerez, que se me concluye, y no sé cómo reponerlo. Tú eres el que ha bebido con exceso.

—Borracho estoy, sí; pero no me trastornan las copas, sino mis pensamientos tristes, la ansiedad en que vivo por no tener contestación a las cartas que escribí a la prenda de mi corazón.

—Sobre eso tengo que decirte que es locura pensar en la puntualidad de correos, mientras duren las circunstancias de revolución en tierra y mar, y la tirantez de nuestras relaciones con el Perú. ¿Quién asegura que tu hija recibió las cartas que le escribiste? Y si las recibió y te ha contestado, ten por cierto que su carta quedó en el camino. Ya sabes que nuestro correo nos llega por el Consulado inglés, y que lo recogemos en la capitana del Comodoro Harvey.

—Por ahí viene el correo de España; pero una carta del interior del Perú nunca pensé que nos llegara por mano inglesa.

—Pues no la esperes, Diego. Vuelve a escribir a tu hija...

—¿A dónde, ajo?

—Al Cerro del Pasco... Para mayor seguridad, yo iré mañana al Chorrillo; veré a Canterac, y le preguntaré a dónde debes escribir... Advierte a Mara que te dirija la carta al cuidado del comodoro Harvey.

—¡Virgen del Carmen —clamó Ansúrez levantándose presuroso y corriendo al camarote de Sacristá, donde comúnmente tiraba de pluma—, escribiré al instante!... ¡Ajo, tanto tiempo perdido!... y ahora... vuelta a empezar... Dios no me quiere ya. Tiene razón Binondo... Estoy lleno de pecados.

Ved aquí al pobre hombre nuevamente inmergido en la faena epistolar, que era gozo y tormento de su alma. Pensamientos nuevos puso en el papel; su inspiración era inagotable. Con esto se entretenía, descendiendo al fondo de sus amarguras como un buzo que desea explorar y reconocer las cavernas recónditas del mar... Y en esto desfilaron unos tras otros los días de ociosidad, y llegó uno memorable por haber aparecido en el puerto del Callao la flota insurrecta o *Restauradora*, compuesta de las fragatas *Amazonas, América* y *Unión*, al mando de Montero. Dirigió este a los jefes de las escuadras extranjeras oficios en que manifestaba su propósito de intimar a la plaza la rendición; mas no le hicieron caso, que era como negar la beligerancia que los revolucionarios solicitaban. Fondearon las fragatas junto a la isla de San Lorenzo, donde mataban el tiempo tirando al blanco; y al fin, desconsoladas, se fueron a las Chinchas.

Corrieron monótonos los días, y el 17 de agosto entró en el Callao el *Marqués de la Victoria*, caballero sirviente que fue de la *Numancia* en el viaje de Montevideo al Puerto del *Hambre*. No era joven el *Marqués*, y sus calderas y máquinas se resentían del largo servicio, sin las reparaciones debidas; así es que cojeaba en su lento andar de ocho millas. Pero si flaqueaba de los pies, no así del corazón, y dispuesto se le vio siempre a correr nuevas aventuras, bajo la rienda de su valeroso comandante don Francisco Castellanos... Salió la escuadra el 31 a efectuar un crucero de instrucción. Convenía navegar para obtener mediana limpieza de los cascos, que en las prolongadas estadías en aguas tropicales se llenaban de broza y escamujo. Trasladó Pareja la *Numancia* accidentalmente su insignia; la escuadra hizo diferentes evoluciones, probando el andar a la vela de cada buque, y a los cuatro días regresó al Callao, donde a todos esperaban interesantes noticias traídas por el correo. Consecuencia de ellas fue que Pareja, con todas sus naves a excepción de la *Numancia* y *Marqués de la Victoria*, saliera para Valparaíso. ¿Qué ocurría, qué determinaciones del Gobierno motivaban la prisa con que se alistaron las fragatas de hélice para marchar a los puertos de la República de Chile?

Camarote de Sacristá. Han comido juntos Sacristá, Mendaro y Ansúrez, y de sobremesa charlan y *trincan.*

SACRISTÁ. Os lo explicaré yo si puedo. Sabéis que en Chile teníamos un embajador, o legado... No sé cómo esto se llama... que llevaba veinte años en aquella República, con vida ociosa y divertida. Fácilmente se van haciendo al vivir regalado los diplomáticos, y el nuestro acabó por ser más chileno que español.

MENDARO. He oído que don Salvador Tavira, que así se llama nuestro ministro en Santiago, estaba muy agarrado a los cariños chilenos. Si el Gobierno español lo sabía, ¿por qué no lo retiró del empleo y puso en su lugar a otro? Veo que aquí se cargan todas las culpas a la cuenta de los americanos, y esto no es justo. Yo, español, digo y sostengo que los políticos de allá tienen la mayor culpa de esta guerra, por haber mandado acá sus primeros mensajeros con tanta arrogancia, y ahora por el desacierto con que disponen todas las cosas. ¿No están conformes ustedes, españoles a

106

rabiar, con la opinión de este español tranquilo, que quiere vivir en paz con sus hermanos de América? Pues lo siento. He dicho. *(Bebe.)*

SACRISTÁ. *(Con solemnidad.)* Dejemos a un lado, amigos míos, esos pareceres de si ha sido prudente o no el mover guerra con estos leoncitos de América. Lo hecho, hecho está, y ya no podemos volvernos atrás. Ese señor Tavira presentó al Gobierno chileno un pliego de quejas, pidiendo satisfacción de los insultos a nuestro Consulado, a nuestra bandera y a nuestra querida soberana doña Isabel II, que Dios guarde. El Gobierno chileno contestó de mala manera, pasándose las reclamaciones de nuestro Gobierno por semejante parte. Ello era una guasa... Nuestro ministro, señor Tavira, no admitió las explicaciones... Pasó tiempo, y un día se levanta el hombre de buen humor, con el mejor humor chileno, ¿y qué hace? Acepta y da por buenas las explicaciones... Van y vienen correos... El Gobierno español se llama a engaño, ¿y qué hace? Desaprobar la conducta del Tavira y mandarle a su casa; y para llevar las cosas por derecho, nombra Plenipotenciario al señor Pareja, dándole facultades para reclamar y exigir las satisfacciones, primero por la buena, y si no entran por la buena, por la mala, esto es, a cañonazo limpio. España podrá estar loca; pero de tonta no tiene un pelo. O se le dan satisfacciones de tanto insulto y vejámenes tantos, o sabrá sacar el pecho como corresponde a su nombre glorioso... He dicho. *(Bebe.)*

MENDARO. *(Tamboreando en la mesa con los dedos, después de beber.)* Tan... taran... tan. No me meto en si España desenvaina su espada con razón o sin ella. Español trasplantado en América, no entiendo bien estas cosas, y lo que quiero y pido es que la envaine sin deshonor... El que viene de aquel hemisferio a este, se va dejando en las aguas los puntillos de honra. Cuando uno se establece aquí para ganarse la vida, están muy pasados por agua los orgullos de allá... y esto debe España tenerlo en cuenta antes de sacar de la vaina el espadón... Estos países son hijos del nuestro emancipados, harto grandullones ya para vivir arrimados a las faldas de la madre... y aunque sean algo calaveras, no debe la madre ponerse con ellos demasiado fosca. Son republicanos; han roto con la historia vieja, y se traen ellos su historia. España les dio con su sangre la picazón de las rebeldías... Debe tratarlos con indulgencia, y no reparar tanto en lo que dicen, que de muchachos no debe esperarse mucho comedimiento en la palabra. En fin, este es mi parecer.

Tómenlo como quieran. Soy español trasplantado: lo que digo es mi pensamiento natural... y algo más que me entra por las raíces. *(Bebe.)*

SACRISTÁ. Pronto hemos de ver grandes acontecimientos. Las fragatas van a Caldera a tomar carbón, y la *Villa de Madrid* sigue a marchas forzadas a Valparaíso, donde nuestro general echará su *ultimatum*, que es dar un plazo para las satisfacciones. Nosotros quedamos aquí en espera de lo que resulte de esta trifulca peruana; pero no creo que durmamos mucho en estas aguas. Suceda lo que quiera, yo digo: «¡Viva Isabel!» *(No beben: pensativos, miran al suelo.)*

ANSÚREZ. *(Después de larga pausa.)* Yo tengo mi corazón en América... Pero con el corazón en América, también digo: ¡viva la reina! Mi bandera es muy grande. Coge medio mundo, desde España al Pacífico... ¿Qué me dice el nombre de este mar? Pues que brinde por Mara... verbigracia, por la paz.

XVIII

El Chorrillo, la pintoresca playa que al Sur del Callao se extiende, era lugar de recreo y descanso para la sociedad limeña. Allí concurrían ricos y semi-ricos, pobres y semi-pobres en busca del trato expansivo y ameno, de la fresca brisa, de la vida placentera, factor principal de la vida saludable. En aquel campo de la ociosidad, donde crecían lozanas la paz, la higiene, la cortesía graciosa y alegre, no podía faltar la planta viciosa y viciada del juego. Formidables timbas actuaban en garitos elegantes, donde la juventud florida y la vejez verde exponían inmensos caudales de oro a la fatalidad del azar. Allí las fortunas improvisadas con la venta y embarque del guano, pasaban en horas al bolsón de los banqueros del envite. Como en aquel tiempo la riqueza principal del Perú procedía de los yacimientos de las Chinchillas, podía decirse que en las mesas de juego del Chorrillo pasaba de unas manos a otras lo que las aves oceánicas habían depositado durante siglos y siglos. Allí dejó cuanto tenía, y hasta las plumas del tricornio, un altísimo personaje de aquel tiempo, culminante figura militar, política y revolucionaria, que ni en las postrimerías de su edad achacosa pudo curarse del funesto vicio. Los años y su jerarquía social dábanle derecho a una sinceridad chistosa. Cuando le agraciaba la suerte, decía: «hoy he ganado yo.» Cuando venía la mala: «hoy ha perdido el Perú.»

En ocasiones diferentes obtuvo Fenelón permiso de dos o tres días, que se pasaba tranquilamente en el Chorrillo gozando de aquella excitante vida. Vestido con elegancia y hablando francés, mariposeaba en diferentes casas y familias, sin que nadie sospechara que estaba al servicio de la Marina española. Por vanidad tanto como por vicio dejábase caer en la timba, donde era comúnmente desplumado. Un día que le sonrió la fortuna, se fue a Lima, y en la mejor fotografía de la ciudad compró una colección de retratos de mujeres, que era el más variado y sugestivo muestrario de las hermosuras limeñas. Debe advertirse que en Lima las señoras y señoritas gustaban de ostentar públicamente su belleza en las vitrinas de los fotógrafos. Esta liberal costumbre, que debieran imitar las beldades de otros países, no tenía nada de particular. Lo insólito y raro era que los fotógrafos vendiesen al público los retratos de todo el mujerío de la ciudad, y que nadie se ofendiese por esto. Nuestros Oficiales y Guardias marinas, privados del trato y contemplación viva del bello sexo, se consolaban adquiriendo las preciosas imágenes. Algunos hacían entre sí cambalaches de ellas, y a fuerza de contemplarlas y de discutir y comparar los diferentes tipos de belleza, llegaban a darles personalidad y aun a ponerles nombres: María, Carmen, Gracia, Lolita, etc...

Las cartulinas que llevó Fenelón, como escogidas por su buen gusto, eran primorosas. En su esfera jerárquica, que era la de oficiales y cabos de mar, condestables y mayordomos, enseñó la preciosa colección de niñas bonitas, describiéndolas con acertado criterio estético, y agregando indicación de las cualidades morales, virtudes o defectillos de cada una. De este modo, sin declarar que eran sus conquistas, dejábalo entender; y cuando sobre esto se le interrogaba, se hacía el modesto y el delicado, y a sus amigos pedía que no pusieran a prueba su extremada discreción.

De su tercera visita a las timbas del Chorrillo volvió Fenelón con la bolsa limpia como patena; mas del percance se consolaba con su filosofía parda y la gramática del mismo color, asegurando que era rico con la ilusión de un próximo desquite. Días antes de la catástrofe había hecho corta provisión de vino blanco, parecido a Jerez de poco cuerpo, con lo que podría remediarse hasta que vinieran tiempos mejores. Convidó a Sacristá y a Diego a que lo probasen, y estando en ello se dejó caer por allí Binondo, encorvado y tétrico. Antes de que rompiera en místicas declamaciones y en el elogio de los santos, le taparon sus amigos la boca. Invitáronle a probar el vino; defendió con remilgos sus propósitos de abstinencia; al fin cedió a los ruegos insistentes, y copa tras copa, llegó a la cuarta, donde hizo punto con extremado escándalo de su conciencia. Fenelón y Sacristá le tranquilizaron, diciéndole que porque llegase borracho al Cielo, no habrían de recibirle con menos agasajo del que merecía.

Ansúrez bebió doble que Binondo, y cuando estaba en la cuarta copa, le dijo Fenelón poniéndose muy serio y tomando una actitud parlamentaria: «Tengo que comunicarte un suceso de los que deben ser celebrados entre amigos con toda solemnidad... He querido haceros beber antes de la noticia, para que con lo que después se beba quede la noticia entre dos luces espléndidas... Veo a todos con la boca abierta, y a Diego con los ojos saltones y cortada la respiración. Lo diré de una vez... Bebamos a la salud del Oficial de mar y de su ilustre parentela incaica... Ansúrez, abrázame: ya eres abuelo... Tu hija...»

—¡Ajo!... ¿pero es verdad?

—Mara ha dado sucesión a la regia familia de los Chacones... ¿No te alegras?

—¡Sí me alegro, ajo! —exclamó Ansúrez con llanto y risa que se peleaban en su rostro—. Es que la sorpresa me ha dejado lelo... Me vuelvo criatura, como si fuera yo nieto de mí mismo. ¿Con que un hijo... y varón? ¡Jesús, qué lindo será... y además poeta por parte de padre!... ¿Y mi hija, está bien? En el trance apretado, se portó como buena española. Me atrevo a sostener que apretó los dientes para no chillar... ¡Valiente como ella sola! ¡Hija del alma!... ¿Qué dices a esto, Binondo?

—Digo que no es verdad —replicó el malayo—. Yo lo he soñado de otro modo, al modo triste, que siempre es el más verdadero. Verdaderas son siempre en sueños las visiones del morir; las del nacer no lo son. No creas, Diego, el cuento de este señor, y ten por seguro que no tienes hija, ni tampoco nieto, porque antes que ella pudiera dar el ser al ser del chiquitín, ambos seres dejaron de ser.

Montó en cólera el buen celtíbero al oír esta disparatada sutileza, y sin poder reprimirse cerró el puño y alzó el brazo con tal violencia y furia, que si los amigos no atajaran el movimiento, aplastado quedaría el cráneo de

Binondo. «Repórtate —dijo este—; sé buen cristiano, Diego; aprende la humildad, la resignación, y hazte más amigo de la tristeza que de la alegría, más del padecer que del gozar.»

—Cállate, fealdad; vete con tus músicas negras a otra parte —gritó Diego—, y déjanos a los que consolamos nuestras almas con algún rayito de alegría que Dios manda... En fin, no quiero incomodarme... hoy es día de paz, de bailar de gusto y de echar la casa por la ventana. Venga otra copa. Bebe a mi salud, José, y que Dios te conceda pronto la muerte que deseas.

Bebió Binondo, limpiándose con la mano la boca en toda su longitud monstruosa; dijo *amén*, y agarrándose a los mamparos salió con la lentitud que le imponía su dolencia cardiaca. Apenas desapareció el malayo, Ansúrez, que no cabía en sí de gozo, pidió a Fenelón pormenores del fausto suceso. Díjole el francés que la noticia era tan cierta, por *ejemplo*, como la luz del Sol; que el alumbramiento había sido felicísimo; que el chiquillo era una preciosidad, la madre un portento, y que doña Celia y don Belisario estaban a punto de enloquecer de júbilo.

Para que Diego se persuadiera de la verdad del caso, y se disiparan las últimas sombras de su duda, aseguró Fenelón que le presentaría dentro de poco una prueba documental irrecusable. ¿Qué prueba, Señor? Pues... Belisario había compuesto una larga y sonora poesía, titulada *Al nacimiento de mi primer hijo*. Imprimiéndola estaban en Jauja, pues en el Cerro del Pasco no había buenas imprentas. Con la poesía del feliz padre recibiría Fenelón otras muchas en variados metros y estrofas, escritas por los poetas y poetisas de aquella localidad y sus contornos, y dedicadas al venturoso natalicio del nene de Chacón. ¡Extraño y nunca visto caso! Los versos, hijos de la fantasía, venían en auxilio de la razón, y daban testimonio y fianza del hecho real. Los tres amigos alzaron de nuevo las copas; Sacristá puso su mano cariñosa en el hombro de Ansúrez, y en su oído estas nobles palabras: «Lo que tú dices: nuestras bocas gritan *guerra*, y nuestros corazones gritan *paz*.»

En esto llegó al camarote el Capellán don José Moiron, y antes de tomar la copa que le ofrecían, desembuchó estas graves noticias: «Ya hemos declarado a Chile la guerra... Ya la revolución del Perú está en camino del triunfo.» Queriendo poner un comentario a la primera de estas interesantes nuevas,

111

el buen castrense, modoso y encogidito como un Capellán de monjas, echó de su boca esta exclamación pagana: «Séanos propicio el Dios de las batallas.» Y Ansúrez, comentando la segunda noticia, dijo: «Pues si como hay Dios de las batallas, hay Dios de las revoluciones, no le arriendo la ganancia al presidente Pezet.»

El caso era que no habiendo podido obtener del Gobierno chileno las satisfacciones pedidas en el *ultimatum*, Pareja declaró que las pediría con el lenguaje de las armas. Metiéronse por medio los diplomáticos, buscando arreglo; pero la obstinación de los chilenos cerró el camino a toda solución pacífica. El primer acto militar de Pareja fue disponer el bloqueo de los puertos de Chile. A los buques de banderas neutrales se les concedía plazo de diez días para que salieran cargados o en lastre de los puertos de la República. Las fragatas *Villa de Madrid*, *Resolución* y la goleta *Vencedora*, sostenían el bloqueo en Valparaíso; la *Berenguela* en Coquimbo, y la *Blanca* en Caldera. Apresaron cuantos buques chilenos andaban por aquellas aguas, casi todos de cabotaje, pues el comercio de altura se hacía principalmente en buques extranjeros.

Llegaron estas noticias por el correo del Sur, y con ellas innumerables periódicos que ponían a los españoles cual no digan dueñas. Con la prosa furibunda se mezclaban los versos: las musas que en aquellos países florecen reventaban de tanto soplar la bélica trompa. Todo esto era muy natural, y nuestro Almirante y Plenipotenciario no debió incomodarse por tal efervescencia del patriotismo y de la versificación, cosas ambas que compiten en lozanía con la flora americana.

«Señores —dijo Ansúrez, en cuyo ser celtíbero resplandecía la equidad—, yo pienso, con perdón, que el señor Pareja no estuvo discreto al mandar a los chilenos el memorial de agravios el mismo día en que celebraban el aniversario de su independencia. Señores, cada país tiene sus cariños y sus memorias alegres o tristes de sucesos pasados. El jefe de Escuadra... lo digo con todo respeto, en cuanto oyó ruidillo de cohetes y escandalera de patriotismo, debió echarse mar afuera con todos sus barcos, y cruzar un par de días, para volver luego cuando estuvieran ya roncas y cansadas las voces patrioteras... Y entonces era la ocasión de decirles: "Ea, caballeros, ya ven que les he dejado desahogar los corazones. Ahora vamos a tratar de nuestro asunto, poniéndolo en los términos de la razón". Y esto y lo otro, y vengan explicaciones, y vaya indulgencia para pedirlas, sin exigir demasiado, con cierto tira y afloja, como hace la madre cariñosa que reprende al hijo calavera, sin olvidar nunca que es madre... Esto me parece a mí que debió hacer nuestro general; y si es disparate, no hagan caso... que yo no soy quién para tratar de estas cosas; pero digo todo lo que me sale del cacumen de mi sentido natural...»

Ni Sacristá ni el Cura apreciaron en lo que valía esta opinión sesuda, que solo fue apoyada por el francés maquinista. Ello es que los españoles necesitaban de una fuerza grande de virtud para no dejarse inflamar por el rencoroso fuego que contra ellos enviaban los americanos. El correo del Sur traía, con las noticias de la declaración de guerra y el fárrago de versos patrióticos, un clamor inmenso y unánime que pedía la coalición del Perú y Chile contra el maldito *godo*; clamor que más bien iba buscando el convencimiento fácil del partido revolucionario que el del Gobierno del presidente Pezet. Casi juntamente con las noticias del furor chileno, llegó a bordo de la *Numancia* la del desembarco de cinco mil insurrectos en Pisco, al mando del Vicepresidente y general Canseco, y del coronel Prado. Se situaron en Paracas, disponiéndose a marchar sobre Lima, distante cuarenta leguas. Pronto se supo que Pezet reunía un ejército de diez mil hombres, y salía de la capital y tomaba posiciones en los llanos de Lurín. Arrojados quedaban ya los dados.

Mala la hubisteis, españoles, con aquellas trifulcas de vuestros parientes americanos, y malísima la hubo también el bonísimo Ansúrez, que apenas acarició las dulces esperanzas de comunicarse con su hija, viose nuevamente defraudado y a punto de volverse loco, porque el comandante no permitía bajar a tierra, temeroso de conflictos y choques, provocados por la turbamulta de Lima y el Callao. Valiéndose de los rancheros y de su amigo Mendaro, envió Diego a tierra una carta que debía confiarse a los buenos oficios del señor Canterac, para quien dio el maquinista una esquela de recomendación. Pero la epístola volvió a bordo con el recado triste de que el señor Canterac no estaba en Lima: había ido al bateo del herederito de los Chacones, y se ignoraba cuándo volvería.

Y ya tenemos otra vez a nuestro buen amigo dedicado a la imitación santa del Patriarca Job, de quien se creía discípulo en paciencia, aunque casi casi iba ya para maestro. Sirviole de solaz y consuelo en aquellos tristes días la mediana carga de versos que le dio Fenelón, y fue remitida por una amiga de este. Era el Florilegio del Natalicio, y en él figuraba como pieza mayor la composición de Belisario, en silva; seguían innumerables octavas, décimas, quintillas, romances, cantatas y otras formas de poesía, que ensalzaban con entusiasmo ardiente el familiar suceso, subiéndolo hasta las mismas barbas de la Historia. Aunque Ansúrez no entendía ni palotada de poesía, ni en su vida las había visto más gordas, todo lo leyó y releyó sin perder sílaba, gozando en la frase sutil, en el número y cadencia, en el sonsonete de las rimas. La exuberancia de los ripios, a gloria le supo. Admiraba los privilegiados caletres que daban de sí tan bellos pensamientos, y los reducían a un lenguaje que era sin duda el idioma vulgar de los serafines. Los renglones largos y cortos de Belisario, en combinación musical, le sonaban como una orquesta que imitara el rumor de la marejada, los golpetazos de la hélice y las caricias de un Nordeste frescachón. Los otros versos también eran bonitos. ¡Qué comparaciones, qué galanas frases y qué melindres cariñosos!... ¡Y qué cosas le decían a la hermosa Mara! ¡Ajo, vaya una lluvia de flores!... *La perla española...*, *la flor de Castilla...*, *la paloma emigrante, que en alas del amor...* En fin, que había hecho su nido *a la sombra de los Andes*.

XIX

Las revoluciones americanas se parecían a las nuestras como una castaña nueva a una castaña pilonga. Sus incidentes y desarrollo, su desenlace infeliz o venturoso, eran casi siempre los mismos; sus héroes, ya coronados del éxito, ya hundidos en la derrota, llevaban en su conducta y lenguaje los propios caracteres. Resulta, pues, para nosotros el relato de la revolución peruana en 1865 como un amaneramiento histórico... Clío se ve obligada a contar, con formas gastadísimas, sucesos ya conocidos por su lamentable repetición. Será preciso referir con trazo nervioso y rápido los acontecimientos que arrojaron de la Presidencia al general Pezet, para poner en su lugar al general Canseco. Fuera de la escaramuza naval en aguas de Pisco, la revolución no presentó ninguna originalidad, ni dejó de amoldarse a los precedentes que para uso de los pueblos ibéricos archiva la Historia de esta Península.

Mientras los dos caudillos se iban acercando con parsimonia, y alzaban las cortadoras espadas queriendo renovar la pelea entre don Quijote y el Vizcaíno, los pueblos se amotinaban aprovechando la debilidad de las guarniciones y el desequilibrio de aquellas autoridades tambaleantes, que tenían un pie en la legalidad y pie y medio en la rebeldía. La República chilena, interesada en celebrar con el Perú pacto de odio contra España, atizaba candela en favor de Canseco, y valiéndose de hábiles agentes, laboraba en la capital y en su puerto, así como en las ciudades del Norte. Lima era un campo de continuos desórdenes, y en el Callao saltó un motín seguido de saqueo, que fue la página más movida de aquel drama de escaso interés.

En esto, el bueno de Pezet y el arrogante Canseco renunciaban a toda semejanza con don Quijote y el Vizcaíno; y poniendo hielo en la furia de sus primeras amenazas, envainaron los aceros. No tiene explicación la conducta de Pezet, que, dueño de excelentes posiciones, primero en Lurín, después en Bella Vista, dio media vuelta a la izquierda y acudió a embarcarse en una corbeta inglesa. En tanto, Canseco daba media vuelta a la derecha y caía sobre Lima, donde hubo de luchar con dos militares tercos que sabían su obligación: era uno el ministro Gómez Sánchez, y otro el coronel Sevilla. Pero, al fin, la fuerza y el número imperaron. Quedó Canseco dueño de Lima, con el nombre de *libertador*, entre el delirio y espasmos patrióticos de la muchedumbre; y para completar el amaneramiento del desenlace, siguieron las fiestas, los escándalos, las libaciones y atropellos, que en esta clase de cambios políticos suelen ser el fin de las alegrías y el comienzo de las dificultades.

Desde la *Numancia* pudieron los españoles echar un vistazo fugaz a la revolución, que por sí y por sus hechos interiores solo debía moverles a curiosidad. Por sus consecuencias internacionales les movía quizás a mayores inquietudes. La situación a bordo era de incertidumbre y zozobra. Gran número de familias se habían refugiado en barcos mercantes españoles. Con estos se comunicó Méndez Núñez, ofreciendo a los prófugos amparo más seguro si fuera menester. La hostilidad entre la plaza y la fragata era cada día y a cada hora más ostensible. De tierra venía un aire de cólera que daba en el rostro a los tripulantes de la fragata. Habrían sido rostros de mármol si no respondieran a las demostraciones airadas con fruncimiento de cejas por lo menos. Cada cual tiene su alma en su almario.

Una profecía de Fenelón, hecha por aquellos días en círculo de camaradas, daba la medida de su mundología y agudeza. Dijo el hispano-francés que una vez exaltado Canseco a la Presidencia, se había de ver entre la espada y la pared, entre la realidad del gobierno y los compromisos que había contraído para encender y arrastrar a las muchedumbres. El revolucionario tenía que darse de cachetes con el hombre de Estado, porque aquel lanzó a la populachería la idea de anular el arreglo con España, calificándolo de ignominioso, y este se veía forzado, por ley de conservación, a librar a su país de los azares y quebrantos de la guerra. Así sucedió, en efecto: Canseco inauguró su presidencia con ejercicios de consumado equilibrista en la cuerda floja. Había predicado la guerra. ¿Cómo predicar ahora la paz? Largos días emplearon en negociaciones el ministro de Estado y nuestro Representante, señor Albistur, repitiendo los equilibrios del presidente. Este inventaba fórmulas, obras maestras de pastelería... Pero no hubo manera de oponerse a la efervescencia popular, atizada por los agentes chilenos, de prodigiosa actividad y travesura. Tanto empujó la ola del partido belicoso, formado casi exclusivamente de militares, que al fin Canseco hubo de comprender cuán expuesta es a quebrantos la pastelería política, y obligado se vio a resignar el mando y Presidencia. En su lugar, los revolucionarios, asistidos de los agentes chilenos, elevaron al Poder supremo al coronel Prado, con el nombre de *Dictador*. El nombre no más tenía y la estampa corpórea, que la verdadera cabeza dictatorial era Gálvez, hombre impetuoso y sugestivo, que con la brillantez de sus ideas y la exaltación de su antiespañolismo circunstancial, se llevaba consigo a toda la juventud peruana.

Desvanecidas con la dictadura las esperanzas de concordia, la situación de la *Numancia* era bastante crítica. En aguas del Callao la retenía el cuidado de nuestros compatriotas, guarecidos en barcos mercantes, el acopio de provisiones para sí y para los demás buques, y la observación de los movimientos y planes del pueblo, que ya se mostraba como resuelto enemigo. Evidente era ya que el Callao quería fortificarse. A los oídos españoles llegaban los proyectos de baterías formidables, de cañones potentes... Más que estas amenazas, ofendían a los españoles las demostraciones de hosti-

lidad negativa. Los peruanos no querían dar víveres, regateaban el agua...
La incertidumbre y el recelo entristecían la vida de todos los tripulantes. Se
doblaron las guardias; se extremó la vigilancia; se temía, no sin fundamento,
el acecho de las naves americanas. Lanzadas las imaginaciones al campo de
las conjeturas, se hablaba de unos artificios llamados *torpedos*, imitación del
pez de este nombre, que, dirigidos sin ruido a larga distancia, explotaban
dentro del agua y podrían destruir traidoramente el barco más poderoso.
Por esto, y por creer que era conveniente acudir a reforzar el bloqueo de
los puertos de Chile, la *Numancia* levó anclas el 5 de diciembre y puso proa
al Sur, llevando a remolque a su galán *Marqués de la Victoria*, que dolorido
de los pies y quebrantado de las coyunturas, no podía dar un paso. Delante
salieron, cargados de carbón y provisiones, los dos transportes *Vasconga* y
Valenzuela. ¡Adiós, Callao; adiós, Lima hermosa; adiós, ingratas limeñas! Un
hado maligno y burlón nos hizo enemigos. Maldito sea.

Navegó hacia Chile la fragata con mar bellísima y sosiego delicioso del
viento. El Pacífico parecía inmenso lago, o un estanque sin fin; la atmósfera, limpia y transparente, permitía contemplar la majestad de los Andes.
Tanta serenidad contrastaba con la expectación de los navegantes, que por
secreteo misterioso del alma presagiaban alguna desdicha escondida en el
fondo de aquella mansedumbre soberana del cielo y la mar. Seis días duró
el navegar calmoso, con placidez acompasada y rítmica, marcada por las
vueltas de la hélice.

Dos hombres no más había en la fragata que, recogidos en su vida interior, se aislaban de las preocupaciones comunes a toda la tripulación. Eran
Binondo y Ansúrez. El primero, bajo la acción deprimente de sus achaques,
e incapaz de todo trabajo corporal, zambullía su espíritu en la lectura, y
ya llevaba medio devorada, aunque no digerida, la biblioteca del Capellán,
compuesta de dos o tres docenas de libros. Después de consagrar dos
horas al *Año Cristiano*, picaba en el *Sermonario* y en un tratado de Teología;
por fin, le metía el diente al *Genio del Cristianismo*, al *Perfume de Roma*,
a las *Ruinas de mi Convento*, y a otros volúmenes tan entretenidos como
piadosos... El continuo leer y el meditar en lo que leía, le iba poniendo en
comunicación familiar con lo infinito, y su cara plana y cadavérica revelaba un
desprendimiento gradual de las cosas terrenas. La vida interior de Ansúrez

era de un orden muy distinto y puramente imaginativa. Su pasión paternal, llevada al último grado de exaltación por el nacimiento del nietecillo, de que daban testimonio los retumbantes versos, tomaba en la soledad formas de delirio, y a sí propio se engañaba, construyéndose interiormente un simulacro de la realidad. Era la imitación a veces tan perfecta, que Ansúrez no dudaba de la autenticidad de lo soñado. Sin desatender a sus obligaciones, entregábase el hombre a una solitaria labor de vida imaginada, trajín muy propio de mareantes, apartados del mundo en largas travesías.

Desde que supo la existencia del pequeñuelo, en él puso el celtíbero todos los ardimientos de su corazón, tan dispuesto al amor de familia. Su familia era Mara; mas un destino cruel le vedaba su presencia. El amor conyugal y los afectos de su nueva parentela la retenían como prisionera en regiones distantes. Del chiquillo, en cambio, pensaba Ansúrez que le pertenecía más que la madre. Viéndole con el poderoso cristal de su imaginación, llegó a construir caprichosamente sus lindas facciones, su angélica sonrisa y sus donosas travesuras. Por misteriosa ley divina, aquel niño amaba a su abuelo más que a sus padres: con esto se creía compensado de tantas fatigas y tristezas. Así, cuando se aproximaba al puerto de Caldera, ya llevaba Diego varias noches con el niño a su lado, y aun de día imaginaba intensamente la presencia de la criatura llevándola en brazos de un lado para otro. Si se pudiera dar forma visible a tan extraordinaria ficción de la realidad, resultaría el buen Ansúrez la perfecta imagen de San José, suprimida la vara de azucenas y cambiado el traje bíblico por el uniforme de diario de un Contramaestre.

Y en este imaginar ardoroso, Ansúrez no hacía caso del tiempo, ni lo tenía en cuenta para nada. El día anterior había llevado en sus brazos al nieto, figurándoselo en una edad como de año y medio, ya destetado, avispadillo y juguetón. Pues bastó un lapso de veinticuatro horas para que lo tuviera consigo en edad de más de tres años, con gorrita de marinero, ya muy parlanchín, sin dar paz a su media lengua deliciosa. ¿Dormía el hombre?, ¿soñaba despierto? Esto era lo más aproximado a la verdad. Ignorante del nombre que pusieran al chiquillo, él se había permitido dárselo a su gusto. Llamose, pues, *Carmelo*, como traído al mundo bajo la protección de la Virgen del Carmen. El delirio del Contramaestre llegó a suponer que su hija le enviaba el chiquillo con estas cariñosas expresiones trazadas en una carta: «Ahí lo tienes, padre; llévatelo, para que navegando te entretengas con él.» Nada más decía; pero era bastante.

En brazos lo cogía, y su primer cuidado era enseñarle la soberbia embarcación: le mostraba todo, como le mostraría un fabuloso y complicado juguete que acababa de comprarle. «Vamos, hijo, por aquí, y verás qué bonito es esto. Te gustará mucho. Pues todo es para ti, para que juegues, para que juguemos los dos y nos divirtamos mucho... Vamos... pasemos bajo el puente... Esto es el Alcázar... Entremos por esta puerta. ¿Ves qué bonita cámara?... Aquí viven los principales del barco... Entremos más: allí está el camarote del comandante, que se llama don Casto... No podemos pasar: el comandante nos reñiría... A ti no, a mí sí... porque aunque nos quiere mucho, por encima de su cariño está la ordenanza. Salgamos ya... Vamos... Por esta escala bajaremos a la batería... ¿Ves qué preciosa es la batería? Mira cuántos cañones: aquí uno, y siguen otro y otro, asomados a las portas para ver la mar y los peces... Estos cañoncitos los dispararás tú cuando quieras... Mi niño no se asustará del ruido. Vamos hacia proa... ¿Qué te parecen estas cadenitas? Son las de las anclas... Puedes echar y recoger el ancla cuando quieras... Vamos ahora a ver la máquina. Nos asomaremos por aquel agujero... Verás, verás qué cosa tan bonita. Mira cómo relucen las piezas de acero, y cómo suben y bajan aquellos vástagos, y qué ruido hace todo, como si estuvieran aquí dando patadas contra la quilla cuatrocientos mil caballos de tierra o de mar. Aunque sé que no te dará miedo bajar a la máquina, no bajaremos, porque nos pondríamos perdidos... Sigamos... Allí tienes, a popa, el comedor de Oficiales... Vámonos ahora al otro sollado... Por esta escalera bajaremos... Ya estamos abajo. Allí... A proa tienes nuestro dormitorio; más allá tenemos un pañol, donde guardamos nuestra comidita. Aquí, a los costados de babor y estribor, duerme la tropa... Se arman y se desarman las camas... Sigamos: comedor de maquinistas... y a popa dormitorio de oficiales... Bajemos ahora al otro sollado, que tú no tienes miedo... Está un poquito oscuro... Detrás de este mamparo ¿qué hay?, las carboneras... Aquí tienes la enfermería de guerra... Esto que pisamos es la cubierta de los aljibes... Más allá, despensa, pañoles... ¿Quieres que bajemos más? Pues vamos, que el nene no se asusta, y quiere verlo todo... Ea, ya estamos en lo más profundo... Por aquí, por aquí... Estamos ahora en el pañol de la pólvora, que llamamos Santa Bárbara... Hacia aquel lado, cartuchos, balas... Aquí podrás jugar todo lo que quieras, y pegar fuego a la Santa Bárbara... Con lo que brincaremos todos hasta el cielo... Ea, volvamos arriba, que aquí hace calor... ¡Arriba, upa!... Ya estamos otra vez sobre cubierta... ¡ajajá! ¡Qué hermoso el cielo... qué soberbia la embarcación! Allí tienes a nuestro amigo Sacristá, que nos mira y se ríe... ¡Ah, pillo!, ya iremos a tirarte de una oreja... Vaya, niño mío, ¿quieres que te suba a la cofa de trinquete? ¿No te asustarás?... Pues si te atreves, subamos. Conmigo vas tan seguro como si el mismo San José te llevara. Arriba por la escala del obenque... Ajajá... Ya estamos arriba. De aquí sí que se ve bien tu juguete y la mar... ¿Ves qué grande, qué grande? ¿Qué te parece este sin fin de cabos y la largura de las vergas? Puedes desde aquí jugar todo lo que quieras, y largar y aferrar las gavias y juanetes a tu satisfacción... Mira para el otro lado, niño mío... Allí tienes los Andes... ¿Verdad que son altísimos?... Algunos montes de esos son volcanes... y tienen dentro mares de fuego... Yo te llevaría con gusto hasta el pico más alto para que vieras toda la América de la otra banda, y los ríos que llevan sus aguas al Paraná y al Uruguay y al Plata... Todo eso es España, otra España, ¿te vas enterando?... Háblale, salúdala con tu manecita, y con tu media lengua dile que la quieres mucho, que estás aquí con tu abuelito, y que también tu abuelito la quiere... Bueno: pues ahora mira para el cielo, niño querido. ¿Ves esa nube que tapa el Sol? No es nube: es una inmensa bandada de pájaros. Míralos bien, verás que son miles de miles de aves. Vienen de alta mar, donde han comido peces, y ahora se retiran a las peñas de tierra... Se llaman *piqueros, sarcillos, gaviotas, alcatraces*... Traen en sus estómagos mucho dinero, pues el guano lo es... Es oro y plata... Mira, mira cómo la bandada, al aproximarse a tierra, se divide en escuadrones, en compañías... Cada familia se va a su casa, y cada pareja busca su nido... Ea, bajemos, que hace ya demasiado fresco...» Terminada esta visión, empezaba otra; y a medida que las iba produciendo, el celtíbero celebraba con sonrisa del alma sus propios disparates.

XX

Al aproximarse a la ensenada de Caldera, Méndez Núñez, en el puente con el Oficial de derrota, reconoció con su anteojo las fragatas *Villa de Madrid* y *Berenguela*; luego vio los mástiles de los mercantones apresados... No le sorprendió encontrar la *Berenguela*, que había relevado a la *Blanca* en el bloqueo de aquella zona; pero sí ver a la *Villa de Madrid*, y aún fue mayor su sorpresa cuando advirtió que esta no arbolaba la insignia de jefe de Escuadra, y en cambio, en la *Berenguela* flameaba el gallardetón de capitán de Navío. ¿Qué había ocurrido? Diferentes conjeturas pasaron rápidas por la mente del comandante de la *Numancia*, y las visiones de desdichas se sucedieron con la fecundidad pesimista de nuestra imaginación, que a veces las exagera y abulta con la idea de que resulte menos fuerte la desdicha real, al ser conocida... Pronto saldría de dudas... Era don Casto Méndez Núñez de estatura mediana tirando a corta, recio y bien plantado. Sobre su rostro moreno vagaba siempre, en ocasiones ordinarias, un mirar dulce y una vaga sonrisa. Su voluntad de hierro no era de las que tienen por muestra al exterior un entrecejo duro, ni su voz, robustecida en las conversaciones con el viento y la mar, llegó a perder las blandas inflexiones gallegas... Quedó, como se ha dicho, con el alma suspensa de un enigma cuya solución esperaba, y la atención presa en los topes de las dos fragatas. Los de la una, por arbolar insignia, algo le decían; los de la otra, por no tenerla, le decían más.

El Segundo, don Juan Bautista Antequera, ocupaba su puesto a proa, atento a la maniobra de dar fondo. Saludó la fragata con siete cañonazos la insignia de capitán de Navío; contestó la *Berenguela*; y apenas disipado en vagos jirones el humo, se vio desde el puente que del buque insignia venía un bote hacia la *Numancia*. Echose a la cara Méndez Núñez los anteojos, y al ver que el bote traía la visita del capitán de Navío, don Manuel de la Pezuela, su asombro fue extraordinario. Con toda su curiosidad y todo su asombro a cuestas, Méndez Núñez bajó al portalón para recibir al visitante... La clave del estupor de don Casto nos la da un hecho, de estos que sin estar consignados en los libros de Historia, a ella pertenecen por el tributo que la vida particular paga a la vida pública cuando menos se piensa. Antes de que la

Numancia saliera de Tolón, era su comandante Pezuela, amigo y protegido del ministro de Marina, general Armero. Lista la fragata blindada para prestar servicio, y destinada a la campaña del Pacífico, elegido fue inopinadamente don Casto Méndez Núñez para mandarla y conducirla en tan larga navegación, nunca intentada por naves de tal porte y pesadumbre. Las razones que tuvo el ministro para este nombramiento no debían deprimir a Pezuela, que gozaba de buen crédito como navegante y militar; pero le amargaron enormemente. Debemos considerar que el enojo de Pezuela se fundaba en un noble sentimiento, la emulación, alma de los cuerpos armados de estructura aristocrática.

El caso fue que desde el día en que la *Numancia* cambió, como si dijéramos, de galán o de novio, Pezuela y Méndez Núñez no volvieron a dirigirse la palabra. Al primero se le dio el mando de la *Berenguela*, novia que ni por su edad ni por su belleza podía competir con la que le quitaron en Tolón, y fue al Pacífico en la escuadra de Pareja; el segundo emprendió después su viaje de leyenda con *la niña bonita*. Cuando esta llegó al Callao victoriosa, desmintiendo los augurios pesimistas de los técnicos, los dos rivales no cambiaron ninguna demostración de amistad en todo el tiempo que permanecieron en aguas peruanas. Si Pezuela visitó en la *Numancia* al segundo de esta, don Juan Antequera, fue en ocasión de estar en tierra Méndez Núñez pagando la visita oficial... Por la feliz realización del viaje, ascendió Méndez Núñez a brigadier de la Armada; Pezuela seguía en su empleo de capitán de Navío... Todo esto que brevemente aquí se cuenta, pesó en la mente de don Casto cuando hacia el portalón bajaba. Era hombre tímido, y la situación que se le presentaba después del largo eclipse de amistad con Pezuela, le ponía nervioso y cohibido. Viéndole subir por la escala, pensó que su rival despejaría el nublado con breves palabras. Así fue.

«Mi general —dijo Pezuela con grave cortesía, estrechando la mano de Méndez Núñez—, vengo a saludarle y a resignar en usted el mando de la escuadra que accidentalmente he tomado, y que a usted por su graduación corresponde. Ha muerto Pareja...»

A la interrogación de pena y asombro, expresada por don Casto con la mirada y el gesto, más que con la palabra, contestó así Pezuela: «Tengo mucho que contarle, mi general. Por de pronto, acepte usted para esta empresa, que se nos presenta oscura y difícil, la cooperación de todos mis compañeros y la mía particularmente. Estamos a tres mil leguas de España, con su honor y su bandera entre las manos... Miremos tan solo a sacar avante estos grandes intereses, y olvidemos todo lo demás...» Con estas caballerescas expresiones, puso Pezuela a los pies de Méndez Núñez todos sus piques y agravios; lo mismo hizo el otro. Se abrazaron como buenos compañeros que en aquel instante se veían más que nunca subyugados por la religión del deber, y dirigiéronse a la cámara. Antes de llegar a ella, la impaciente curiosidad de Méndez Núñez iba soltando interrogaciones ansiosas. «Se ha pegado un tiro», dijo Pezuela ya dentro de la cámara; y lo decía con cierta sequedad, como si más que lástima sintiera desdén del pobre suicida, general Pareja... Sin dejar espacio al asombro de don Casto, soltó la segunda parte de la trágica noticia, que más bien debía ser primera: «Hemos tenido una desgracia... Nos han apresado la *Covadonga*.»

Solos en la cámara, hablaron de las causas del suicidio del general, que habían de ser algo más que la pérdida de la goleta. «Yo me lo explico o quiero explicármelo —dijo Pezuela—, por la depresión de su ánimo ante el mal cariz de la campaña. El bloqueo nos resulta un fracaso. Los comandantes de las escuadras extranjeras no cesan de ponernos mil obstáculos; nadie nos ayuda; nadie nos da una noticia, como no sea mala. Vivimos en el mayor aislamiento, rodeados del odio de todo el género humano. Hasta se ha dado el caso, aquí, en este mismo puerto, de entrar una fragata inglesa, y pasar junto a la *Blanca* sin hacer saludo. Luego saltó a tierra su comandante sin pedir permiso a Topete, y a los dos días volvió a bordo, trayendo a un personaje chileno: era el Intendente del departamento. Empavesó la fragata para recibirlo, le saludaron con *hurras*, y le hicieron extremados honores. Que le cuente a usted Topete el berrinche que esto le costó y las ganas que le quedaron de cañonear al inglés... No sabía qué hacer. ¿Quién podía prever un caso tal de descortesía, más bien de burla?... Presumo yo que Pareja se sentía hundido bajo el peso de su responsabilidad por haber propuesto al Gobierno las actitudes belicosas a todo trance... Exageró quizás la debilidad de Tavira. Hizo creer al Gobierno en una victoria fácil... No sé, no sé.»

—¿Y últimamente, qué instrucciones recibió Pareja de Madrid?

—¿Lo sabemos acaso? Yo presumo que después de recibir órdenes para llevar la cuestión por la tremenda, han venido órdenes de templanza y transacción. ¡Vaya usted a saber...! Habíamos acusado a Tavira de traidor y desleal, y Tavira enseñaba una carta de Narváez, en que este le decía: «No haga usted caso del Gobierno, y negocie la paz.» Esto es inicuo... Nos mandan al cabo del mundo, como si el venir acá y emprender una guerra es estas latitudes fuera cosa de juego... y todo ello sin criterio fijo... ¿Saben allí dónde estamos, y el modo de ser de estas repúblicas? Y verá usted cómo nos faltan recursos cuando sean más necesarios, y cómo nos veremos el mejor día sin una galleta, sin un quintal de carbón y sin un real.

Luego contó Pezuela el triste caso de la *Covadonga*. Carecía esta goleta en absoluto de poder militar y de agilidad marinera... Cojeaba de la hélice; asma padecía en sus calderas; manca estaba la tripulación, y el arma que llevaba (dos cañones en colisa) no servía más que para matar pájaros... Mandar estos inválidos a una guerra lejana, era un verdadero crimen... En Coquimbo estaba la pobre veterana, con pata de palo y ambos brazos en cabestrillo... Servía para llevar y traer recados... La infeliz navegaba por mares enemigos, y a la vuelta de cada esquina o de cada cabo, acechábanla embarcaciones de más poder... En Coquimbo mismo entró a su bordo la traición con pretexto de pedir informe referente a una presa norte americana... Los extranjeros, llamándose neutrales, ayudaban con ardor a los chilenos, haciéndoles el servicio de espías. Los españoles no tenían espionaje, ni podían tenerlo como no acudieran a las aves o a los peces...

Partió la pobre *Covadonga* de Coquimbo para Valparaíso, cumpliendo órdenes de Pareja, que ya estaba con el alma en un hilo recelando el mal fin de la pobre mensajera... El domingo 26 de noviembre pasaba la goleta frente a un puerto llamado *El Papudo*: amaneció con neblina; del seno de esta salió como fantasma una corbeta, que izó bandera inglesa... No se dio por engañada la *Covadonga*, y preparo sus inútiles armas y avivó su andar premioso, renqueando por aquellos mares de Dios, más bien del diablo... Navegaba la corbeta de vuelta encontrada por estribor... Cuando se halló a popa, orzó rápidamente y descargó su andanada sobre la goleta... Enseguida izó el pabellón chileno. La goleta no tenía defensa... El combate no podía ser brillante por ninguna de las partes; mas por la parte española, que era la suma debilidad, resultó de un heroísmo oscuro. La impotencia hizo más de lo que humanamente podía. Los hombres se multiplicaron para defenderse y para dejarse morir. Los de la *Esmeralda* podían dividirse, pues su barco valía por diez del nuestro.

Descansado fue para los chilenos el apresamiento de la *Covadonga*, después de matar y herir a muchos de sus tripulantes. Cogida la nave inválida, a remolque la llevaron al Papudo con algazara triunfal. El comandante Fery había sucumbido por falta de medios materiales que dieran a su entereza la debida eficacia. Con mal sino fue a la guerra: le tocó la china de tener que combatir con hombres bien armados, y para esto no llevaba más que una caña y armadura de papel... Los prisioneros fueron llevados a tierra e internados hasta Santiago, donde se les trató con rigor y crueldades que no merecía su glorioso vencimiento.

A una interrogación inquieta de Méndez Núñez, contestó Pezuela que el jefe de Escuadra no había tenido conocimiento del desastre de la *Covadonga* hasta que fue a notificárselo el cónsul americano Nicholson, que, dándoselas de amigo de España, favorecía con toda clase de manejos y soplos la causa chilena. Y añadió el comandante de la *Berenguela*: «Ya he dicho a usted que estamos aquí en un aislamiento horrible... No tenemos la simpatía de ninguna nación... Nadie nos ayuda, nadie da calor a nuestra causa, como no sea un grupo de españoles fanáticos, unidos a unos cuantos franceses mercachifles, que no sabemos qué fines se traen ni a qué móviles obedecen...»

—Estamos bien —dijo don Casto triste y ceñudo—, y en estas condiciones bloquee usted con cinco barcos un frente de mil quinientas millas... En Madrid no tienen idea de lo que es esto. Comprendo la desesperación del pobre Pareja... Sin base de operaciones, teniendo que llevar a cuestas la comida y el carbón, estamos a nueve mil millas de la patria. ¿Dónde podríamos reparar una avería de importancia? *En el cementerio*, como dijo el general Álvarez; en el mar... Eso sí: por cementerio no podremos llorar, que el que aquí tenemos es bastante ancho.

En este punto del coloquio, llegaron don Claudio Alvargonzález y don Miguel Lobo, comandante y mayor general de la *Villa de Madrid*, y hablando todos de los graves sucesos, no añadieron nueva luz a las causas del suicidio de Pareja. Resultaba como causa única y bastante poderosa la convicción del fracaso de su política en el Pacífico. Se sentía responsable de haber llevado las cosas al camino escabroso por donde iban a la sazón. Contaron asimismo los jefes de la *Villa de Madrid* que después de la visita de Nicholson, observaron en el general Pareja una tranquilidad melancólica, que en otra persona no podía ser alarmante; en un militar, sí lo era. Hablando con Lobo, le preguntó con flemática frialdad: «¿Cree usted que nos habrán apresado también la *Vencedora*?» Y Lobo respondió: «Mi general, lo creo posible y probable; que estos pobres barcos, indefensos y que andan con muletas, llegan de milagro a donde se les manda.» Por la tarde, el general comió con mediano apetito; después paseó un rato en la toldilla, fumando un cigarro. Bajó a su cámara... Tenía costumbre de tirar desde el balcón con revólver a los pájaros marinos. Así lo hizo aquella tarde... Tres veces disparó... Pasó tiempo... El cuarto disparo sonó en los oídos del comandante y del mayor general con mayor estruendo que los anteriores. Pero apenas se fijaron en la intensidad del ruido... De pronto salió de la cámara dando gritos el asistente italiano del general. Acudieron, y hallaron a Pareja tendido en la cama, sangrando de la cabeza. Aún tenía en su mano derecha el revólver... En la mesa vieron un papel, en que había trazado el suicida con firme pulso sus últimos pensamientos, dirigidos a Pastor y Landero, su sobrino y secretario. Tres pensamientos eran: *Te estoy agradecido... Que no me sepulten en aguas de Chile... Que todos se conduzcan con honor.*

Oído todo esto, y algo más que por no incurrir en prolijidad aquí no se cuenta, Méndez Núñez suspiró fuerte, y dejó ver en sus ojos cierta luz que anuncio parecía de resolución firme... Era jefe de la Escuadra; la autoridad, así como la responsabilidad de Pareja, habían pasado a ser suyas... ¿Cómo continuar la empresa trágicamente interrumpida? Al abandonar el mundo y la vida, arrojó Pareja sobre un papel una idea sentimental: *que no me sepulten en aguas chilenas*; y tras esto, una generalidad de las que vulgarmente llamamos de clavo pasado. ¡Conducirse con honor! Esto ya lo sabían todos, y no había la menor duda de que así se cumpliera... Pareja pudo legar a su sucesor una idea militar, un plan, un criterio... Pero nada de esto dejó, sin duda porque no lo tenía... La Historia se continuaba; al caudillo muerto reemplazaba el caudillo vivo. Quizás lo que no dijo el papel fúnebre de Pareja, decíanlo los ojos de Méndez Núñez: *Concentración de fuerzas...* *Tomar la ofensiva.*

Aquella misma tarde trasladó Méndez Núñez su persona y su insignia a la *Villa de Madrid*, y salió para Valparaíso.

XXI

La *Numancia* permanecería en Caldera hasta que llegasen los transportes de vela *Valenzuela Castillo* y *Vascongada*, que del Callao salieron con víveres y carbón. Aún había para rato, por causa de las calmas de aquellos días. Aburridos quedaron los tripulantes de la fragata y como desengañados, pues muchos de ellos creían, al partir del Callao, que iban a una función militar de importancia. Otros veían en la ausencia de su general un vacío melancólico, cual si Méndez Núñez se hubiera llevado consigo toda la grandeza y ardor guerrero del primer barco de la Nación. Mientras allí estuvieran las fragatas, debían custodiar el enorme rebaño de buques apresados que con los transportes formaban una impedimenta fastidiosa y pesadísima. No teniendo España, en la inmensa extensión de la costa debelada, ningún puerto, ni siquiera un islote, para refugio y abrigo de sus operaciones, veíase forzada a conducir consigo la reata de barcos viejos que le servían de carboneras, de almacenes, de talleres, y de enfermería en algún caso. Se comprenderá cuán molesta y embarazosa era esta mochila para el guerrero que allí necesitaba toda su agilidad y desenvoltura.

Las dos fragatas y todas las embarcaciones de vapor tenían siempre encendida sus calderas; la vigilancia era minuciosa; en la lancha de hélice, o en botes, los Guardias marinas bordeaban de día y de noche. Dos tercios de los tripulantes velaban desde la puesta del Sol hasta su salida. En la plenitud del verano austral, eran las noches claras, estrelladas, de solemne hermosura. Marineros y oficiales de mar, oficialidad y jefes armaban sus tertulias nocturnas en los sitios correspondientes a cada jerarquía... Los mentideros más animados eran los populares, a proa. Junto al cabrestante formaban un ruedo animadísimo Sacristá, Fenelón, Ansúrez y otros amigos de Máquina y Maestranza. Binondo, que también hocicaba en aquel ruedo, se apartó bruscamente de él y se fue hacia un grupo de marineros que charlaban junto a la borda. «Me vengo aquí —dijo—, huyendo de las conversaciones indecentes de esos perdidos... Me escandalizo de oír los cuentos asquerosos que refiere el francés de las mujeres que ha conocido en Lima, Callao y el Chorrillo. Ningún hombre de buenos principios puede oír tales porquerías. De una dice que tiene el cuerpo blanco como la leche; de otra, que es morenita tostada, y encendida de su fuego natural... Y como el hombre ve que le ríen y alaban estas suciedades, no se para en barras... Ni en pechos, y ahora decía que los tiene muy bonitos una que llaman Susana, sobrina de no sé qué general, y prima del señor arzobispo... Aquí me vengo, porque ese condenado le hace pecar a uno de intención, y en estos casos yo corto por lo sano, quiero decir, corto por las intenciones.» Oído esto por los muchachos, dejaron solo a Binondo y se fueron al ruedo.

Las aventuras amorosas acometidas con singular audacia por Fenelón, y consumadas triunfalmente, embelesaban a los pobres mareantes, tan rudos como crédulos. Los más de ellos se tragaban sin chistar las enormes bolas que de su boca fecunda iba soltando el maquinista. El cual, henchido de fatuidad ante el éxito de sus embustes, lanzábase a los mayores atrevimientos de la inspiración y de la fantasía. Terminó su mujeril relato con esta síntesis gallarda: «Yo, que he recorrido las Américas divirtiéndome cuanto he podido, y cursando, *por ejemplo*, toda la carrera del amor hasta el doctorado, aseguro a ustedes que las mujeres más hermosas de este continente son las costarriqueñas: diosas, estatuas vivas las llamo yo. Las más graciosas y apasionadas, las más seductoras y las más tiranas del hombre, son las del Perú; y en ilustración, a todas ganan las de este país en que ahora estamos, las chilenas, señores, que no por sabias y discretas dejan de ser bonitas... Mi palabra. Ocurre que en Valparaíso o en Santiago está usted haciendo el amor a una señorita, y a lo mejor la señorita, contestando con gracia, le habla a usted de Kant o de otro filósofo muy nombrado...» Los contramaestres y cabos de mar oían estas cosas con la boca abierta; y aunque no sabían quién fuese aquel Kant, celebraban la ocurrencia y enaltecían al orador.

Derivó luego la conversación a un asunto distinto. Desiderio García, cabo de mar andaluz, muy amigo de Ansúrez, excelente hombre, un poco dado a la taciturnidad, fue instigado por sus compañeros a tratar de un tema que a él le trastornaba y a muchos divertía. Debe indicarse que había navegado por el Pacífico en buques mercantes y de guerra, y conocía no pocos lugares de la costa y algunos del interior. Contaba (sin que pueda garantirse su veracidad) que había vivido en una tribu de indios bravos, y recorrido largas extensiones del continente, al otro lado de los Andes. «Pues queréis que hable, hablaré —dijo—. Óiganme y aprendan. Yo sé lo que sé, y de mi saber de este negocio no me arranca nadie. Estamos en Caldera... El monte altísimo que allí vemos, por encima de la ciudad, lejos, lejos, ¿cómo se llama?»

—Es el *Bonete* —dijo Sacristá—: seis mil metros de altura.

—Más al Sur. ¿Pero no lo sabéis? Tendré yo que deciros que esa altura es *Come caballos*, y que allí hay una garganta o puerto por donde pasamos a la otra banda y a un río que llaman Bermejo, el cual lleva sus aguas al Paraná. Todos esos territorios he corrido yo, y sé que entre un pueblo que se llama *Tinogasta* y otro que nombran *Copacavana*, hay unas peñas en lugar descampado y yermo... y en esas peñas abertura estrecha por donde se entra a una cueva tan grande como cuatro veces la catedral de mi pueblo, que es Córdoba. Pues en esa cueva, guardada en unas al modo de arcas de piedra, hay tal cantidad de plata en barras, que puede calcularse en seis o siete millones de quintales de ese metal...

Pausa, en la cual se oyó un grave murmullo: de asombro era, o de burla mal contenida. Acallado el rumor, prosiguió Desiderio, y dijo que él había visto el tesoro; que conocía su existencia por un indio viejo, patriarca en la tribu, llamado *Zapirangui*, padre del famoso *Cuarapelendi*, indio guerrero. El tesoro allí estaba muerto de risa, como quien dice, y no faltaba más que ir a cogerlo y transportarlo a un puerto de mar, empresa que requería grande y costoso convoy de acémilas y un mediano ejército para custodiarlo. Declaraba el Cabo de mar, con la más pura convicción y seriedad, que ofrecía la mitad del tesoro a quien concurriese con él a extraerlo del escondido antro en que yacía desde el tiempo de los señores Incas. No quería comunicar el secreto al Gobierno de Chile. Como buen español aguardaba las victorias de España y la ocupación de toda la América del Sur por los españoles, para tratar con el jefe de la Escuadra de la forma y modo de traer la plata a la costa, llevándola después a España en dos mitades: una para el descubridor, y otra para Isabel II.

Refería estos disparates el Cabo de mar con tanto aplomo, que los incrédulos y guasones, que eran los menos, no se atrevían a contradecirle. Temían

129

su furor, pues era hombre que súbitamente se encendía cuando alguien negaba o tomaba en solfa el depósito de plata. Como no le tocaran este asunto, no había hombre más pacífico y razonable. Ansúrez, que al principio había tenido con su compañero agarradas tremendas por el tesoro de *Copacavana*, ya empezaba a creer en él, como primer paciente del mal de soñación, que suele atacar a los navegantes en las travesías dilatadas. «Mayor simpleza que lo del tesoro —se decía el buen Ansúrez con sinceridad candorosa— es creer que tengo aquí a mi adorado nietecillo Carmelo, y que le acuesto en mi coy, le visto y le arreglo, y le saco en brazos a pasearle por la cubierta. Cierto que esto es una sinrazón, lo reconozco... pero momentos hay en que a ojos cerrados lo creo, por el consuelo que me da la mentira... En esta soledad chicha, sin ningún cariño a nuestro lado, nos moriríamos de pena si no encendiéramos las calderas del pensar, y no navegáramos a un largo por el mundo de la ilusión... En fin, me voy abajo, quiero estar solo... Solo, piensa uno lo que quiere, y se divierte con su propio engaño.»

Todos iban cayendo, como he dicho, en la soñación endémica, y el más atacado era Binondo, que en la ociosidad física cultivaba más que los otros la vida espiritual. Una noche, viendo a Desiderio García asomado a la borda, mirando a tierra con atención alelada, llegose a él y le dijo: «Yo creo en tu tesoro; Dios me da vista bastante larga para ver el lejos de las cosas, y para conocer que el hombre espiritado, como tú lo estás, sabe dónde moran los bienes escondidos... Fíjate, Desiderio, fíjate en la estrella que ahora está sobre *Come caballos*. ¿La ves? Pues esa estrella tan bonita no sigue la marcha que llevan las otras en el cielo, sino que va dejándose caer, dejándose resbalar por detrás del horizonte... Estas noches me las he pasado observando la rareza de su movimiento, pues cuando todo el cielo deriva, como sabes, de Oriente a Occidente, ella va de vuelta encontrada. No podía yo comprender ni explicarme esta cosa nunca vista... pero al oírle decir lo del tesoro guardado entre peñas montunas a la otra banda de los Andes, he caído, Desiderio, he caído en la verdad... Pienso que será esa estrella un sino con que el Padre, el Hijo, el Espíritu santo, o verbigracia los tres, nos marcan el lugar del tesoro para que vayamos a cogerlo y regalárselo a nuestra España querida.»

Echó Desiderio al malayo una mirada fulgurante, acompañada de temblor de mandíbula, que en el Cabo de mar anunciaba siempre un acceso de cólera. Sobrecogido, Binondo puso en juego toda su astucia y labia persuasiva para despertar confianza en el espíritu del maniático. Entre otras extravagancias, le dijo: «Fíjate bien en la estrella, y verás que tiene rabo, un rabito que apenas ahora se distingue y que va creciendo, creciendo hasta media noche. La estrella baja y se pone a contra-cielo; aún se verá la punta del rabo cuando el alba empiece a comerse las constelaciones. Si no crees en la maravilla, y en que el Eterno, que así decimos, por medio de luces celestes y angélicas con corona o con rabo, y de otras señales y avisos, guía los pasos del hombre, no llegarás a recoger tu tesoro.» Tanto y tanto le dijo y arguyó, y tan sutilmente supo enlazar las ideas religiosas con la superstición, que a la media noche Desiderio veía la estrella, su cola y movimiento, tal como el malayo lo describía. Y ambos, en ardiente coloquio, determinando la relación entre los tesoros de la tierra y los del cielo, convinieron en que la fe vivísima es el medio más seguro para llegar a poseer unos y otros.

Todos soñaban; el delirio descendía del cielo transparente y estrellado, para introducirse en las cabezas de los pobres mareantes, que ya llevaban casi un año ausentes de su familia en países enemigos, empeñados en empresa guerrera que hasta entonces les ofrecía más fatigas que gloria, privados de todo cariño y del trato de mujeres, sin pisar tierra o pisándola hostil, resentidos ya de la poca variedad y frescura de los alimentos, esperando la solución bélica que nunca venía, y preguntándola, sin obtener respuesta, al Pacífico inmenso y a la muda esfinge de los Andes.

Todos desvariaban, todos padecían la nostalgia que impele a la construcción de una vida ilusoria para llenar con ella los vacíos del alma. Fenelón evocaba la persona de una dama limeña, a quien había visto en el Chorrillo sin poder cambiar con ella más que cuatro palabras de saludo ceremonioso; a su lado la traía; paseaba con ella del brazo por la cubierta, por el alcázar y la batería; llevábala a su camarote; platicaban de amores, reían, se ponían serios, eran dichosos... Ansúrez se persuadió una noche de que su hija Mara, deslumbrante de hermosura y elegancia, entraba en la fragata por el portalón: hablaban hija y padre tranquilamente, como si nada hubiera pasado, como si se hubieran visto el día anterior; el chiquillo tenía ya seis años; Belisario regalaba a su suegro una vajilla de plata; doña Celia era una señora con muchos moños y lacitos en el pelo gris, cargada de esmeraldas y rubíes, de habla graciosa y dulce, como la de las gaditanas... Sacristá vio a su mujer de cuerpo presente en su casa de Cartagena: las luces macilentas que alumbraban a los mayordomos en el pañol de proa, le dieron esta impresión fúnebre que desechar no pudo en tres o cuatro noches sucesivas... Binondo y Desiderio reducían a formas reales sus teorías de la intervención divina en el descubrimiento de tesoros; y el Cabo de mar, en un minuto de sinceridad efusiva, vació sus pensamientos más recónditos en el oído del malayo, diciéndole: «A ti solo, José, confiaré lo que aún no he querido confiar a nadie, lo más reservado, lo más secreto, y es... Escúchame sin miedo: debajo de la cueva de *Copacavana*, donde están, en arcas de piedra, los miles de millones de barras de plata, hay otro covachón más hondo, con bajada secreta, y en ese segundo sollado subterráneo, no tiembles... hay como unos doscientos bocoyes llenos de pepitas de oro... y no te digo más.»

Y por este estilo soñaban todos los demás, en las jerarquías nobles, de Guardias marinas para arriba; solo que sus delirios tomaban otras formas y caracteres. Eran sueños de guerra, de acciones heroicas. Quién soñaba con el engrandecimiento personal, quién con sacrificios y extremadas virtudes. Unos veían entre brumas gloriosos triunfos de la patria; otros, grandes desventuras y catástrofes.

XXII

Al Sur de Caldera está Calderilla, que también llaman *Puerto inglés*, y allí cambiaron por primera vez los españoles sus disparos con disparos de tierra. Se supo que en Calderilla preparaban los chilenos un torpedo, montándolo en un vaporcito de ruedas. A quitarle al enemigo ambas cosas, vaporcito y torpedo, fueron dos animosos oficiales: Alonso, en la lancha de vapor de la *Numancia*, y Garralda, en un bote a remolque. Arriesgadilla era la empresa, porque la guarnición de Caldera se corrió a Calderilla y tomaba posiciones en las rocas que protegen el puerto. Llegaron los oficiales a donde se proponían, y a la vista de los chilenos se hicieron dueños del vapor. Ya salían con él a remolque, cuando se vieron obligados a sostener vivo fuego con los enemigos, apostados en la orilla Norte. Heridos fueron

Garralda y un marinero, y en gran compromiso se vio la pequeña expedición al querer salvar la boca del puerto, de unos ochocientos metros de anchura. La suerte de los españoles fue que los chilenos no acertaron a ocupar más que el costado Norte de la barra, desamparando el lado Sur, llamado la *Caldereta*. A esta se arrimaron Garralda y Alonso, sosteniendo el fuego con las tropas de la otra banda. Su arrojo y serenidad, así como el auxilio que les prestó la *Berenguela*, acercándose a la entrada del puerto y cañoneando a los de tierra, les salvaron de un copo seguro. No pudiendo sacar el vapor aguas afuera por lo que tiraba la marea, lo echaron a pique, y allí se quedó con su torpedo, si es que lo tenía.

Llegaron por fin la *Vascongada* y la *Valenzuela Castillo*. A esta podía llamársela el buque milagro, pues de milagro se sostenía sobre las aguas y milagrosamente llegó a Caldera, gobernada por el Alférez de Navío don Antonio Armero. Su viaje desde el Callao había sido un naufragio constante. La vieja fragata, de inmemorial edad, se descosía, se desarmaba, y sus tripulantes no tuvieron en la travesía momento seguro. Toda la navegación fue un perenne picar de bombas, un remendar infatigable de averías y una horrible lucha de la vida con la muerte. De los quebrantados palos se caían los marineros, y al caer se mataban y herían a sus camaradas. Héroes fueron aquellos infelices, y el Oficial que los mandaba mereció más premio que si hubiera ganado una batalla. A toda prisa se procedió a descargar a la veterana *Valenzuela*, que no deseaba más que quedarse vacía para tumbar sus pobres huesos en un playazo. Todos los víveres y municiones fueron trasladados a los pocos barcos útiles, y se acordó pegar fuego a las presas, que no servían más que de estorbo, sentencia que fue rigurosamente ejecutada cuando la *Numancia* y *Berenguela*, obedeciendo a órdenes del Superior, zarpaban para Valparaíso. Fue un espectáculo espléndido, un simulacro de volcanes marítimos. Los viejos barcarrones tenían una muerte más brillante que la que les habrían dado las tormentas deshaciéndolos en las soledades oceánicas. Sus exequias eran fiesta extraordinaria de las aves y los peces.

Concentrada en Valparaíso toda la escuadra, tuvo eficacia el bloqueo, reducido al puerto principal de la República. Y ahora, hablando nuevamente de los españoles que soñaban, designamos a Topete y Alvargonzález, comandantes de la *Villa de Madrid* y de la *Blanca*, como los que en mayor

133

grado padecieron hasta entonces el desvarío heroico, pues afrontaron una de las empresas más temerarias que cabe imaginar. Deseando Méndez Núñez buscar al enemigo en los lugares inaccesibles donde tenía su refugio, los esteros y canalizos del archipiélago de Chiloe, preguntó a los dos marineros Alvargonzález y Topete si se atreverían a penetrar en aquel dédalo para sorprender en su escondrijo a las naves aliadas.

Pudieron responder los dos guerreros de mar que tal empresa era imposible, mortal de necesidad para barcos y hombres; mas no dijeron esto, sino que, antes que fueran otros, deseaban ir ellos sin pensar en el peligro, ni medir los inconvenientes náuticos y militares de aventura tan descomunal. Salieron las dos fragatas. Justo es declarar que al verlas partir, casi todos los soñadores que en Valparaíso quedaban, pensaron que no volverían a verlas... Pero se engañaban, porque a las dos semanas o poco más reaparecieron con su casco y aparejo intactos, o con no visibles averías. Habían consumado proeza semejante a las de los argonautas, penetrando en laberintos habitados por monstruos que devoraban al que osaba llegar hasta ellos. El monstruo era una Naturaleza hostil, armada de toda clase de asechanzas y peligros, que para el enemigo de los españoles era refugio y defensa. Alvargonzález y Topete entraron con esforzado corazón en el laberinto por el golfo de *Guaytecas*, boca Sur del Archipiélago; navegaron por un angosto mar, parecido a estanque de recortadas orillas, y dieron fondo en *Puerto Oscuro*. Indígenas de mal pelaje les dieron noticia de la madriguera en que se agazapaban las naves chilenas y peruanas.

Prodigiosa fue la marcha por angosturas y desfiladeros, sin más auxilio que imperfectas cartas, obra de navegantes que habían recorrido aquellas aguas en cachuchos de corto calado. La *Blanca* y *Villa de Madrid* andaban al paso, sin dejar de la mano la sonda, temiendo a cada instante dar en un bajo. Hallábanse a los 42 grados de latitud Sur; la marea entrante y saliente tiraba con fuerza de seis o siete millas. Tal o cual paso, donde por la mañana había un fondo de quince a veinte pies, a la tarde estaba seco. Ángulos y dobleces aparecían, que apenas daban espacio a las viradas... Navegaban las fragatas como los ciegos, tanteando el suelo con su palo y palpando las paredes cercanas... La *Blanca*, de menor calado, iba delante reconociendo el terreno; seguía la *Villa de Madrid*, obediente a las indicaciones de su compañera...

¡Qué tales serían las calles y callejones de aquella Venecia desconocida, que los peruanos y chilenos, guiados por gentes del país, perdieron allí dos fragatas! ¡Cuando los de casa perdían allí las botas, qué no perderían los forasteros!

Pero una deidad o encantador benigno miraba por aquellos temerarios hombres, Alvargonzález y Topete, cuando no se dejaron allí las fragatas y las vidas y hasta el nombre de España. Por noticias más certeras que las recibidas en *Puerto Oscuro* supieron que los barcos enemigos estaban en un estero de la isla de Abtao, y allá se fueron. La temeridad rayaba en locura. Había que encomendarse a Dios o al diablo para penetrar en el tortuoso callejón que separa del Continente la recortada isla... Entraron, y en un ángulo recto que forma la ratonera vieron los españoles el cadáver de la fragata *Amazonas*, tumbado en el arrecife. Debieron la *Blanca* y *Villa de Madrid* mirarse en aquel espejo y volverse atrás; pero la calentura heroica pudo más que la razón. ¡Avante, que el enemigo no podía estar lejos! En efecto, a la salida del callejón, las fragatas vieron los mástiles de los buques enemigos; aún navegaron largo trecho pare divisar los cascos.

Chilenos y peruanos hallábanse resguardados por arrecifes, que eran como una valla imposible de salvar desde fuera. Apenas se echaron la vista encima, empezaron unos y otros a cañonearse. La distancia no podía ser acortada por las naves españolas. Habían de darse por satisfechas con causar algunas averías a los barcos enemigos y matarles o herirles algunos hombres... Y allí terminó la hazaña, porque el monstruo de la Naturaleza, que en aquellos laberintos habita, sacó del légamo la cabeza y dijo a los atrevidos argonautas: «Retiraos, locos, ilusos, y no abuséis de mi paciencia y de la benignidad con que os he dejado llegar aquí. ¿Qué pensáis, qué queréis, hombres o niños grandes, que habéis entrado en mi reino con solo vuestros corazones, dejándoos fuera la razón? Salid pronto, que a poco que os detengáis, retiro las aguas y quedaréis en seco... De vuestros barcos haré leña para mis hogueras, y de vosotros no quedará uno solo para contar al mundo vuestra locura.»

¿Qué habían de hacer los infelices más que obedecer a tan imperiosa conminación? Unas horas más en los canalizos, y seguramente no podrían contarlo. Se volvieron, en busca de la salida del laberinto, no sin que Topete, con terquedad maniática, se parara en un sitio más despejado que los anteriores, y con la voz tonante de sus cañones, llamase a los contrarios, diciéndoles: «Venid aquí, enemigos y compañeros; dejad el enrejado de peñas en que os guarecéis... Salid a este campo, y nos veremos las andanadas...» Pero los otros no salían. Estaban muy a gusto en sus cómodas huroneras. Las fragatas se desenvolvieron de la madeja intrincada de Chiloe, y tornaron a Valparaíso. Contado lo que habían hecho, nadie quería creerlos. El Almirante inglés Denman, que visitó la *Villa de Madrid*, oyó de boca de don Miguel Lobo el relato de la expedición, y a creerla no se determinaba. «La empresa marinera que usted cuenta —dijo— cae dentro de la esfera de lo fabuloso, y no le daré crédito si usted no la garantiza con su palabra de honor.»

Verdaderamente, la entrada en Chiloe, el cañoneo en Abtao y la salida del Archipiélago, no menos admirable que la entrada, eran un prodigio de habilidad y audacia marineras. Bien podían contarse Alvargonzález y Topete entre los más heroicos argonautas del mundo. De la eficacia militar de la expedición no podría decirse lo mismo: las naves americanas no abandonaban su resguardo, ni admitían combate en aguas abiertas.

El relato que hicieron los expedicionarios avivó más el fuego de las imaginaciones soñadoras, y el propio Méndez Núñez quiso repetir por sí mismo la expedición, llevando de guía o práctico a Topete, que ya conocía el oscuro dédalo de Chiloe. Salieron la *Numancia* y la *Blanca* con gran entusiasmo y alegría de sus tripulantes, y cuando al Archipiélago se aproximaban, les salió viento duro del Sudeste y mar tan gruesa, que la blindada causó alguna inquietud por la violencia y amplitud de sus balances. La terrible deidad que imperaba en el laberinto salió al encuentro de don Casto y le dijo: «¿También tú vienes acá, capitán de estos locos y el primero en las vanas locuras? Vuélvete, y no esperes que sea contigo menos riguroso que lo fui con tus atrevidos compañeros. Más te perjudica que te favorece traer contigo ese armatoste blindado, que por su peso y corpulencia estará expuesto a quedarse en mis dominios, y yo te aseguro que si no viras en redondo y te vuelves a donde estabas, haré por merendarme tu fragata, que es bocado exquisito...» Esto oyó Méndez Núñez; mas no hizo caso, y se metió en Chiloe por las *Guaytecas*, que era la puerta más expedita y franca.

Viendo el fantasma del Archipiélago que los locos persistían en su desvarío, desplegó contra ellos una niebla que en sus velos densísimos los envolvió, cegándolos para que no pudieran andar un paso. Las hélices daban unas cuantas estrepadas lentas, y enseguida tenían que parar. Aun en estas condiciones, persistieron en su temeridad, y aprovechando las claras de la niebla llegaron hasta el mismísimo Abtao, que era llegar al interno cubículo donde el monstruo habitaba. Pero este salió a manifestarles con más burla que ira la inutilidad de su expedición, porque el enemigo se había retirado a un recoveco más inabordable y escondido, al cual no podrían llegar los barcos españoles si no se trocaban en anguilas.

Nuevamente les conminó el monstruo a que se largaran, y se dispusieron a obedecerle; repetía las amenazas otra deidad marina, la bajamar, diciéndoles que se quedarían en seco si no tomaban el portante. Luchando con las dificultades del poco fondo, de los arrecifes, de la niebla, salieron al ancho mar, y a Valparaíso volvieron sin otra novedad que haber hecho en el camino tres presas: un vapor con pasajeros, que resultaron reclutas del ejército chileno, y dos fragatas con carbón del país, que era contrabando de guerra. En Valparaíso encontraron la escuadra norte americana, recién llegada con cuatro magníficos barcos de hélice y un monitor llamado *Monadnoch*, que al decir de la gente se comía los niños crudos.

La flota yanqui, así como la inglesa y los barcos italianos y franceses, venían al apoyo moral de Chile por la simpatía, y a quebrantar a los españoles por el despego y la callada hostilidad que en toda ocasión les mostraban. Así, la incauta y soñadora España llegó a encontrarse sola frente a dos repúblicas que ante ella desplegaban un frente de costa casi de mil leguas; y contra aquel frente tenía que combatir sin ayuda de nadie, sin amparo de ningún pedazo de tierra, llevando consigo las armas, la comida, el carbón y la bandera. Pocas manos eran para tantas cosas.

XXIII

El 23 de marzo saludó el fuerte de Valparaíso con vivo cañoneo a las banderas de las aliadas de Chile, que a más del Perú, eran Bolivia y Ecuador; sorpresa histórica, pues ningún agravio ni cuestión pendiente con la madre tenían estas dos repúblicas. En tanto la madre, llevada por lastimosos errores de toda la familia a los extremos del coraje, no tenía más remedio que saludar a Chile con algo más que ruido y humo de pólvora. Los enojos no aplacados y los ultrajes no satisfechos, forzosamente conducían a la violencia; que las naciones, cuanto más viejas, más aferradas viven a la rutina caballeresca del honor. El honor no existe sin valentía. La valentía puede salvar las situaciones de hostilidad entre dos países, y es a veces más eficaz que el derecho y que la razón misma. El apocamiento del ánimo no resuelve nada, ni aun cuando le asiste la razón. Así lo comprendió Méndez Núñez cuando dispuso el bombardeo de Valparaíso, acto inevitable ya, derivación lógica y fatal de los hechos pasados.

No lo comprendían así los jefes de las escuadras inglesa y americana, que protestaron del bombardeo, y aun se pusieron los moños de que lo impedirían... Para no llegar a la extremidad de tirotearse con los españoles, el Contralmirante Denman (inglés) y el Comodoro Rodgers (yanqui) llevaron a tierra sus buenos oficios para conseguir del Gobierno chileno las tan disputadas satisfacciones que España pedía. Pero Chile no quiso darlas por no parecer pusilánime. Las cosas habían llegado al punto delicado en que se pasa por todo antes de dejar salir al rostro la menor sombra de miedo. Verdaderamente, las hijas no mostraban ningún respeto a la madre, olvidando que de ella habían recibido sus virtudes guerreras, así como sus flaquezas políticas. Debieron ser las primeras en ceder de su rigurosa tirantez, y seguramente la madre no se habría quedado atrás en las concesiones para llegar a las paces. Pero, en fin, el acto de fuerza era inexcusable; don Casto no podía envainar la espada, y cuando los comandantes de las flotas extranjeras daban a entender que se interpondrían entre los españoles y la plaza, les decía con arrogante concisión que no le importaba perder sus barcos si conservaba su honra.

Dados los correspondientes avisos al comandante militar de la plaza para que señalara con bandera blanca los puntos que debían ser invulnerables, hospitales, casas de asilo, iglesias, etc., y para que se retirasen los no combatientes, se señaló el bombardeo para el 31, Sábado Santo. Amaneció este día con inquietud grande de los españoles. ¿Se decidirían los extranjeros a proteger la plaza, obligando a Méndez Núñez a desistir de su propósito? Este recelo se disipó bien pronto, porque apenas iniciado el movimiento de las fragatas para situarse en los puntos de ataque, ingleses y americanos levaron anclas y se retiraron mar afuera, dejando libre el campo... *Resolución, Blanca* y *Villa de Madrid* fueron las designadas para cañonear la ciudad. La *Berenguela* se retiró al fondeadero de Viña del Mar, al cuidado del convoy. La *Numancia*, después de aproximarse a la población para dar, con dos cañonazos sin bala, la señal de que empezaba la función, se volvió a retaguardia de las tres naves combatientes.

A las nueve se rompió el fuego, dirigido exclusivamente contra los edificios del Estado más próximos: Ferrocarril, almacenes de la Aduana, Intendencia y Bolsa. Al fuerte se lanzaron también gran número de proyectiles sin obtener respuesta, pues los cañones estaban desmontados, y los artilleros no tenían allí nada que hacer. Un disparo certero de la *Villa de Madrid* partió el asta de la bandera chilena, que ondeaba en el Fuerte. Los edificios condenados a sufrir el bombardeo dieron pronto señales del estrago que causaban nuestros proyectiles. La Aduana y almacenes caían a pedazos; columnas de negro humo señalaban el incendio en diferentes puntos de la ciudad. Era un espectáculo deslucido y triste. Faltaba la excitación y armonía del combate, la acción ofensiva de una parte y otra. Los españoles no celebraban ciertamente la indefensión de la plaza, y habrían visto con gusto que el Fuerte respondiera al fuego con el fuego. No les satisfacía la forma de escarmiento que tomaba en aquella ocasión la guerra, ni se sentían airosos manejando los instrumentos de castigo. Sus arreos eran las armas, no las disciplinas.

Todo terminó a las doce menos cuarto. El cañoneo no llegó a durar tres horas: ya era bastante; aun era quizás demasiado para simple castigo o reprimenda de una madre austera, harto pagada de su carácter venerable y de sus históricos blasones. La hija, herida y maltrecha de los crueles disciplinazos de la madre, miraba a esta desde tierra con el más agrio cariz que puede suponerse. Hasta entonces, solo íbamos ganando en el Pacífico la malquerencia de las Repúblicas. España, al fin y al cabo, pagaba las culpas de sus diplomáticos y de sus gobernantes. Toda guerra tiene o debe tener una finalidad militar o mercantil: los fines de la nuestra en el Pacífico no se veían claros, como no fueran el fin sin fin de abandonar los principios de la historia nueva para reanudar una historia concluida.

Tres mil hombres mal contados constituían la dotación de las cinco naves de combate y de las embarcaciones auxiliares y de convoy que representaban a España en las aguas del Pacífico. Aquellas tres mil voluntades, de diferentes categorías, eran o creían ser la voluntad integral de la Nación; las tablas o las planchas de hierro en que los hombres se sostenían, eran el suelo mismo de la Patria flotando sobre las olas; la bandera que flameaba en los aires era el nombre, la historia, el *qué dirán* de los países extranjeros, el *primero soy yo*, que así gobierna las almas de los individuos como las de los pueblos... Bien merecían alabanzas los tres mil hombres de mar comprometidos en aquella singular aventura inconsciente, más que empresa meditada. No habían alcanzado aún, ni probablemente alcanzarían, esa gloria brillante y ruidosa que traen consigo los hechos eficaces de finalidad clara y bien comprensible. No se les podía disputar la gloria oscura y pasiva, alcanzada por el valor silencioso y la paciencia, por el cumplimiento del deber, sin más recompensa que la conciencia de haberlo cumplido. Dignos eran de alabanza, y también de lástima, porque sin ver ni aun de lejos los frutos de la campaña, se sentían agobiados de privaciones y sufrimientos. Fueron penitentes en el desierto sin fin de un mar enemigo.

Después de la dura lección a Valparaíso, la penitencia de los españoles se acentuaba, sin que se agotara ni mucho menos el caudal de abnegación que las almas llevaban consigo. Incomunicados con tierra, se alimentaban de sustancias secas, de carnes y tocinos en mediana conservación. El tabaco, que hace llevadera la soledad y el exceso de trabajo, escaseaba de tal modo, que cualquier porción de hierba fumable adquiría fabulosos precios. Pero la falta de buena comida y de estimulantes no quebrantaba la salud de los tres mil hombres tanto como la vida de continua ansiedad y alarma en que todos vivían, obligados a una vigilancia minuciosa y sin respiro. Fatigosos eran los días, cruelísimas las noches. Entre los barcos de combate y los del convoy no se interrumpía el ir y venir de lanchas, faena de hormigas presurosas, que acarreaban víveres, utensilios de maquinaria. Era la escuadra como una ciudad que tenía todos sus arrabales sobre el agua, y no precisamente en aguas tranquilas, que algunos días la fuerte marejada dispersaba la procesión hormiguera.

De noche, los hombres se consagraban a la silenciosa operación de reconocimiento y patrulla, voltijeando en derredor de la ciudad flotante, bien al remo, bien en la lancha vapora. Felices eran los que por turno podían descabezar un sueño de media hora, sin manta, bajo la acción de la humedad y el sereno. Y no había esperanza de descansar a bordo, porque las primeras luces del alba traían imprevistas obligaciones, a más de las tareas ordinarias. Ni los cuerpos se rendían, ni las voluntades desmayaban. La rutina del deber en pie les mantenía, esperando un reposo que bien podía ser el de la muerte.

Las sombras de tristeza que dejó en todas las almas el vapuleo de una plaza inerme, cruzada de brazos ante el fiero castigo, no podían disiparse sino repitiendo el ataque contra un enemigo armado de todas armas, como era el Callao. ¿Qué hacían, que no iban corriendo allá? El Perú les provocaba con la jactancia de sus baluartes novísimos y el montaje de cañones potentes. Para acudir a la cita del furioso enemigo, se esperaba el refuerzo de la fragata *Almansa*. Felizmente, esta se incorporó a la Escuadra el 9 de abril, que fue día de gran regocijo y algazara, porque todos echaron su cana al aire, recibiendo con aclamaciones a los que venían de España de refresco, y traían, con las memorias de la Patria, algo de comer, y de beber y de fumar. Mandaba la *Almansa* el capitán de navío Sánchez Barcáiztegui, y venía muy airosa y envalentonada: había hecho la travesía desde Montevideo a la vela, por el Cabo de Hornos, con tan buena fortuna, que no se podía pedir prueba más decisiva de su poder marinero... Sin perder tiempo, se dispuso la salida para el Callao en dos divisiones. ¡Otra vez hacia el Norte, a lo largo de la costa, dilatada con prolongaciones de pesadilla! ¡Otra vez la visión ensoñadora de los Andes, que parecían más altos, más ceñudos, más enemigos de los que venían a turbar la juvenil alegría de las repúblicas!

Hacia el Perú navegaban los tres mil con la ilusión de un acto decisivo que pusiera fin a la campaña; ya era tiempo de tomar tierra en alguna parte, aunque fuera en el más desolado rincón del mundo. Sobre esto sostenían en la *Numancia* largos coloquios Ansúrez y Fenelón, el cual aseguró que sin mujeres no nos ofrece la vida ningún bienestar, y que las guerras y revoluciones no son ni han sido nunca más que movimientos instintivos de los pueblos para ir en busca de nuevo surtido de mujeres, o para cambiar las conocidas por otras de ignorados encantos. Al propio tiempo, a sus amigos repartía tabaco, obsequio recibido del maquinista del transporte *Uncle Sam*, que antes del bombardeo de Valparaíso había llegado de San Francisco de California con víveres. El tabaco era *virginio*, de la clase fuerte, capaz de tumbar la cabeza más firme y de volcar los estómagos más equilibrados; pero por sus cualidades mortíferas lo estimaban y preferían los marineros de blindadas fauces. Aceptaron estos muy agradecidos las cortas raciones que Fenelón les daba, y hacían de ellas partijas para obsequiar a otros amigos. Binondo tomó cuanto pudo, ocultando las porciones recibidas para que le dieran otras, y así juntaba en previsión de futuras escaseces.

Trabajaba el pobre malayo en ayuda de los mayordomos y rancheros, llevándoles las cuentas, y en sus ratos de ocio se engolfaba en la lectura, prefiriendo la del *Sermonario*, a su parecer la más devota, la más apropiada a la ruindad de los tiempos y a las calamidades previstas. Muchos trozos de aquel libro, compuesto para socorro y guía de predicadores, se le quedaron en la memoria, y vinieran o no a cuento, a los compañeros los endilgaba. «Dame, hijo mío, limosna de tabaco, que si no acudes a mi pobreza, no acudirá Dios a la tuya, que será el desamparo en que te veas a la hora de la muerte si antes no te limpias de tus pecados... En verdad os digo que si no miráis por el pobre, el pobre no mirará por vosotros, y os pondré el caso de un mendigo que recibía zoquetes de pan, y era tan santo y bueno, que Dios le dio la facultad milagrosa de multiplicar los mendrugos que recibía. Y sucedió, pues, que en la ciudad donde aquel pobre moraba, llamada Gangó-polis, si no me falla la memoria, sobrevino una gran hambre desoladora, por el aquel de un cerco que le pusieron los del reino vecino de Capa-docia; y hallándose todo el pueblo moribundo del no comer, presentose el mendigo y mostró almacenes de pan, que era la milagrosa multiplicación de los mendrugos, con otro milagro encima, a saber: que la dura masa se había enternecido, y parecía recién sacada del horno... Pues bien, hijos míos: lo que hizo con los mendrugos aquel venturado de Dios, puedo hacerlo yo con las hojitas de tabaco que me dais, y bien podrá suceder que os las multiplique cuando llegue la gran carencia de todo lo comible, bebible y fumable...»

En estas y otras accidentales conversaciones y sucesos, indignos de la historia, transcurrió el viaje. Si el mar y el viento fueron bonancibles en toda la travesía, la inquietud de las almas crecía conforme se aproximaban al Callao. En el momento solemnísimo de reconocer el puerto peruano, Ansúrez no pensó en el duelo empeñado entre España y la plaza, ni en la artillería y baluartes de esta. Mirando hacia tierra, veía tan solo los ardientes ojos de Mara, fulminando ira contra los barcos españoles. ¡Ingrata, ingrata! ¡Y él, mísero padre, obligado a disparar contra ella!

XXIV

Apenas llegaron al Callao las asendereadas naves españolas, los tres mil (o los que fueran) que las montaban, no pensaron más que en acometer, sin perder días, la militar empresa, apretandose a ello la noticia de la fortísima resistencia que habían de encontrar y del grave daño que les harían los cañones de monstruoso calibre traídos del viejo continente... La Escuadra echó sus anclas en el fondeadero de la isla de San Lorenzo. No se le cocía el pan a Méndez Núñez hasta poder enterarse por propio conocimiento de la fuerza y defensas de su contrario; con esta idea montó en la *Vencedora*, que por su poco puntal podía ceñirse fácilmente a tierra, y recorrió todo el frente fortificado y artillado, examinando las obras a que innumerables trabajadores daban la última mano.

Al Norte de la ciudad vio don Casto dos baterías rasantes, con veinte cañones la una, la otra con doce, y en medio de ellas una torre blindada con dos piezas *Armstrong*. En los extremos de la batería había cañones del sistema *Blakely*. Las baterías al Sur de la población eran tres, y se extendían hacia la punta en cuyo término está el *Boquerón*, entrada del puerto para embarcaciones menores. En aquella parte contó el general unas treinta piezas, entre ellas algunas de los poderosos tipos antes citados, y vio otra torre blindada, como la del lado Norte. Frente al muelle vio los monitores *Loa* y *Victoria*, armados de cañones, y un *Blakely* campaba en mitad del muelle. Las viejas fortificaciones del tiempo del virreinato estaban desartilladas, como indignas de desempeñar en las epopeyas modernas otro papel que el de espectadoras. El *Castillo del Sol* parecía decoración de teatro, arrumbada por inútil. En él no había piedra que no hablase del último *ayacucho*, el heroico Rodil... Las defensas nuevas revelaban en su disposición y estructura manos muy expertas y una dirección inteligentísima.

Mientras los peruanos no se daban punto de reposo para rematar sus imponentes aprestos de guerra, los españoles, en el fondeadero de San Lorenzo, no se descuidaban. Todos los barcos desmontaron sus vergas y calaron los masteleros, dejando no más que los palos machos a la exposición de los tiros enemigos. Algunas de las fragatas de madera blindaron con cadenas la parte central de sus costados, correspondiente a la caja de la máquina, y todas pintaron de negro las fajas blancas de las portas. Interiormente se previno lo necesario y lo accesorio para acudir a las eventualidades del combate, y las enfermerías de guerra quedaron listas para recibir a cuantos heridos quisiera enviarles la suerte adversa. Desde los cañones hasta los botiquines, todo fue puesto en punto de servicio eficaz. No faltaba más que la acción, el fuego, el ardor de las almas, y la divina sentencia que había de dar o negar la victoria.

Falta decir que los diplomáticos extranjeros se presentaron al general, apenas fondeó la Escuadra, con la súplica de que aplazara el ataque por unos días para dar tiempo a la salvación de los neutrales. Méndez Núñez concedió cuatro días, y en esto su generosidad de caballero fue más allá que su precaución de caudillo, pues en media semana podía el Perú perfeccionar sus medios ofensivos. La guerra había llegado a concretarse en el trámite decisivo de un duelo personal entre los dos combatientes. Incapaz la torpe diplomacia para dirimir las cuestiones pendientes entre España y las Repúblicas; ciegos los Gobiernos de acá y de allá, y encastillados en ridículos puntos de amor propio, quedó la Marina sola, con toda la responsabilidad sobre sí, a tres mil leguas de la Patria, y obligada a proceder con acción tanto diplomática como militar, hasta dar por liquidada y conclusa una empresa cuya finalidad era tan oscura en el terreno comercial como en el político.

Hizo don Casto cuanto pudo por sacar a su país de aquel atolladero dispendioso. No hallando ocasión de batirse con las escuadras chilena y peruana, fue a buscarlas a los caños y esteros de Chiloe. A esta expedición ardua, que era un reto para que los enemigos salieran a mar abierto, respondieron ellos encerrándose más en sus inabordables refugios. Obligado se vio entonces al castigo de Valparaíso, acto de penosa y desigual lucha, que a su

144

corazón de soldado repugnaba; y sabedor de que el Callao se pertrechaba de armas, allá corrió, anhelando el duelo final y decisivo entre el viejo y el nuevo hispanismo, entre el hemisferio Norte y el hemisferio Sur del planeta, que ya desde las edades heroicas se conocían.

Al duelo final iban los españoles sin reparar en que el contrario se había provisto de mayor fuerza que la de los barcos, con la ventaja de combatir en tierra, en la cabecera de una Nación, de la cual obtendría todo lo que perdiese mientras los españoles no tenían tras sí más que el Pacífico inmenso, y en él los peces que se los habían de comer en caso de un desastre... En esto pasaron los cuatro días de plazo que había dado el general para la retirada de los neutrales... Gran número de españoles que se habían refugiado en una fragata francesa trasbordaron a la Escuadra, entre ellos el simpático Mendaro, que fue a embarcar en uno de los transportes del convoy... Serena y recamada de estrellas habladoras fue en sus primeras horas la noche última del plazo fatal; luego se enturbió de celajes, y en cerrada neblina amaneció el día, más fatal que la noche, 2 de mayo de 1866.

El mal de soñación se hizo epidémico, con gravísimos caracteres de fiebre patriótica, al amanecer de aquel día que todos creyeron había de ser glorioso. La embriaguez de martirio enardece a los cuerpos armados en vísperas de batalla. Aún no han bebido la primera pólvora, y ya están borrachos. Acabó de trastornar a marineros y tropa la proclama que a las nueve de la mañana fue leída en todos los barcos, y era conforme al patrón consagrado por la costumbre en casos tales. Con más laconismo del que suelen usar los caudillos españoles, Méndez Núñez fijó los tópicos imprescindibles, la perfidia del enemigo, la urgencia de castigarlo, la recomendación de que todos se aplicaran al castigo con decisión y entusiasmo, y, por fin, la seguridad de añadir una página a las glorias de la Nación, etc...

Terminada la lectura, todos aquellos infelices, quebrantados ya de la navegación larguísima, mal comidos y sufriendo mil privaciones, prorrumpieron en exclamaciones delirantes, declarando el gusto que les causaba morir por una reina que no habían visto nunca, y por una Patria que a tres mil leguas de distancia no pedía otra cosa que la terminación de la guerra insensata. Roncos quedaron del furioso entusiasmo... En el Callao, a la misma hora, pasaría lo propio, y se oirían exclamaciones semejantes proferidas en la

145

misma lengua. En tierra y en el mar se invocaba el fantasma de la gloria, y allá como aquí se pediría el auxilio de Dios y los Santos, que se habían de ver bien perplejos para contentar a todos. Por de pronto, los peruanos habían puesto su mejor batería bajo la tutela y patrocinio de Santa Rosa de Lima, suponiéndola muy enojada con los españoles. Difícil era, no obstante, que la santa, con ser de ideal hermosura mística, tuviese bastante valimiento para lograr que quedase desairada la Virgen del Carmen, a quien casi todos los marinos nuestros, verbal o silenciosamente, se encomendaban.

Levaron anclas todos los barcos, y acudieron a las posiciones que les designaba el telégrafo de banderas en el mesana de la *Numancia*. Esta y la *Blanca* y *Resolución* habían de batir las fortificaciones del Sur; las del Norte corrían de cuenta de la *Berenguela* y *Villa de Madrid*; la *Almansa* con la *Vencedora* se encargaban de los monitores fondeados en el muelle, así como de causar todo el estrago posible en el interior de la población. La Capitana, a la cabeza de la división del Sur, llegó la primera frente a las baterías enemigas. Claramente distinguían los españoles las piezas peruanas y sus servidores, en pie junto a ellas con rigidez marcial. Y apenas las vieron, disparó la *Numancia* sus primeros tiros, colocándolos en la batería que llevaba el nombre de *Santa Rosa*. Contestó sin tardanza el Perú. Tronaron luego las demás fragatas, conforme iban llegando frente a las baterías, y bien pronto el humo denso envolvió la tragedia, y un estruendo pavoroso arrojó de los aires todo el silencio de la Naturaleza. El tiempo era absolutamente olvidado. Solo lo sabían los cronómetros, que al empezar la función marcaban poco más de las once y media.

Desde la *Numancia* no se podía saber con exactitud lo que pasaba en el ala del Norte. El humo tapaba las partes lejanas, y no podía la atención distraerse del cuidado próximo. No obstante, en una clara, se vio que la *Villa de Madrid* pedía remolque. Había quedado sin gobierno por avería considerable. Acudió la *Vencedora* con prontitud a sacarla fuera, y la *Berenguela* quedó sola cañoneando las baterías y la torre blindada, cuyas piezas de gran calibre inutilizó al poco tiempo. En el ala Sur, la *Numancia* requería la mayor eficacia de sus disparos aproximándose a tierra... Pasó muy cerca de los artificios que los peruanos habían dispuesto para inutilizar las hélices; llegó a tocar en el fondo; tuvo que dar atrás precipitadamente... En aquel instante, la batería de *Santa Rosa* y la torre multiplicaban sus disparos contra la fragata. Méndez Núñez, en el puente, acompañado de Antequera y un Oficial, en todo ponía sus ojos vivos, y con ellos el alma.

Sereno casi siempre, risueño cuando veía el torbellino de humo y de polvo que levantaban los parapetos de la batería llamada de *Abtao* al recibir los proyectiles de la *Resolución*, iracundo al sentir que su barco tocaba en el fondo, don Casto no perdía un instante la majestad que sus graves funciones le imponían en medio de sus subordinados y frente al enemigo. Al gritar *¡Cía!*, su voz dominaba la voz de los cañones... La fragata salió al fin del mal paso, removiendo con su hélice el fango de la bahía, y continuó la función sin que la maniobra marinera interrumpiese el fuego. Méndez Núñez hablaba con las dos fragatas de su división, como si ellas pudieran entenderle. Era un acto instintivo, de que él mismo no se daba cuenta en momentos tan críticos... y no les hablaba por el nombre de ellas, sino por el de sus comandantes. «¿Qué haces, Topete? No te acerques tanto... Valcárcel, firme contra esa batería de *Abtao*, que con *Santa Rosa* me entenderé yo... Y los tres a una tiremos contra la torre blindada...» Cuando esto decía, un proyectil pasó entre el brazo derecho y el costado del general, rozándole... Los astillazos que el mismo proyectil despidió del pasamanos del puente y de la bitácora, causaron en las piernas de don Casto heridas de menos importancia que la recibida en el brazo.

Que no era nada dijo, y lo mismo creyeron los que estaban a su lado. El fuego arreciaba por una parte y otra; las baterías peruanas redoblaban su furor. Pasaron minutos. Méndez Núñez, por la pérdida de la sangre que del interior de la manga descendía enrojeciendo la mano, sufrió un desvanecimiento; le sostuvieron los más próximos a su persona... Se le bajó al Alcázar... Tomó el mando el mayor general don Miguel Lobo, sin decir palabra, pues la ocasión no permitía el rigor de los trámites... En el Alcázar acudieron en auxilio del general los médicos Oliva y Gutiérrez, y cuatro marineros que le bajaron a la enfermería. Tendiéronle en la cama... Viendo que corría la sangre por distintas partes de su cuerpo, palpaban los médicos aquí y allí para reconocer los sitios lesionados; y cuando empezaban a desabotonarle levita y chaleco, un marinero atrevido tiró de navaja, y cortando de cuatro tajos la ropa, facilitó la operación de apartar las telas y descubrir el cuerpo herido.

Al punto procedieron los facultativos a contener la hemorragia... En aquel punto llegaron a la enfermería vivas exclamaciones de la gente de batería y cubierta. Había volado la torre blindada de los peruanos, con terrible estruendo y espantoso escupitazo de humo, que por largo rato impidió distinguir los efectos de la explosión. Fue que una granada española penetró en aquel recinto, incendiando las grandes masas de pólvora allí depositadas. Al disiparse el humo, se advirtió que la torre estaba hundida, y en completa inutilidad sus terribles cañones. Luego se supo que habían perecido los defensores de la torre, y con ellos el popular Gálvez, ministro de la Guerra, el coronel Zabala, hermano de nuestro general del mismo nombre, y otros militares de graduación. Cada una de las tres fragatas que contra la torre disparaban se atribuía la gloria de haber mandado proyectil que tan tremendo daño causó al enemigo; pero Topete, que era el más próximo a tierra, sostenía su derecho con razones que difícilmente podían ser debatidas. Cuando voló la torre blindada, los cronómetros marcaban las doce y diez minutos.

XXV

Al poco tiempo de estar don Casto vendado y quieto la enfermería, recobró todo el esplendor de sus facultades. Quieto estaba, pero no tranquilo. Llamó al Oficial de la tercera división de la batería. «¿Qué hay, Garralda? ¿Cómo va el fuego?»

—Muy bien, mi general. La torre de *La Merced* ha volado. Ya no hacen fuego más que cuatro o cinco cañones en *Santa Rosa*.

—Ánimo, hijos míos. No desmayar. Yo estoy bien... Esto no es nada. ¡Volada la torre! Es más de lo que podemos desear... ¿De cuál de los tres barcos sería la granada que causó ese desastre al enemigo?... Difícil será saberlo... Pero yo juraría que la mandó ese diablo de Topete...

Díjole después Garralda que la *Almansa* había inutilizado el cañón *Blakely* montado en el muelle. Luego preguntó Méndez Núñez si había vuelto la lancha de vapor que, al mando de Lazaga, corría las órdenes de un punto a otro. Poco antes de caer herido, el general había ordenado que se le llevasen informes seguros de lo ocurrido en la *Villa de Madrid*. Antes de que se retirase Garralda entró Lazaga, que así dio cuenta de su comisión: «Pocos disparos había hecho la fragata contra la batería del Norte, cuando recibió por el costado de babor una granada *Armstrong*, que al estallar dentro de la batería mató trece hombres; veintidós quedaron heridos por la metralla y cascos que despidió el proyectil en su explosión. No paró aquí el desastre, porque la misma granada, al chocar en el cabrestante, lanzó un molinete, que fue a parar a la caja de calderas, destrozando el tubo conductor del vapor. Esta avería no es grave; pero se necesita tiempo para repararla. En todo el día de hoy la *Villa* estará privada de movimiento. La he dejado fondeada en la isla. Cuando me retiré, don Claudio, poseído de furor, no paraba de maldecir su suerte.»

—Ha quedado sola la *Berenguela* frente a las baterías del Norte —dijo Méndez Núñez desobedeciendo al médico, que le recomendaba tranquilidad—. Corra usted a la *Almansa*, y dígale a Barcáiztegui que inmediatamente vaya en apoyo de Pezuela.

Salió Lazaga más pronto que la vista... Continuaba el cañoneo, y su fragor indecible retumbaba de un modo pavoroso en el hospital de sangre. El techo de este era por la cara superior suelo de la batería. El estruendo de los disparos, las pisadas de los que servían las piezas, los gritos de los oficiales que mandaban las cuatro divisiones, los alaridos y voces de guerra de tantos hombres iracundos, sonaban dentro de las cabezas de los infelices que allí yacían malparados. La batería era el Infierno, y la enfermería su catacumba, encierro de los condenados a la duda de vivir o morir. En el fondo del lúgubre sollado, a proa, se distinguía, entre faroles, la figura triste del Capellán con sotana y roquete, dispuesto para dar los Santos Óleos a quien los hubiese menester. A su lado, como acólito, estaba Binondo de rodillas, esperando, quizás deseando entrar en funciones.

El amigo Ansúrez tenía su puesto en el más profundo sollado, rigiendo a los que conducían la pólvora y municiones desde los pañoles a la batería. Hallábase, pues, debajo del agua, en un punto en que no podía ver el espectáculo del combate, y solo lo apreciaba por el ruido. A cada instante creía que el cielo se desgajaba sobre la tierra y el mar, o que las profundidades del barco eran el interior de un volcán. A ratos trepaba por la escala llegando hasta la enfermería, y echaba un vistazo a los heridos, deteniéndose con singular lástima y atención en el general, que fue de los primeros en quedar fuera de combate. Y era, sin duda, el herido de más consideración. Los demás no eran muchos ni graves. Ningún proyectil había hasta entonces entrado por las portas: todos habían perdido su fuerza en la coraza.

Pero llegó al fin, cuando Dios quiso, una granada *Armstrong*, que habría causado inmenso daño, quizás la inmersión violenta de la fragata, si no la protegiera la robusta armadura que llevaba sobre sus lomos. Eran las dos y media de la tarde, cuando un topetazo monstruoso hizo retemblar la embarcación, como si fuera de hojalata. Ansúrez, que en aquel momento bajaba al tercer sollado, sintió el golpe por estribor, en un punto a su parecer correspondiente a la línea de flotación, debajo de la batería, entre la cuarta y quinta porta contando desde popa. Al punto creyó que su fragata se rompía en mil pedazos, y que todos bajarían sin pérdida de tiempo a los profundos abismos... Sacristá, que se hallaba en el tercer sollado, fue el primero en determinar el sitio del tremendo choque, y como los duelistas de esgrima gritó: «¡Tocado!» Fácilmente se apreciaba por dentro la caricia de proyectil. La cuaderna presentaba una sensible alteración de su curva; un tornillo de los que sujetan el blindaje había horadado la plancha, abriendo una vía de agua de escasa importancia. Acudieron los oficiales de mar a reparar el desperfecto y restañar el agua, que poquito a poco se colaba dentro. Para ello emplearon cemento y ladrillos, que son la cura quirúrgica que en estos casos se emplea, añadiendo limadura de hierro para mayor eficacia. El emplasto quedó hecho en poco tiempo, y la *Numancia*, que apenas sentía el escozor de la herida, gracias al peto y espaldar de su armadura, invocó a Nuestra Señora del Carmen y siguió tan fresca disparando balas, granadas y demonios coronados contra *Santa Rosa*.

«Gracias a la Virgen de Carmen —dijo Sacristá—, esto no ha sido nada.»

—La Santísima Señora —observó Ansúrez— ha sido la salvación del barco, poniéndose a nuestro lado en forma y sustancia de blindaje. Bendita sea la Virgen y los que inventaron estas vestiduras de hierro.

Subió Ansúrez, llamado por el general, a informarle de la reparación de la avería, y antes de que concluyese, llegó por segunda vez Lazaga con la noticia del casi milagroso caso de la *Berenguela*, que fue de este modo: «Sola frente a las baterías del Norte, después de la retirada de la *Villa*, siguió cañoneando la veterana *Berenguela*, y logró inutilizar los cañones *Armstrong* de la torre blindada. Pero luego le tocó una china de las gordas, un proyectil *Blakely*, que entró por la porta como en su casa, destrozó a muchos hombres, y corriendo en dirección oblicua, fue a salir por el costado opuesto debajo del agua. Al salir se llevó una tabla, abriendo brecha enorme, por la cual se precipitó una cascada que en minutos habría inundado el barco, si la Providencia y la tripulación no acudieran con prontitud al único remedio posible en tales casos. Antes de que se les diera la orden, los marineros llevaron los cañones a brazo... ¡a brazo, parece mentira!, de la banda de babor a la de estribor, para escorar la embarcación, sacando así del agua la brecha... Y estando en esta faena, entró en el sollado otra bomba que al reventar hirió a mucha gente y pegó fuego a las carboneras... La enfermería, llena de víctimas, se vio asaltada del agua y del fuego... los pobres heridos gritaban con espanto entre los dos horrores: morir ahogados o morir quemados... Por momentos estuvo la fragata a dos dedos de irse a pique... Gracias a la rapidez con que los cañones pasaron de un costado a otro, se salvaron el barco y sus hombres de una muerte segura. Escorada se retiró de la acción, y apagó con el trajín de bombas su propio fuego. Fondeada y segura está ya en la isla, tapándose el boquete con lonas hasta encontrar maderas para echarse unas buenas tapas y medias suelas. Las bajas son muchas: no he visto propiamente muertos, pero sí hombres muriéndose.»

—Esto va bien, hijo mío —dijo don Casto estrechando la mano de su subalterno—. Yo me encuentro regular. Me pone nervioso el verme preso en este camastro... Pero estoy contento... Adiós, hijo; vamos bien...

Las ironías de la guerra revoloteaban como avecillas negras y doradas en torno al lecho del general. Con su canto seductor infundían alegría en el relato de los hechos luctuosos, y matizaban de gloria la cruel muerte y los sufrimientos humanos. Quedó solo el general con Pastor y Landero, que le dio cuenta de cuanto arriba, en el Estado mayor, ocurría. Lobo y Antequera permanecían en el castillo de popa con los tenientes de Navío Lahera y Basáñez. Alonso mandaba la batería; Barreda continuaba en funciones de Segundo; Pardo Figueroa estaba en cubierta. Las cuatro divisiones de batería seguían a las órdenes de los Alféreces de Navío Liaño, Garralda, Silva y Armero, con los Guardias marinas. Todo el personal se encontraba ileso. Íbamos bien, muy bien. Entró después Lahera, y con él el ingeniero don Eduardo Iriondo; ambos ponderaron las condiciones inmejorables de la fragata. Era un barco invencible; el combate, aún no concluido, daba la mejor prueba de la eficacia del blindaje. Con otras dos *Numancias* sobre la que teníamos, la destrucción de las defensas de Callao habría sido obra de minutos... Los barcos de madera ya no podían entrar en fuego con fortificaciones modernas, sin llevar dentro de sus tablas mayor grado de heroísmo del que debe exigirse a le hombres de guerra: eran héroes de vocación y mártires a sabiendas. No debemos ir desabrigados contra el frío, ni desnudos contra el fuego. La realidad nos demostraba que sin una escuadra compuesta totalmente de *Numancias*, no iríamos a ninguna parte. Las consideraciones y las ideas técnicas no podían seguir adelante, que era ocasión de aplicar todo el entendimiento al empirismo inmediato. Lahera trajo al general la noticia de que la *Blanca* se retiraba por habérsele acabado las municiones. Topete estaba herido, no de gravedad... De la *Almansa* se tenían noticias ciertas. En su batería reventó una granada, matando trece hombres. El Guardia marina Rull quedó hecho pedazos, y al instante le sustituyó otro Guardia marina, Hediger, que antes sirvió en la *Villa de Madrid* y en la *Numancia*. Al estrago de la explosión siguió el incendio de la pólvora de los guarda-cartuchos; los que conducían las cajas quedaron abrasados; el fuego se extendió rápidamente hasta el antepañol de la *Santa Bárbara*... El fuego no se apaga sino con agua... Urgía inundar el sollado, abriendo los grifos... Prodújose entonces una terrible situación dramática. ¿Qué era preferible? ¿El peligro evidente de volar, o el desaire de suspender la lucha? Esta duda fatídica inspiró al animoso Barcáiztegui una frase que había de ser célebre: *Hoy no mojo la pólvora...* Así fue: retirose la fragata; fue extinguido el incendio sin mojar la pólvora, y antes de media hora ya estaba otra vez frente a las baterías del Norte vomitando contra ellas todo su coraje.

Las cuatro y media marcaban los cronómetros, cuando ya solo tres cañones peruanos tenían voz y balas. La noche estaba próxima. Enterado de todo, Méndez Núñez dijo a Lahera y a Pastor: «Mi opinión es que se dé por concluido el combate.» Poco después, Lobo mandó hacer la señal de que cesara el fuego. Subió a las jarcias la marinería, y dio tres vivas a la reina, que fueron el último aliento del furioso Marte en aquel terrible día. Los barcos españoles se retiraron tranquilamente al fondeadero de San Lorenzo.

Durante la corta travesía de la *Numancia*, Méndez Núñez fue llevado de la enfermería a su cámara, donde el mayor general le dio cuenta del resultado total de la acción. Ambos lo conceptuaron lisonjero, pues solo el hecho de no haber perdido ningún barco significaba una indudable victoria. Declaró Lobo que los peruanos se habían conducido con bravura y tesón. Calculaba que sus bajas habían de ser superiores a las nuestras, y solo con la torre de la *Merced* tenían para llorar un rato y para hacer cuenta larga de desdichas. Pero a pesar de esto, no podían negar que en el duelo de aquel día todas las ventajas fueron suyas, y nuestras las mayores desventajas. Combatían en tierra, alentados por la opinión próxima, en un ambiente de entusiasmo, con todo un pueblo por reserva. Sus artilleros podían hacer buena puntería. Los combatientes tenían retirada segura hasta los Andes, y aun más allá. En cambio, los barcos españoles no veían más retirada que la mar, sin recursos de vida, sin medios de reparación para los hombres extenuados y los buques maltrechos, faltos de todo.

Mientras navegaban hacia la isla, Ansúrez no apartaba sus ojos de la plaza y sus baterías, en las cuales era visible el estrago causado por las balas de los españoles. Con inmensa piedad miró hacia tierra, como si entre los muros rotos y entre las ruinas humeantes viese despojos de seres amados, o algún ser vivo ligado a él con vínculos estrechos. Como estaba el hombre con los codos apoyados en la batayola y el rostro vuelto hacia la tierra, que a cada instante se alejaba más por la neblina y la distancia, nadie pudo ver las lágrimas que resbalaban por sus curtidas mejillas. Lloraba de remordimiento de haber cañoneado a los suyos, a su hija, a su nieto, a los demás de la familia, que también se habían hecho suyos. ¿Quién le aseguraba que alguno de ellos, tal vez la propia Mara, hallándose por casualidad o de intento en el Callao, no había sido cogido por las balas que mandó con tanto furor la *Almansa* contra las casas del pueblo?... Y sobre todo, Señor, ¿quién había inventado aquella maldita guerra, y quién dispuso las cosas de modo que él no pudiese odiar al Perú, ni tenerlo por enemigo? ¿A qué venía tanta furia contra el pobre Perú, delicioso país sin duda, por el hecho de estar en él la hermosa Mara?...

Momentos después de estas tristezas y reflexiones, vio a Fenelón, que de la máquina salía jadeante, pintado el rostro de grasienta negrura. Había

153

hecho servicio durante todo el combate... Más fatigado de la suciedad que del trabajo, buscaba un cubo de agua con que baldearse y recobrar su ser ordinariamente limpio. «¿Qué cuentas, Fenelón? —le dijo el celtíbero—. ¿Qué opinas tú de esto?»

«Que por una parte y otra, todo ha sido una función de... Romanticismo... ¿Consecuencias, dices? Ninguna, como no sea esta: que se retrasará un cuarto de siglo, lo menos, la reconciliación de España con las que fueron sus colonias. El combate de hoy ha sido, *por ejemplo*, el acto final de una guerra en verso... No pongas esa cara de asombro. Acá nos han mandado para que cantemos una oda en el Pacífico. Los americanos han respondido con otra canción... *y he aquí todo...* Ahora España envaina sus versos, y se va por esos mares a la casa paterna, donde también habrá, cuando lleguemos, poesía a todo pasto.» Dicho esto, el francés dio con un cubo de agua, y requiriendo un pedazo de jabón, empezó a fregotearse con furor de limpieza.

XXVI

No cesaba el cuitado Ansúrez de voltear en su mente la idea sugerida por Fenelón de que toda la guerra y el combate final eran cosa romántica, como la fuga de Mara con Belisario, como el trasplante al Perú de la prenda de su corazón, y como la fabulosa riqueza y felicidad indudable de la niña en América. Hay, sin duda, romanticismo público y nacional, como lo hay privado y doméstico. Las naciones hacen versos lo mismo que esos vagos que llaman poetas... En la siguiente mañana, las obligaciones de su cargo le llevaron a un acto tristísimo, por su propia tristeza y desolación empapado en idealidad romántica. Encargado del transporte de muertos a la isla de San Lorenzo, donde se les daría cristiana sepultura, salió Diego de la *Numancia* en la lancha vapora, y fue de barco en barco recogiendo los botes en que ya estaban depositados los cadáveres, y dándoles remolque hasta el desembarcadero.

La solemnidad de dar tierra a las cuarenta y tres víctimas del combate del Callao, dejó en el alma del contramaestre una impresión angustiosa. Desde el amanecer ya estaban en tierra unos veinte hombres cavando las sepulturas de sus compañeros. A los dos guardias marinas, Godínez, muerto en la *Villa de Madrid*, y Rull, en la *Almansa*, se les enterró envueltos en la bandera nacional. Los cabos de cañón, condestables y marineros, fueron al hoyo con la misma vestidura, pero ideal, porque para tantos no había banderas. Asistían a la ceremonia un Oficial y un Guardia marina de cada barco, y presidía el Segundo accidental de la *Numancia*, teniente de Navío don Emilio Barreda. Los capellanes de todas las fragatas, arrimados a las sepulturas, daban al viento el tristísimo latín de los responsos, más fúnebre cuanto menos entendido. José Binondo, que fue de los primeros en la cava de los hoyos, y en el apañar y soterrar a los pobres difuntos, se multiplicaba como si le nacieran muchos brazos para las operaciones mecánicas y bocas muchas para los rezos en castellano y latín macarrónico que a cada muerto dedicaba. Para rematar dignamente el acto religioso, se puso en mitad del terreno de las sepulturas una cruz de madera pintada de negro, que a toda prisa carpinteó un calafate de la *Numancia*. Ansúrez había la llevado en la vapora. Binondo ayudó a clavarla en tierra, afirmando su base con pedruscos.

«Yo te aseguro —dijo a su amigo mientras le ayudaba en la colocación de piedras— que al llorar a nuestros queridos compañeros difuntos, debemos también envidiarlos, porque ellos están ya gozando de Dios, y nosotros aquí quedamos como pobres desterrados, navegando y muriendo, sin morir... Porque ya ves; nuestra vida no es vida, sino más bien muerte, y nuestro comer es ayunar, y nuestras alegrías penas y quebrantos. ¿No valdría más que nos echaran al agua de una vez para que, ya que nosotros no comemos, comieran los pobres peces?... Dios cuida, ya lo sabes, de dar su diario sustento al pajarillo y también al pececillo... y quien dice pececillos, dice ballenas, tiburones y tintoreras... En verdad te digo que debemos envidiar a los muertos, porque, al morir por la bandera, quedaron absueltos de sus culpas, y en la gloria están todos ya, salvo algún renegado a quien echen cuarentena en el lazareto del Purgatorio.»

—Si ellos están absueltos y mondos de pecados —dijo Ansúrez—, también nosotros, que sobre lo ya sufrido tenemos lo que aún nos espera en estos malditos mares. Tierra firme paréceme a mí que ya no pisaremos. Y viviendo en el mar, trashijados de hambre, nuestros víveres son las ilusiones y nuestra bebida la poesía, que más emborracha que alimenta.

—Verdad. ¿Pero qué te importa si así eres feliz? Has llegado a creerte que tu hija vive, cuando está más muerta que mi abuela; crees también que nada en plata y oro, cuando ya no puede nadar en cosa alguna, como no sea en la divina misericordia... En verdad te digo que no te salvarás si no te haces amigo de la muerte. Aquí me tienes a mí deseando siempre que me llegue la hora... Vivo muriendo... O como dijo la otra, muero porque no muero.

—Déjame en paz, farsante, y guárdate tus sermones —replicó Diego cogiéndole por el pescuezo—, que entre poesía y poesía, prefiero yo la que me alegra el alma... Y dime ahora: ¿todavía rezarás a Santa Rosa, que nos estuvo abrasando con los cañones de su batería, hasta que Topete y la Virgen del Carmen le metieron en la torre una granada?

—Yo le rezo a la Santa, pero con reservas. Rosa se llamó en el mundo mi querida hija... Yo les rezo a las dos Rosas, y hago mi separación de cañonazos y santidad. A este lado la guerra, al otro las ganas que tengo de salvarme. Nada tiene que ver el Credo con las témporas... Si la Virgen del Carmen mira por los españoles y Santa Rosa por los peruanos, allá ellas. Yo, Pepe Binondo, me pongo todo en mi alma, y al cuerpo mío, que es témpora, le doy un puntapié y le digo: «Muérete, cuerpo asqueroso. Cómante peces o meriéndente gusanos, lo mismo me da. ¡Viva mi alma, y *amén*!»

—Buen tuno estás tú... Acaba pronto y vámonos a bordo —le dijo Ansúrez tirando de él. Embarcados en la lancha vapora, siguieron charlando. Binondo no soltaba el hilo de sus estrafalarias teologías; pero Ansúrez le llevó a un tema más positivo, anunciándole que si se concertaba un armisticio con el Perú, podrían los españoles hacer provisión de comida fresca y abundante; a lo que respondió el malayo, con verdoso fulgor en su mirada de santo budista: «Buena falta hace... En verdad te digo que el comer es necesario hasta para la devoción, pues un estómago vacío trastorna el entendimiento, y si la cabeza no gobierna como es debido, puede uno llegar encandilado a la muerte, y no ver la puerta de la salvación.»

Para que no tuvieran aquellos infelices ni un momento de descanso, las reparaciones de los barcos descalabrados en el combate les ocupaba día y noche, sin desatender el trajín de aprovisionamiento de carbón y víveres. Por ser la comida escasa y mala, el repartirla daba mucho que hacer. Lo menos malo era para los heridos, que no bajaban de ochenta, con añadidura de sesenta y tantos contusos. En uno de los barcos del convoy, llamado *Mataura*, tuvo Ansúrez el gozo de encontrar a su amigo Mendaro. Las desdichas por ambos sufridas les desbordaron en una conversación calurosa, interminable, sobre lo divino y lo humano, sobre lo privado y lo público. Refirió Mendaro que sus parroquianos habían dado en llamarle espía, y su misma esposa, Josefa, le quemaba la sangre a toda hora, hablando pestes de la reina doña Isabel. Por más que él guardaba la mayor compostura, y no se permitía públicamente decir palabra que sonase mal en oídos peruanos, a cada paso le injuriaban, azuzándole con dicterios soeces. Antes de que le expulsaran se expulsó él a sí mismo, con propósito de regresar a su casa en cuanto los barcos españoles volvieran la espalda, dígase las popas. El hervor del patriotismo peruano pasaría pronto, que en aquella tierra, como en España, no había constancia en el odio, lo que es signo de buen natural.

De estos y otros temas particulares pasaron Mendaro y Diego a los de interés colectivo: se habló largamente del combate del día 2, del coraje y valentía que unos y otros desplegaron, de la catástrofe en la torre de la *Merced*, del brío y agilidad de las fragatas, terminando en consideraciones y barruntos de lo que sobrevendría. ¿Duraría más tiempo la guerra o se hallaba ya en su conclusión y finiquito? Esto era lo más probable y la opinión corriente en la Escuadra, donde todos sentían la imposibilidad de mayor resistencia. La comida escaseaba y era de la peor calidad. ¿A dónde irían en busca de víveres frescos? Dijo a esto Mendaro que en el tiempo que llevaba en el convoy su constante pensamiento era comer algo más nutritivo y grato; dormía mal, con ensueños de oler y gustar un buen *sancochado* y un platito de *serviche*, que es pescado crudo con zumo de limón.

«Pues yo —dijo Ansúrez— sueño que estoy en Cartagena, comiendo pimientos y *aladroque*, y al despertar paréceme que conservo en la boca el gusto de aquellos comistrajes tan sabrosos... Yo creo que la guerra se ha concluido, y que vendrán pronto las paces.»

Opinó Mendaro que la paz no podían hacerla los españoles allí presentes, sino otros que mandaría después el Gobierno con más papeles que cañones... A este propósito, repitieron lo que en la Escuadra se daba como hecho corriente, divulgado de boca en boca. En sociedad tan estrecha y cordialmente unida como las tripulaciones de los barcos, no había nada secreto, y las disposiciones del Gobierno de Madrid, apenas llegaban al Pacífico, eran conocidas y comentadas en la España flotante y en su vecindario de tres mil almas, algo mermado ya por las bajas de la guerra. El hecho que debe ser puesto aquí, como guión de los que marcan el paso de la Historia, fue el siguiente: Nuestro Gobierno de entonces, ni más cauto ni más animoso que los que le precedieron y después le heredaron, se sintió de súbito aterrado de la prolongación dispendiosa de la campaña del Pacífico. Quizás vio, tarde ya, la locura de haberla emprendido por un impulso de pueril fiereza, cediendo a los estímulos de la moda imperialista (segundo Imperio francés) que a la sazón reinaba, moda que imponía con los miriñaques otras cosas vanas, como la hinchazón de guerras sin sentido común, para deslumbrar y dominar más fácilmente a los pueblos. Conocidos el error y la tontería, no vio el Gobierno más camino de arreglarlo que decretar la terminación de la campaña; y al efecto, mandó al Pacífico al señor Álvarez de Toledo, Alférez de Navío, con pliegos para Méndez Núñez, ordenándole el *inmediato regreso* de la Escuadra.

Defectuoso y precipitado era este modo de concluir, como fue impensado y calaveresco el modo de empezar. El Enviado español tomó el camino más corto, que era el de Panamá, y en el Callao apareció el 1.º de mayo, cuando ya la Escuadra española estaba haciendo puntería, como si dijéramos, contra las defensas de la plaza. Y véase aquí cómo procede un caudillo valiente que tiene en su mano la bandera de su país y el honor de las armas. Méndez Núñez leyó el papel, y devolviéndolo al mensajero le dijo: «Mañana 2 bombardeo al Callao. Usted no ha llegado todavía; llegará pasado mañana, y en cuanto me comunique la orden del Gobierno, me apresuraré a obedecerla.» Así se hizo. ¡Honor a los hombres que, en circunstancias tan solemnes y críticas, saben desobedecer obedeciendo!

XXVII

De este suceso, del grande ánimo de general y de su heroica marrullería, hablaron los dos amigos extensamente, tratando luego de los medios de proporcionarse algún alimento de mediana calidad y frescura. Pero la requisa escrupulosa que hicieron de despensa en despensa no dio resultado alguno. Separáronse, y cada cual fue a entretener y amodorrar su hambre con las obligaciones. Ansúrez se aplicó a la faena de la reparación de averías en los barcos de madera.

En la agitación de estos trabajos les sorprendió la noche del 5, que fue de gran alarma y ansiedad, porque vieron confirmado el temor de que les atacaran con torpedos u otros aparatos infernales y traicioneros. Gracias a la vigilancia con que a estos riesgos atendían, pues aquella pobre gente no descansaba en las noches claras ni en las oscuras, pudieron librarse de una catástrofe. La *Berenguela* fue la primera en anunciar con cañonazos el peligro. A favor de las tinieblas se aproximaba un remolcador conduciendo una barcaza en que venía el torpedo, diabólico artefacto lleno de fulminante, que por medio de un sutil mecanismo, al chocar con un cuerpo duro se inflamaba y hacía terrible explosión, pudiendo así destruir la nave más poderosa. La Providencia, que a los españoles favorecía en aquellos angustiosos días de trabajar duro y apenas comer, deshizo el plan siniestro de los que habían armado el bárbaro artificio. Una bala de la *Berenguela* rompió la palanca que debía transmitir al depósito de explosivos los efectos del choque, y el torpedo quedó ineficaz. A la mañana siguiente pudieron desmontarlo con minuciosas precauciones, y salieron al fin ganando, porque el vaporcito que traía la muerte quedó con vida incorporado a la Escuadra. ¡Lástima que en vez de enviar vaporcitos portadores de fulminante, no los mandaran cargados de jamones, pavos, manteca fresca y demás pólvoras alimenticias!

Deseaban Sacristá y Ansúrez visitar al general para felicitarle por su mejoría y recibir sus órdenes, y antes de que pusieran en ejecución este noble pensamiento, Méndez Núñez les mandó llamar. Ello debió de ser el 7 o el 8 de mayo. Halláronle levantado, el brazo en cabestrillo, pálido y decaído de fuerzas físicas, ya que no de ánimos. Con su bondad ingénita, que en el trato de los inferiores generosamente se mostraba, les recomendó que se previnieran para un viaje larguísimo y tal vez de contingencias desfavorables. «Al retirarnos de estas aguas —les dijo—, no podemos seguir juntos... Yo me voy en la *Villa de Madrid*, con la *Blanca, Resolución* y *Almansa*, a Río Janeiro; vosotros, con la *Berenguela*, emprenderéis la derrota de Filipinas, para seguir luego hasta España por el Cabo de Buena Esperanza. Ya veis: ocasión se os presenta de mostrar otra vez que sois excelentes marineros. Lo que hicisteis para ayudarme a traer acá esta fragata, repetidlo ahora... No me arriesgo a llevar la *Numancia* conmigo, porque ha de ser muy difícil embocar en esta estación la entrada occidental del Estrecho. Hemos de ir por el Cabo de

Hornos y a la vela. ¿Quién nos dará carbón de aquí a Montevideo? Vosotros llevaréis mejor camino, y antes de llegar a Filipinas haréis escala en alguna isla de Archipiélago de la *Sociedad*... Menester será emplear la vela el mayor tiempo posible, porque no llevaréis carbón más que para algunos días. Viento de popa y corriente favorable tendréis al salir de aquí; navegaréis con rumbo Sudoeste hasta los 17 grados; luego, al Oeste: la corriente os ayudará a llegar a las islas. Ocupaos hoy mismo en guindar todo el aparejo, asegurando los estáis y poniendo al corriente todo el juego de brazas de los tres palos, que si os cogen calmas, habréis de largar todo el trapo y las arrastraderas. Repasad bien el velamen, y si hay que hacer reparación en las gavias, no os descuidéis: lona tenéis de sobra... Me figuro que habréis de dar algunas puntadas en las mayores y en los foques, que bastante trabajaron para traernos acá... Y nada más os digo, porque os conozco, y sé que sabéis cumplir con vuestro deber... Deseo que podamos volver a vernos allá. Ello no es fácil, porque como de esta hecha hemos quedado todos, cuál más cuál menos, bastante estropeaditos, y heridos del corazón tanto como de los remos, no será extraño que algunos vayan cayendo al agua por el camino. Sea lo que Dios quiera. Amigos, hasta Cádiz... O hasta el Valle de Josafat.»

Con emoción y gratitud salieron de la cámara del general los dos contramaestres. La llaneza bondadosa de don Casto les afianzaba en el cariño que por él sentían, y era el mejor estímulo para el cumplimiento de cuanto les mandaba. Sin perder tiempo se consagraron a guindar toda la arboladura, y a disponer el velamen, que pronto había de ser entregado a las caricias del viento. Después de trabajar como negros en estas operaciones, cayó el buen Ansúrez en hondas melancolías. La idea de abandonar las aguas peruanas sin poder saltar a tierra, le abrumaba. ¿Qué razón había para que el general no hiciese paz honrosa con el Perú, echando pelillos a la mar, sin pensar más que en la reconciliación de dos pueblos hermanos? ¡Ajo! ¿Para cuándo dejaban el tierno abrazo de americanos y españoles? Retirarse a España dejando las cosas como estaban, era una mala partida, un pastel indecente... ¡una traición, con cien mil pares de ajos! No había consuelo para el infeliz padre cuando pensaba que tenía que volverse a Europa dando al mundo la vuelta grande sin ver a su hija y abrazarla. ¡Ni siquiera le permitía Dios el mezquino placer de comunicarse con ella, de recibir cuatro renglones trazaditos en un papel por su linda mano! ¿Qué crímenes había él cometido para estar condenado a dar vueltas alrededor del globo sin ninguna pausa ni alivio de su inmenso pesar? Esto era horrible, Señor; esto traspasaba los límites del dolor humano. Mejor que esto era el Infierno; mejor el Limbo, con su privación eterna de bienes y males.

Para mayor tortura del pobre celtíbero, hasta la consoladora visión del niño Carmelo había desaparecido. Por más que se esforzaba en traer a su imaginación la angelical persona del nietecillo, no podía disfrutar de aquel consuelo. La imagen alada y sutil se escapaba, se escabullía, perdiéndose en los espacios más remotos del ensueño. «¡Señor, Virgen de Carmen —decía clavándose los dedos en el cráneo—, si será todo mentira!... ¡si me habrá engañado el maldito francés y los que declararon que mi hija estaba en Jauja, en el Cuzco, en Arequipa, o en las Batuecas de los Andes! ¿Serán también una farsa los versos con que quisieron darme fe del alumbramiento de la niña? ¡Ajos!, no me falta más sino que tenga razón ese puerco mojigato de Binondo, que me asegura la muerte de Mara y su viaje al otro mundo para no volver de él. Sáqueme Dios de estas dudas, o me entregaré a los demonios para que me cojan, me zarandeen, y me zambullan en sus calderas de plomo derretido.»

En esta consternación y turbulencia de su espíritu estaba el hombre sin ventura, cuando llegose a él Mendaro, que a despedirse iba. Llorando a moco y baba se echó Ansúrez en brazos de su amigo, y le dijo: «Pepe de mi alma, por lo que más quieras; por tu mujer guapetona, que perece una reina, por el príncipe tu hijo, ten compasión de este padre desgraciado, y en cuanto vuelvas a tu casa, busca el medio de ponerte al habla con Mara o con su familia; revuelve a Lima, a Jauja y al piñatero Cuzco hasta dar con ella. Si para esto necesitas gastar algún dinero, aquí tienes todo el que guardo de mis pagas... No dudo que me harás este favor, hijo: yo te lo agradeceré mientras viva... Y si logras ver a esa ingrata, cuéntale mis amarguras, y hazle ver lo que he penado por ella, y lo que aún me falta, ¡ajo!, que es mucho dolor este de volver a España por la vuelta de Filipinas y el Cabo de Buena Esperanza sin ver a mi hija, sabiendo que está en el Perú... No sé, no sé cómo consiente Dios este desavío tan grande... ¡Y para esto ha hecho el hemisferio Sur y el hemisferio Norte, y los caminos de la mar! Navegue usted nueve mil millas, fondee delante del Perú, y resígnese a navegar ahora veinte mil millas sin ver logrado un deseo tan natural y tan santo como es el abrazar un padre a su hija... Yo le digo a Binondo que no hay Dios, y que si lo hay está trastornado de su eterno caletre... Y si no lo estuviera, ¿cómo había de permitir estas guerras estúpidas, que no son más que bambolla y quijotismo? ¿Qué ventajas nos da el sin fin de bombas y granadas que hemos tirado contra esos infelices?... Pero, en fin, no nos entretengamos, Pepe, que tú tienes prisa, y nosotros aguardamos la pitada que nos mande levar anclas. Toma las diecisiete cartas que en estos días escribí a mi ingrata: se las das todas para que se entretenga leyéndolas. En la última le digo que en cuanto lleguemos a Cádiz, me quedaré franco de servicio, y me vendré al Perú por Panamá, y veré a mi adorada, si es que vive... y a Dios le digo que si no me arregla el venir acá, y el encontrarla buena y sana, y el hacer mis paces con ella y con su familia, me volveré ateo... Ateo seré, como hay Dios; te lo juro... Con que ya sabes: en ti confío; guarda las cartas... De lo que averigües me escribirás a Filipinas, donde haremos escala... Y si recibiera carta de ella, me volvería loco, y se me quitaría el ateísmo... Adiós, hijo: a ti me encomiendo. Que te vaya bien. Ya suena el pito de Sacristá... A levar se ha dicho... Adiós, adiós.»

Prometió Mendaro cumplir con toda solicitud el encargo de su amigo, y resistiéndose a tomar el dinero que este le ofrecía, se abrazaron... «¡Adiós, América!» dijo el uno. Y el otro: «¡Adiós, España!...» Media hora después, la *Numancia*, andando a máquina, doblaba majestuosa la punta de San Lorenzo, y al entrar en el ancho mar tendía las alas de su velamen, abandonándose en brazos del viento suave y amoroso. Toda la Escuadra navegó en conserva el día 10 con rumbo SO., y a la puesta del Sol se separaron las dos divisiones. La despedida, con los silbatos de vapor y el sube y baja de banderas, fue patética, y dejó tristísima impresión en todas las almas. Pusieron las proas al Sur los que iban por el Cabo de Hornos, y la *Numancia*, *Berenguela* y *Vencedora*, con el *Marqués de la Victoria* y los mercantones *Uncle Sam* y la fragata *Mataura*, enmendaron su rumbo, poniéndolo al Oeste con cuarto al Sur.

El descanso de los tripulantes en aquella expedición era tedioso y lúgubre. Enfermos de excitación anímica y de rudos trabajos, ingresaban en vida de hospital, donde el malestar o las lesiones que cada uno llevaba salían a la superficie estimuladas por el reposo. Sobre todos los males imperaba el mal comer, contra el cual no había remedio mientras no llegasen a tierra de abundancia. Carne salada, tocino en mal estado y galleta mohosa, eran el alimento corriente para todos, altos y bajos. El hambre se juntaba con la inapetencia, y la repugnancia cortaba el paso al apetito. Y para colmo de desventuras, la carencia de tabaco llegó a ser absoluta. Hombres había que se dolían más del no fumar que del no comer. Llegó un día en que el mismo Binondo, almacenista en pequeña escala de hoja *virginia*, no suministraba ni una hebra. Hombres industriosos hubo, tan ávidos del vicio, que discurrieron fingir el tabaco con raspaduras de maderas dadas de sebo rancio. Las virutillas que así sacaban eran liadas en papel, como picadura, y venga chupar y escupir, engañando el gusto y rodeándose de humareda pestífera.

La tristeza era general: nadie cantaba ni reía. El aplanamiento físico y moral sobrevino con verdadera difusión epidémica. La pereza embotaba la voluntad: nadie trabajaba; fatigábanse algunos del menor esfuerzo, y todos caían en tétricas modorras. Para sacudir los cuerpos enmohecidos, se discurrió darles gazpacho dos veces al día, pues no faltaba vinagre a bordo; y para mover las almas, se ordenó que se pusieran en práctica todos los medios de regocijo. El que supiera cantar, que cantase, y lucieran sus habilidades los tañedores de guitarra, bandurria, flauta, o siquiera del güiro. Diose permiso para bailar y recitar romances y jácaras. Mientras los marineros organizaban un festival de zapateado, o de las danzas peruanas la *Zamacueca* y la *Zanguaraña*, que algunos sabían, los Guardias marinas repartían y ensayaban el socorrido *Puñal del godo*, para dar una representación solemne y pública en el Alcázar. Hasta se quiso incluir en el programa un número de prestidigitación y otro de volatines, que había en la Maestranza dos muchachos muy fuertes en estas divertidas profesiones.

De nada valían tales artificios para atraer la alegría cuando esta no se dejaba coger. Si por momentos resplandecía sobre algunas extravagancias, pronto se iba, difundiéndose en el aire calmoso. Lo que al barco llegaba y en él ponía su alojamiento era el escorbuto, el mal marinero que destruye las tripulaciones cansadas, mal comidas y agobiadas de tristeza en las grandes soledades oceánicas. En la *Berenguela* y *Vencedora* menudeaban los casos; en la *Numancia* empezaron las manifestaciones de mal a los tres días de salir de Callao. Los médicos vieron venir la terrible infección, y sin poder aplicar más que paliativos, suspiraban por llegar a cualquier isla donde hubiera limones. El primer atacado fue Desiderio García, que además tenía una herida de casco de metralla en el muslo, aún no cicatrizada; cayeron después un marinero vizcaíno, llamado Ansótegui, y dos fogoneros gaditanos. Empezaban con un recrudecimiento de la general tristeza, y con extremada flojedad, abatimiento y fatiga; seguía la hinchazón de encías, síntoma determinante del mal; luego la reapertura de las heridas, el que las tuviera, las manchas equimóticas que degeneran en úlceras, la emisión de sangre negruzca, la caída de los dientes, y, por fin, el marasmo, la muerte...

En el pobre Desiderio García, no ofrecieron gravedad los primeros síntomas escorbúticos; pero el recrudecimiento de las heridas trajo complicaciones alarmantes, y el enfermo se vio acometido por dos males que encarnizadamente se lo disputaban. Al mismo tiempo que aparecieron las *petequias*, forma incipiente de la equimosis, y la hinchazón de encías, se presentó una fiebre intensa, fatiga, dolores que indicaban graves alteraciones viscerales. En dos días cayo el infeliz en postración hondísima. Crueles hemorragias anunciaban su acabamiento; las encías tumefactas no le cabían en la boca; su respiración no era más que el ansia de respirar. Una tarde, entre dos síncopes, disfrutó de breve descanso, y pudo emitir sonidos, palabras y aun conceptos. Llamó a sus amigos, y una vez que los tuvo junto a su lecho, les cogió las manos, y con pausado acento les dijo: «Ansúrez, Sacristá, Binondo, quiero que sepáis que aquella sinfinidad y catálogo de millones de plata y oro que os conté, y el escondimiento del tesoro en una cueva de Copacavana, son mentiras y embaucaciones que no sé si saqué yo de mi cabeza, o me las asopló un diablo que quería perderme. Si creísteis aquellas trolas, descreedlas ahora, y decid que os engañé por estar yo engañado... Ya confesé al Capellán mi falsedad, y a vosotros ahora la confieso... Perdón les pido, y que recen por mi ánima.»

Alentáronle los amigos con frases cariñosas, y Binondo dijo que no siendo esta vida más que una ensoñación, soñar con tesoros es un barrunto y vislumbre de la gloria eterna. Media hora después, reconciliado por el Capellán y *con el práctico a bordo* para emprender su viaje a la Eternidad, tuvo otro momento lúcido, en el cual pidió el último favor a su amigo Ansúrez.

«Me pondrás en los pies —le dijo— dos balas del mayor calibre; en la cintura una parrilla, y en el pescuezo... Aquí... un par de lingotes, para que cuando me arrojéis, pueda yo irme derechito al fondo. ¿Sabes por qué te digo esto? Pues anda por aquí una tintorera que viene dando convoy a la fragata desde que montamos la punta de San Lorenzo. Tú la has visto, la han visto todos. Te aseguro que cuando yo la miraba desde la borda, la condenada no me quitaba los ojos... Con sus ojos me decía: "Te como, te como". Créelo: como hay Dios que nos viene siguiendo, porque sabe que me arrojaréis... Estos animales son muy listos, y todo lo entienden. Pero si tú haces lo que te pido, ponerme mucho hierro, mucho peso, yo me reiré de la tintorera, y a escape bajaré a lo profundo, diciéndole. "Fastídiate, tintorera. No me comes, no me comes".»

Al poco rato expiró, y fue en busca de los tesoros eternos. Era un buen hombre, de imaginación poemática... Sus amigos le lloraron; y para cumplir su última voluntad, Binondo cuidó de arrojarlo al agua con oraciones y hierros de extraordinaria pesadumbre.

XXVIII

El cabo de cañón Ansótegui y los dos fogoneros se sostenían en los medios de sufrimiento, con esperanza de mejorar en cuanto llegaran a un país bien surtido de limones y naranjas. Era el viaje de una lentitud desesperante, por lo apacible del viento y el poco tirar de la corriente. La *Numancia* con todo su aparejo al aire no daba más de cuatro o cinco millas por hora. Como arreciara el mal escorbútico en los otros barcos, se les dio orden de abandonar la navegación en conserva, adelantándose cada cual todo lo que pudiese. *Berenguela* y *Vencedora* y los transportes se perdieron de vista; quedó sola la blindada, arrastrándose como podía por las aguas quietas, con sus tripulantes medio muertos de inanición y de quietismo tedioso. Lentos, monorrítmicos, transcurrieron días de mayo, días de junio... El tiempo navegaba por las aguas dormidas de la laguna Estigia... Y los hombres, como atontadas moscas, caían del aburrimiento a la enfermedad, unos con síntomas de escorbuto, otros de fiebre maligna, no pocos atacados de mal desconocido, cuyo síntoma visible era la mortal tristeza. En la enfermería no cabían ya tantos hombres. Era un dolor verlos caer y humillarse a la pereza, y requerir el olvido de lo que fueron.

El mismo Sacristá, fuerte como un roble, sucumbió a un acerbo quebranto y dolor de sus cansados huesos; otros estaban como atacados de locura: padecían el terror del escorbuto, y apretaban los dientes creyendo que se les caían. Los fumadores sufrían el aplanamiento agudo de la privación de tabaco... Oficiales y Guardias marinas desaparecieron del servicio y vivían confinados en sus camarotes, pidiendo limonadas que no se les podían dar. Había pescadores maniáticos que se pasaban el día y la noche en la borda, echando al mar aparejos que no enganchaban bicho viviente. Maniáticos había de ver tierra, que en cada nube del horizonte señalaban montañas, volcanes, a veces casas con blancas torres y chapiteles que brillaban al Sol.

A mitad de junio no bajaba de ciento el número de hombres atacados de diferentes dolencias. El único que se conservaba fuerte, activo y hablador era Binondo: a todos quería consolar con ideas del galardón que reserva Dios a los justos, y a los *padecientes* y *llorantes* en esta cárcel de la vida terrenal. Aseguraba el malayo que él no necesitaba comer para sostenerse, y que su gran piedad y la fortaleza de su espíritu hacían las veces de alimento, dígase carne, pescado, y las demás materias nutritivas de que se forma nuestra sangre.

El 16 de junio, cuando el vigía de cofa señaló el monte de *Fatu-Hiva*, salieron todos a verlo, y aquel recreo de los ojos difundió en las almas una ráfaga de alegría... Aún distaban cuatro o cinco días de la isla de *Otaiti...* La esperanza levantó los corazones... Por fin, el 22 al anochecer vieron las luces de la ciudad de *Papeeté*, capital de la ínsula; mas desconociendo el puerto, siguieron por un ancho canal hasta la bahía de Toanoa, donde echaron el ancla. Un día más, y se encontraron frente a *Papeeté* rodeados de una felicidad y abundancia superiores a cuanto habían soñado los hambrientos, sedientos y maniáticos. ¿Era ilusión lo que veían? ¿Y aquellos botes y cayucos que rodeaban a la fragata, cargados de pan, de frutas, de tabaco, eran reales, o fantástica hechura de los cerebros enfermos? La hermosura del cielo, la tibieza de ambiente, la juvenil alegría que de todas partes emanaba, las voces de los indígenas ofreciendo alimentos tan apetitosos, habían trastornado a los sanos, y a los enfermos devolvían la razón, la confianza, el amor a la vida... Para mayor gozo, vieron fondeados, a pocas brazas de la ciudad, los demás buques de la segunda división. Participaban todos del delicioso descanso y festín riquísimo que Dios les enviaba en compensación de sus horribles trabajos y miserias. «¡Hosanna, loor eterno al Omnipotente!» clamaba el pío Binondo alzando al cielo las manos, cuando llegaron a cubierta las primeras cestas de naranjas y limones, subidas por los indígenas, que eran, dígase con histórica imparcialidad, los seres más amables de la creación, los más ágiles y risueños...

¡Oh incomparable país; oh civilización silvestre, rozagante y desnuda; oh tierra de bendición y de libertad, coronada de flores y ceñida de espumas! Tu suelo fecundo y tu temple benigno redimen a los hombres de la dura ley del trabajo. Aquí la espléndida vegetación, sin las artes de cultivo, ofrece al hombre cuanto necesita para su sustento; aquí la dulzura del clima le exime de la complicada cargazón de ropa, no imponiendo más que el preciso y elemental resguardo del pudor; aquí las costumbres son proyección fiel de las benignidades de Naturaleza; no existe ni el rigor de castas, ni el apartamiento receloso entre los sexos; la ley es suave, el matrimonio facilísimo, la religión alegre, la virtud generosa, la moral amable, la muerte un dulce tránsito... Tal pensaban y sentían los españoles ante la hermosura de *Papeeté*, capital de *Otaiti*.

Las primeras cargas de víveres fueron materialmente devoradas por la tripulación. Arrastrándose subieron algunos enfermos a cubierta; arrebataban las naranjas y limones, y se los comían con cáscara. A enfermos y sanos exhortaba Binondo a la moderación, y pegando bocados a un tierno pan, les decía: «Poco a poco, hermanos y amigos; refrenad el apetito de golosinas, que si dais demasiado al gusto, os quedará poco para la salud. Guardad templanza y observad comedimiento, que las hambres que habéis pasado no os dan licencia para entregaros a la gula, feísimo pecado.» Estas y otras frases, aprendidas en el libro de Sermones, iba soltando de grupo en grupo, sin perjuicio de tomar aquí y allí todo lo que le daban, plátanos, limones, guayabos y otras peregrinas frutas.

No escatimó el comandante en aquel día y los siguientes las licencias para bajar a tierra. Deseaba que su gente se esparciera y refocilara en aquel edén, buscando su salud en la libertad, el movimiento y la alegría. Su primer cuidado fue gestionar de las autoridades otaitana y francesa la cesión de un edificio amplio y ventilado donde colocar a los enfermos. Concedida para este fin una isla entera, se dispuso trasladar a tierra a los infelices que penaban en los oscuros sollados. Todo era bienandanzas en la venturosa isla que, rodeada de arrecifes de coral, ciñe su contorno de un cinturón de blanca espuma. Por esto fue llamada *La Cuna de Venus*.

Fondeada la *Numancia* muy cerca de tierra, en aguas quietas y cristalinas, creíanse los españoles transportados milagrosamente de la muerte a la vida, y del reino de las amarguras a la morada de todas las delicias. Iban y venían los botes, surcando aquel mar de juguete suizo, con agua, casitas, figurillas de movimiento y caja de música, y pisaron tierra en diferentes grupos oficiales y guardias marinas, cabos de mar, marineros, condestables, soldados... Lanzáronse a recorrer la ciudad y sus inmediaciones, apreciando cada cual según su criterio y cultura las maravillas naturales que contemplaban. Tiraron unos desde luego hacia el campo, atraídos por la opulencia de la vegetación, que a mayor altura que las chozas y edificios mostraba sus verdes cúpulas y cimeras ondeantes. Fueron a parar a un espeso bosque de naranjos y limoneros, silvestre, libre; se admiraron de pisar alfombra de azahares caídos, y de coger cuanto fruto quisieran con solo alargar la mano. No vieron señal ninguna de propiedad personal. Todo era de todos, del pueblo, que en la enramada frondosa tenía sus bien provistas despensas... El propio comunismo vieron y comprobaron en los espesos matorrales de guayabas, en las plataneras de luengas hojas... No había cercas, no daban el quién vive guardas adustos ni perros mordedores. Mujeres y chicos, vestidos de amplias y flotantes túnicas, andaban por aquellos vergeles cogiendo cuanto anhelaban, y ofreciéndolo a los extranjeros con risueña cortesía, para que ni la molestia tuvieran de cosechar lo que les pedía su necesidad y su gusto.

Adelante siguieron por alegres campos: vieron aldeas escondidas entre palmas de coco y otras especies vegetales rarísimas... Las casas de cañas con singular arte tejidas parecían jaulas o cestas. ¡Qué bien se viviría en aquellos aposentos cuyos frágiles muros tamizaban el aire, la luz y las miradas humanas! ¡Feliz *Otaiti*, que no conociendo la gazmoñería, también desconocía la indiscreción!

Andando incansables entre tantos motivos de regocijo y asombro, dieron vista a un río que por aquí saltaba gozoso entre peñas con sonoras risas y espumas, y por allá se remansaba en curvas perezosas hasta llegar a un punto en que parecía dormirse a la sombra de árboles corpulentos que sobre él tejían bóveda de ramaje. En aquel remanso vieron los españoles turba de mujeres que gozosas y picoteras se bañaban. Las que en la orilla se disponían al baño y natación no se vestían de verde lampazo, sino que habían soltado la vestidura, quedándose como vinieron al mundo. Escondidos miraron los curiosos este lindo espectáculo, y oyeron la algazara que unas con otras hacían. Las que salían de agua empleaban para secarse el procedimiento más primitivo, que era revolcarse en el verde césped, y dar al aire sus extremidades con vigorosas zapatetas y cabriolas. Llegó un momento en que las alegres mozas se percataron de que eran miradas por los extranjeros, y no hicieron aspavientos de susto ni chillaron con remilgado pudor. Cambió de tono su griterío y algazara, y abandonando las aguas transparentes, se vistieron con prisa; operación fácil y que solo consistía en encapillarse un ropón largo y holgón, única vestimenta de su constante uso, prenda única de su elegancia y adorno mujeril.

Sin secarse ni aliñar las sueltas cabelleras mojadas, corrieron en alegre bandada las morenitas nereidas, y tras ellas iban, con paso y ojeo de cazadores, los europeos. Las alcanzaron en un prado verde rodeado de arbustos, y allí, sin entender ni jota de la lengua que hablaban las ninfas, se metieron en franca conversación con ellas. Lo que no expresaban los idiomas desconocidos, decíanlo las risas, los gestos amables, las miradas alegres, y el tono general harto elocuente, mas no exento de cortesía. Algunas muchachas corrían con graciosa ligereza de piernas, y parándose de improviso, disparaban contra los españoles guayabos y naranjas, o los apedreaban con una frutilla menuda parecida a nuestras almendras; otras, admitiendo palique a media comprensión de vocablos, se dejaban abrazar. El idioma primitivo recobraba sus fueros. Luego que eran abrazadas, se escabullían brincando como gacelas, y a perderse iban en las enramadas circundantes de las casas de caña... Desde el interior de aquellas jaulas continuaban disparando contra sus perseguidores risotadas y voces incomprensibles, que ellos no sabían si eran burlas o amistoso reclamo... ¿Estaban en *Otaiti* o en el Paraíso terrenal?

Los grupos de españoles, que, en vez de tirar hacia el campo y el monte, tiraron hacia las calles de *Papeeté*, eran la gente ilustrada que iba en busca de las señales de civilización. No es menester decirlo: se divirtieron menos que los incultos y casi analfabetos que lanzándose tras de la Naturaleza y en seguimiento de la raza indígena, sorprendieron a esta en su prístina sencillez y alegría de costumbres. Los ilustrados reconocían y admiraban las casas construidas cerca de muelle por los comerciantes europeos, el palacio de la reina, y otros edificios de carácter administrativo y judicial. ¡Qué hermosura! ¡En *Otaiti* había Administración, había Justicia! Vieron también con admiración, en las calles, señoras y caballeros indígenas ataviados a la europea... Gracias al protectorado de Francia, que se había metido en aquel edén para echarlo a perder y privarlo de sus seculares encantos, en *Papeeté* había zapateros, sastres y hasta sombrereros, bárbaros correctores de la estirpe humana, que han hecho una industria de la fealdad, y de la embarazosa sujeción del andar y los ademanes.

A consecuencia de no sabemos qué rebeldías y trapisondas, cayó la feliz *Otaiti* en el protectorado francés. Un funcionario del Imperio ejercía la autoridad con el nombre de *comisario gobernador*. Conservaba la soberanía de figurón una señora reina, llamada *Pomaré IV*, morenita y bella, del mejor tipo de la raza. En la época del arribo de la *Numancia*, ya no era joven Su Majestad *canaca*; pero conservaba su aire gracioso y cierta distinción adquirida en el viaje que hizo a París. Fundaba su orgullo en vestir a la francesa, cuidando de acarrear trajes de última moda, o de imitarlos con auxilio de figurines. Dígase con todo el respeto que merecía la bondadosa Pomaré, que enjaezada a la europea estaba para pegarle un tiro. ¡Cuánto más bonita y seductora sería su facha conservando como única vestimenta el ropón o camisolín amplio y suelto con que se ataviaban y cubrían las mujeres del pueblo! El Rey consorte, llamado *Arii Faité* era un bigardo glotón y borrachín, que no se dejaba ver más que en comilonas y francachelas. Vestía ridículamente casacón bordado, y las plumas que debía llevar en su cabeza, según el uso salvaje, llevábalas en un sombrerote tricornio, como los que usan los suizos de las iglesias parisienses. Era, sin duda, el hombre más bárbaro de *Otaiti* y el más feliz de los *canacas*, que este nombre se daba a los indígenas del Archipiélago de coral.

XXIX

Los felices españoles de clase humilde que visitaban la isla un día y otro, contaban a Binondo las maravillas que habían visto, la frondosidad silvestre de los naranjales y cocoteros, la sencillez y gracia de las mujeres vestidas de un simple camisón, y tan amablemente abiertas de voluntad a los obsequios del hombre; y al oír una y otra vez estas extraordinarias cosas, el malayo se encerraba en grave silencio, que era sin duda la cavidad mental en que guardaba sus profundísimas abstracciones. De aquellas honduras no sacaba su pensamiento más que para mostrarlo al Capellán don José Moirón. Una tarde, cogiéndole solo, le dijo: «Por lo que cuentan estos perdidos, señor don José, los habitantes de *Otaiti* no conocen la vergüenza ni ninguna ley divina ni humana. El nombre de *canacas* me dice que estos naturales son los *cananeos* de que nos habla Nuestro Señor Jesucristo en su Biblia, o dígase Moisés, que es lo mismo. Por donde saco que esta isla es aquella tierra de *Canaam* de que habla no sé si el Evangelio o la Epístola.»

Contestole el Capellán tapándole la boca, para que no salieran de ella más desatinos; pero el malayo prosiguió imperturbable: «Desde que llegamos aquí, me paso las horas pensando qué religión profesarán estos bárbaros, cómo serán sus templos y qué vitola tendrán sus sacerdotes. Nada han dicho los muchachos de la religión *canaca* o *cananea*, por lo que pienso será una indecente idolatría, como el adorar a la serpiente con pechos de mujer, o a un hombre desnudo con cabeza de cocodrilo. Por todo lo cual, señor don José, usted y yo no haríamos nada de más yéndonos a tierra para ver qué casta de religión profesan estos salvajes... y si resulta que es alguna secta idólatra y gentílica, de esas en que se adora la materia y el vicio, bien podríamos hacer algo por las almas de estos infelices, instruyéndolos y cate-quizándolos para sacarlos de sus errores lascivos y pestilentes, y traerlos a la verdad de nuestra fe cristiana y sacratísima. Habrá usted oído que andan las mujeres por esos campos pisando azahares, sin más vestido que un ropón para cubrir la desnudez de pechos y caderas. Tales costumbres disolutas y desvergonzadas significan que aquí no se mira más que al deleite, en el comer, en el emborracharse y en el danzar deshonesto... Bienaventurado sería usted si consiguiera iluminar con su predicación a esas almas descarriadas. Yo iría con usted de misionero coadjutor o suplente, y no haríamos pocos méritos para nuestra salvación particular.»

Tímido y desconcertado, contestó el Capellán que él no tenía otra misión que la cura de almas de los tripulantes de la fragata, y que no quería meterse a convertir salvajes más o menos desnudos. Además, la Francia, protectora de *Otaiti*, cuidaría de cristianizar a los *canacas*, que para ello tenía personal nutrido de frailes y curas. Hecha esta declaración aconsejó a Binondo que pues sentía en sí fervor de catequista, fuese él solo a enseñar el Evangelio a los otaitanos. No desoyó el malayo este sabio consejo; aquella misma tarde se acicaló y compuso de rostro y vestido, y agarrando un grueso bastón en figura de báculo, se fue a tierra y se internó en la campiña de *Papeeté*. Divagando de un lado para otro, fue a parar al remanso del río en que se bañaban las *canacas* (de que tenía noticia por relación de sus amigos) y vio venir a las ninfas con sus holgadas túnicas, sueltas las cabelleras mojadas. Llegose a ellas risueño y melifluo, echándoles almibarados requiebros. Debieron las mozas de tomarlo por un mico vestido de marino español y con risotadas lo cogieron, lo zarandearon y se lo llevaron a una de las aldeas próximas... Se perdió de vista el pío Binondo... Desapareció sin duda en el interior de una de aquellas frágiles casas de caña que parecían cestas.

Al anochecer, volvió el malayo a bordo hecho una lástima; su chaquetón de cabo de mar había perdido los dorados botones, y mayores averías que en la ropa tenía en su rostro plano, lleno de horribles arañazos y chichones... Entró en cubierta procurando ocultar con una mano su desventura; pero no le valió el tapujo. Sus amigos hicieron gran befa y chacota. La explicación que dio fue que, habiendo entrado en una casa de infieles *canacas* con idea de predicarles el Evangelio, al principio fue oído con atención y recogimiento. Mas de pronto aparecieron unos diablos negros y deformes que le clavaron sus garras en semejante parte (el rostro), y le estrujaron y le hicieron mil estropicios hasta dejarle en aquel estado lastimoso... Buscó el santo varón su bálsamo y consuelo en la piadosa lectura, principalmente en el *Sermonario*, cantera riquísima de donde extraía todas sus ideas y sus persuasivas formas de lenguaje.

Desde el feliz arribo a *Otaiti* túvose Fenelón por el hombre más dichoso del mundo. Su nacionalidad francesa le dio vara alta en aquel país sometido al protectorado imperial. A tierra bajaba diariamente vestido con rebuscada elegancia, luciendo llamativos chalecos y corbatas. No tardó en cautivar al gobernador comisario, dándose a conocer con el título y modales de calavera de buena familia, sometido a expiación por desvaríos amorosos, y a esto debió mayor prestigio y metimiento en la buena sociedad *papeetana*, compuesta del comisario francés conde de Roncière, del Ordenador de la Marina, del cónsul inglés, y de media docena de comerciantes ingleses y americanos. De esta sociedad le fue muy fácil subir el único escalón que le faltaba para llegar al Real Palacio. La aspiración del francés se vio pronto satisfecha, y tuvo el honor de ser recibido y obsequiado por Su Majestad *canaca*, de quien mereció tan exquisitos agasajos, que solo podía referirlos bajo palabra de secreto a los amigos de mayor confianza.

Solía el buen Ansúrez acompañarle a tierra; pero en las primeras calles de *Papeeté* se separaban, pues era el celtíbero más gustoso del libre campo que de la ciudad. En los espectáculos de la silvestre Naturaleza espaciaba sus melancolías, y el trato del pueblo sencillo y afable le resarcía de la desolación de su árida existencia sin afectos. Por las noches, de regreso a bordo, contábale Fenelón sus particulares sucesos del día, y el inocente Ansúrez se lo tragaba todo con crédula voracidad. «Hoy —decía el francés—, me ha dado Pomaré un rato malísimo... Es en extremo celosa... Figúrate que paseando solos, vimos pasar una *canaca* lindísima: yo la miré... No hice más que mirarla... Pomaré furibunda... Creí que me arañaba... Hermosa y terrible es la mujer apasionada; yo adoro la pasión; pero la pasión salvaje puede ponerte, *por ejemplo*, entre las garras de una leona, y esto descompone un poco las más bellas aventuras.» Otro día contaba incidentes más gratos: «Hoy me ha dicho Pomaré que no se separará de mí. Pretende que me quede en *Otaiti* de director de las Reales Máquinas... que son una lanchita de vapor, varios relojes y cajas de música, y un aparato por el estilo de lo que llamáis *Tío vivo*, para solazarse en el jardín...» Y alguna vez no faltaban regias gacetillas: «Hoy se ha puesto tan pesado ese gandul de *Arii Faité*, que he tenido que darle veinte francos para que fuese a emborracharse, mi palabra... Con unos gritos de la reina y un empujón mío le echamos a la calle... Yo leo el pensamiento de Pomaré... Si *Arii Faité* reventara de *delirium tremens*, ya sé yo quién ocuparía su lugar en el trono.»

La oficialidad apenas tenía tiempo para acudir a tantas invitaciones y festejos. En la casa del comisario, conde de Roncière, y en las del cónsul inglés y de los opulentos ingleses Brander y Hort, menudeaban los banquetes, las *soirées*, *asaltos*, meriendas y conciertos. Para corresponder a tan amables agasajos, determinó el comandante de la División dar un baile a bordo de la *Numancia*, y al punto se puso mano en los preparativos de la fiesta. Destinado el Alcázar a salón de baile, se le adornó con vaporosas gasas, percalinas vistosas y terciopelos ricos, añadiendo a los trapos las galas de la Naturaleza que mayormente habían de contribuir al bello conjunto, el ramaje verde, las palmas y palmitos, y profusión de flores de tropical fragancia y hermosura. Completaron el ornamento los pabellones y trofeos de guerra y mar, las banderas de *Otaiti*, Francia y España en fraternal enlace y combinación. La batería fue convertida en comedor para la espléndida cena, la toldilla de popa en salón de juego y descanso, y las cámaras de los jefes en tocador para las señoras. La última mano de esta obra suntuaria fue un soberbio plan de iluminación interna y externa del barco. ¿Qué faltaba? Orquesta o banda militar. Como nada de esto tenía la fragata, se acudió al remedio de un piano traído de *Papeeté*.

Con tantas previsiones y el esmero en cuidar del conjunto y perfiles, resultó el baile tan original como fastuoso. En la fantástica nave, Marte y Neptuno se dieron cita con Venus, que llevaba de la mano a Terpsícore, tras de la cual entró también Baco, representado en la crasa persona augusta del Rey o príncipe (que de ambos modos se le llamaba) *Arii Faité*. Concurrió toda la aristocracia europea y *canaca*, las hermosas señoras y señoritas de las familias francesas y británicas, las princesas reales *Aimatá* y *Borabora*, y por último, Su Majestad *Pomaré IV*, para la cual se arregló una espléndida falúa. Está de más decir que la reina de *Otaiti* y sus damas, vestidas a la europea con huecos miriñaques, ostentando además cuantos faralaes y ringorrangos imponía la moda, dieron a la fiesta su mayor grandeza y hermosura. Amabilísima estuvo Su Majestad con todos, mostrando en su exquisito trato la dignidad afable de los soberanos europeos. Era una excelente reina, un poco fondona ya, en el ocaso de su belleza morenita. Hablaba un francés aplatanado y ceceoso que hacía mucha gracia... Honró *Arii Faité* la cena, repitiendo cuatro veces de todos los manjares suculentos, y tanto él como

174

el anciano príncipe *Paraitá*, que había sido Regente en la menor edad de *Pomaré IV*, no se contuvieron en las libaciones alegres y copiosas. Al Rey consorte le retiró Fenelón oportunamente, llevándole a la falúa poco menos que a rastras. No se pudo hacer lo mismo con el respetable *Paraitá*, que desplegó hasta el amanecer su elocuencia en diferentes tonos, desde el sentimental al heroico. Discursos y brindis sin fin pronunció, primero en pie sobre las mesas, al fin debajo de ellas. El baile terminó con la noche. A la luz del alba se retiraron los invitados, tras de la reina vagorosa, indo-europea y fantástica. Aquella fiesta entre civilizada y salvaje fue el último ensueño de los españoles en el Paraíso de *Otaiti*.

XXX

De las delicias de la isla, llamada con razón *Cuna de Venus*, se ausentaron los españoles con vivo desconsuelo. ¿Cuándo y dónde encontrarían un oasis, un paraíso semejante? El día de la salida, dijo Fenelón a su amigo Ansúrez: «No subo a cubierta; no quiero que me vean los espías de *Pomaré*. Me voy a escondidas... Prometí quedarme de director de las Reales Máquinas... Los ruegos, el llanto de *Pomaré*, me arrancaron una promesa que no puedo cumplir, mi palabra de honor...» De las inauditas hazañas amorosas que contó a su amigo, dedujo este que habían sucumbido a los encantos del francés la reina y todas sus damas, no pocas señoritas de las colonias inglesa y francesa, y dos tercios o poco menos del sexo femenino de clase popular... Todo se lo creía el buen Ansúrez, que se hallaba en un estado psicológico propicio a la ingestión de mentiras. Sus facultades pendían de la esperanza de encontrar en Filipinas cartas de Mendaro y de Mara... Pero Dios había dejado de su mano al pobre celtíbero, porque la *Numancia* llegó a Manila después de un viaje de mil leguas, y en todo el mes que allí permaneció, no parecieron cartas, ni de ninguna parte llegaron noticias. Grande es el mundo, y en recorrerlo y darle la vuelta agota el hombre toda su paciencia; mas la de Ansúrez era un filón sin término, yacente en un profundo pozo. Cuando a sacar paciencia se ponía, sacaba esperanza. Si en Filipinas no habían parecido las cartas, en Java parecerían...

Pues llegaron a Batavia, capital de la bien regida colonia holandesa, y nada dijo el correo, por más que Ansúrez con maniática pesadez diariamente le interrogaba... ¡A la mar otra vez! Y la paciencia y la esperanza unidas se tragaron mil ochocientas leguas mal contadas entre Java y El Cabo, sin que tampoco en aquella extremidad procelosa del continente africano se encontrase ningún papel venido del Perú. Lo extraño era que Ansúrez alimentaba sin ningún fundamento la ilusión postal, pues no había dicho a Mendaro que escribiese a las más excéntricas regiones del globo.

¡Ánimo, y venga del fondo del pozo más paciencia, venga más esperanza! Ya estaban, como si dijéramos, a la puerta de casa, pues ¿qué suponían diez mil leguas después de lo que habían andado desde que salieron de Cádiz el 4 de febrero de 1865? Al mar otra vez, *Numancia*, y no te arredres. Si cartas no hubo en Manila, ni en Batavia, ni en El Cabo, las habría en Río Janeiro... La distancia no era gran cosa: un agradable paseo de mil doscientas leguas mal contadas... Sucedió que al término de esta luenga travesía quedaron igualmente fallidas las esperanzas, aunque no agotada la paciencia que del hondísimo pozo sacaba el hombre desconsolado. ¿Pero en qué estaba Dios pensando? «Como lleguemos a Cádiz —se decía Ansúrez—, y no encuentre allí la escritura de mi hija, juro a Dios que no habrá quien me saque del ateísmo...» Lo que en Río hallaron fue el Cólera, amén de otras calamidades, entre ellas el peligro en que estuvo la *Numancia* de volver a Montevideo. Pero todo se arregló, y al fin la blindada salió para Cádiz con lento andar y resuello fatigoso, como caballero que a su castillo vuelve rendido del peso de sus armas. Del mismo modo Ansúrez se quebrantó de la fortaleza espiritual que le había sostenido en el viaje de regreso, y si no se le agotó el pozo de la paciencia, ya sacaba de él tan solo heces turbias y corrompidas. A ratos no más le asistía la esperanza, y paralelamente a este descenso moral, se iba marcando en su constitución hercúlea la dolorosa ruina.

Al pasar la línea ecuatorial, sintió como un terror que a su nostalgia se unía, haciéndola más negra y pavorosa... Navegando hacia San Vicente, todos los afectos secundarios que endulzaban su existencia se debilitaban gradualmente, hasta llegar a extinguirse. A unos amigos apartó de su corazón con indiferencia, a otros con aborrecimiento... Y más allá de Puerto Grande, la ruina física y moral del buen celtíbero se cristalizó en un estado neurótico agudo, con depresión considerable de fuerzas que le obligó a encerrarse en la enfermería. A duras penas podía pasar algún alimento; repugnaba la compañía de los que fueron sus amigos... A la altura de las Islas Canarias, su pensamiento se descomponía en imágenes y ensueños, que se manifestaban sobre un fondo de blancura opalina. Soñó que, arrebatado de este mundo por la muerte, tomaba la vía del Cielo, donde creía se le deparaba su perdurable residencia. Pero en el Cielo no quisieron admitirle... Íbase luego caminito del Infierno, donde sin ninguna explicación le dieron con la puerta en los hocicos. «Pues no estoy poco tonto —decía—; a donde tengo que ir es al Purgatorio.» Hacia allá tiraba, y le acontecía lo propio que en el Cielo y el Infierno: que ni por un Dios querían admitirle. Bien claro estaba que en el Limbo le tenían preparado su descanso. Pues, señor, en aquel lugar bobo encontraba la misma repulsa. «¡Ajo! —clamaba el hombre con desesperación en medio del espacio—. ¿Dónde meto yo mi pobre alma?»

Soñó esto muchas veces, en igual forma que aquí se cuenta. Añadíase luego al sueño descrito este otro no menos extravagante: Hallándose el alma de Ansúrez en medio del espacio sin saber dónde meterse, se le presentaba un fantasma de rostro macilento y plano, muy parecido al de Binondo, y le decía: «¿No me conoces? Soy el Ateísmo. Dame la mano; ven conmigo, y yo te llevaré a mi asilo de eterno descanso.» No se determinaba Diego a seguir al fantasma. Solo en medio del vago espacio, sentía inmenso frío... Creía ver a un ángel que a soplos iba apagando todas las estrellas.

XXXI

Un día antes de llegar a Cádiz, dio Binondo al Oficial de mar esta enfadosa tabarra: «Sabrás, Diego querido, que en cuanto yo ponga el pie en tierra, me voy derecho a la casa de los santísimos padres Franciscanos de las Misiones de África. Llegar y pedir al reverendo Prior que me admita de lego, será todo uno. Recibiré la santa instrucción frailesca, y acabaré mis días en la paz y santidad de la Orden seráfica, que me abrirá de par en par las puertas de la Gloria... Imítame, Diego; tómame por modelo, ya que no tienes familia ni nadie que mire por ti; decídete, y serás conmigo en el Paraíso.» Nada le contestó Ansúrez: las ideas se le dispersaban, y las palabras no afluían a su boca.

Un día más. Ya estaban a la vista de Cádiz, cuando Fenelón fue a buscarle a la enfermería, y casi a viva fuerza le subió a cubierta para que participara del general regocijo, y viese el espectáculo sorprendente de la ciudad que sobre las aguas aparecía como ringlera de diamantes montados en plata. A medida que avanzaba la embarcación, los diamantes eran casas y torres, aquellas con cristales, estas con cimera de azulejos, en cuyas superficies jugueteaban los rayos del Sol... ¡Cádiz! Para gran parte de los tripulantes de la *Numancia* era el hogar, el nido donde piaban la pájara y los polluelos... La emoción a todos embargaba, demudando el color de sus rostros y cortándoles el aliento... Pasadas las *Puercas*, se mandó empavesar... Los barcos fondeados en la bahía echaron al viento todas sus banderas. Acudieron multitud de lanchas y botes. La *Numancia* acortó el paso como el festejado viajero que, recibido por entusiasta gentío, tiene que apretar infinidad de manos y contestar a innúmeras salutaciones. Del mar circundante subía un clamor estruendoso de vítores; de la borda del barco descendía lluvia de voces alegres y de alaridos roncos. Empezó al instante, en forma de tiroteo nutrido entre la fragata y las embarcaciones menores, el reconocimiento y saludo de parientes. Sonaban en el aire como graneado fuego los nombres de padre, hijo, hermano... En medio de esta algazara, subió la Sanidad a bordo. ¡Oh rigor de una ley inhumana! Como la fragata venía de Río Janeiro, no hubo más remedio que imponerle cuarentena. La multitud de dentro y fuera del barco chisporroteó como las ascuas de un brasero cuando se vacía sobre ellas un jarro de agua.

En esto, Sacristá se acercó al buen Ansúrez que en la borda estaba mirando a los botes, sin ver nada en ellos, y echándole un brazo por encima del hombro, vertió en su oído este chorro de fuego: «Diego, ahí la tienes... ¿ves aquel bote que ahora se acerca por la popa de la falúa de Sanidad?... En él viene tu hija Mara: fíjate, majadero... Ahora está el bote abarloado con la lancha de Pepe... ¡Eh, dejad paso a ese bote!... Si no lo ves, es que te has quedado ciego.»

Ciego estaba el hombre; pero no de ceguera propiamente dicha, sino de emoción, de algo más que emoción, de una turbulentísima sacudida y revuelo de su alma que quería salírsele por los ojos. El bote avanzó con dificultad por entre la escuadrilla de embarcaciones. En él venía, en pie, una mujer arrogantísima que en su mano agitaba un pañuelo... Tan pronto hacía señas con el blanco lienzo, tan pronto se lo llevaba a los ojos... «Es Mara

—dijo Ansúrez con una voz tan baja que solo pudo escucharla el cuello de su camisa—. Ella es; pero no verdadera, sino fi... Sino figurada, como fan... Como fantasma...» «Mara —gritó Sacristá—, aquí tienes a tu papaíto asustado de verte. Está bueno, aunque no lo parezca. Padece mal de tu ausencia... Acércate más; que te vea bien.» Mara tenía un nudo en la garganta, y de sus labios no quería salir ninguna voz. Por fin, Ansúrez la reconoció por su hija corpórea y no fantástica. Pasaron segundos, y reconoció también a Belisario, que se puso en pie para saludarle con esta sencilla y familiar fórmula: «Diego, ¿qué tal? ¿Buen viaje?» El celtíbero recobró su aliento, y en el primer suspiro que lanzó se escaparon de su cuerpo todas las complejas enfermedades que traía. Estalló un vivo y cortado diálogo.

«Yo bueno... Cansado no más de viaje tan largo. ¿Habéis venido por Panamá?»

—Sí, padre... Hace tres meses que estamos aquí esperándole a usted.

—Yo esperaba encontrar cartas, no vuestras personas.

—Escribimos a usted diez cartas —dijo Belisario.

—Y las mandamos a puntos diferentes, padre: una a las islas *Marquesas*, otra a Manila.

—Otra fue mandada a Zanzíbar, otra a Santa Elena, y qué sé yo... Cartas fueron a medio mundo.

—¿Os ha visto Mendaro?

—Sí: por él supimos que volvía usted a España. Nosotros pensábamos venir acá. Hemos anticipado el viaje.

—¿Y tu niño, Mara...?

—Está bueno... Verá usted qué gracioso... Ya le quiere a usted sin conocerle.

—¡Pues no le quiero yo poco!... Mara, ¿vendréis a verme, desde un bote, mientras dure la cuarentena?

Afirmó Belisario que irían a visitarle diariamente. La cuarentena no sería larga, pues no tenían a bordo ningún caso de cólera... Mara se sentó. Sosegados los tres, hablaron largo rato de cosas pasadas y presentes; y en el curso de la entrañable conversación, repitió el celtíbero más de una vez este sagaz concepto: «Lo que yo he visto y aprendido es que cuando a uno se le pierde el alma, tiene que dar la vuelta al mundo para encontrarla.»

Fin de La vuelta al mundo en la Numancia
Madrid, enero-febrero-marzo de 1906.

Libros a la carta

A la carta es un servicio especializado para
empresas,
librerías,
bibliotecas,
editoriales
y centros de enseñanza;
y permite confeccionar libros que, por su formato y concepción, sirven a los propósitos más específicos de estas instituciones.

Las empresas nos encargan ediciones personalizadas para marketing editorial o para regalos institucionales. Y los interesados solicitan, a título personal, ediciones antiguas, o no disponibles en el mercado; y las acompañan con notas y comentarios críticos.

Las ediciones tienen como apoyo un libro de estilo con todo tipo de referencias sobre los criterios de tratamiento tipográfico aplicados a nuestros libros que puede ser consultado en Linkgua-ediciones.com.

Linkgua edita por encargo diferentes versiones de una misma obra con distintos tratamientos ortotipográficos (actualizaciones de carácter divulgativo de un clásico, o versiones estrictamente fieles a la edición original de referencia).

Este servicio de ediciones a la carta le permitirá, si usted se dedica a la enseñanza, tener una forma de hacer pública su interpretación de un texto y, sobre una versión digitalizada «base», usted podrá introducir interpretaciones del texto fuente. Es un tópico que los profesores denuncien en clase los desmanes de una edición, o vayan comentando errores de interpretación de un texto y esta es una solución útil a esa necesidad del mundo académico.

Asimismo publicamos de manera sistemática, en un mismo catálogo, tesis doctorales y actas de congresos académicos, que son distribuidas a través de nuestra Web.

El servicio de «libros a la carta» funciona de dos formas.

1. Tenemos un fondo de libros digitalizados que usted puede personalizar en tiradas de al menos cinco ejemplares. Estas personalizaciones pueden ser de todo tipo: añadir notas de clase para uso de un grupo de estudiantes,

introducir logos corporativos para uso con fines de marketing empresarial, etc. etc.

2. Buscamos libros descatalogados de otras editoriales y los reeditamos en tiradas cortas a petición de un cliente.

www.ingramcontent.com/pod-product-compliance
Lightning Source LLC
Chambersburg PA
CBHW050847180626

46814CB00007B/2654